#10

흔해빠진 직업으로 세계최강

ARIFURETA SHOKUGYOU DE SEKAISAIKYOU

시라코메 료 shirakome ryo

illust.**타카야Ki** takayaki

CONTENTS

흔해빠진 직업으로

ARIFURETA SHOKUGYOU DE SEKAISAIKYOU

세계최강

#10

시라코메 료 지음
타카야Ki 일러스트
김장준 옮김

제1장 ◆ 치트 흡혈 공주와 버그 토끼 대격돌

불길이 대지를 삼켰다.

피 비린내가 코를 찌르고 기름처럼 끈적한 공기가 피부에 달라붙었다. 비명과 고함, 광기로 버무려진 함성이 우렁찬 폭발 소리에 섞여 처절한 오케스트라를 이루었다.

그곳은 전쟁터였다.

하지만 너무나도 이상한 전쟁터였다.

"이 괴물 자식이!"

그렇다. 괴물이 있었다.

마치 도자기 인형처럼 현실과 동떨어진 미모를 가진 소녀— 그런 형상을 한 괴물이…….

나이는 십 대 중반에 조금 못 미쳐 보였다.

풍성하고 찰랑거리는 금발. 신비한 불이 결정화된 것 같은 홍옥색 눈동자. 아련하고 희미하게 붉은 기운이 도는 볼. 프릴이 치렁치렁 달린 근사하고 아름다운 진홍색 드레스.

전쟁터에 있기에는 너무 고운 소녀의 모습은 마치 요정 같았다.

사교계의 꽃이라고 불릴 법한 소녀 한 명과 거기에 대치하는 5천 명의 군세.

그것이 이 전쟁터의 이상한 점이었다.

"—『비창 천륜』."

은방울이 구르는 소리가 바로 이런 것일까. 누구든 매료되지 않을 수 없는 사랑스러운 목소리건만 그 내용은 무자비한 죽음의 선고였다.

전쟁터에 불길이 춤춘다. 단 한 명의 소녀를 위해서…….

생물처럼 굼실대는 불길은 하늘에서 천 자루 창으로 화했다.

한눈에 이해했다. 이해할 수밖에 없었다. 대기마저 불사르는 열량을 내포한 그것들은 절대로 도망칠 수 없는 사신의 낫임을…….

"자, 장벽 전개! 화염 내성으로—."

군단 지휘관의 비명 같은 지시가 울려 퍼졌다. 하지만 늦었다. 치명적으로. 애당초 소녀 앞에서는 다 무의미한 짓이었다.

비가 내렸다. 심홍색 호우였다. 떼로 모인 강인한 병사들을 추풍낙엽처럼 날려 버리고 장벽을 물에 젖은 종이처럼 찢어발겨 소멸시켰다.

굉음이 잦아들고 흙먼지가 가라앉은 그곳에는 새까맣게 타 버린 사람의 잔해와 고통에 몸부림치는 자들밖에 존재하지 않았다.

공격 범위 밖에 있던 사람들도 눈 깜짝할 사이에 천 명에 육박하는 아군이 비참한 말로를 맞이하자 다리가 풀리거나 몸이 말을 듣지 않아 굳어 있었다.

"이게…… 귀신의 나라…… 흡혈귀족, 왕가의 힘……."

모두 두려운 눈길로 소녀를 봤다.

흡혈귀족— 타인의 피를 빨아 신체를 강화하고 마력을 증폭해 비상한 회복 능력을 발휘하면서 수명까지 늘리는 특수한 종족.

모든 종족 중에서 가장 수가 적으나 그 힘은 파격적이었다. 소국이면서도 『작은 귀신의 나라』로 불리는 것도 그런 이유에서였다. 흡혈이라는 소름 끼치는 행위도 한몫하여 모든 이의 공포심을 사기에 그 나라를 지배하는 나라가 세계를 지배한다는 생각이 퍼지는 것 또한 필연이었다.

누구나 두려워하며 누구나 욕망을 드러내는 나라의 왕녀가 이 금색과 진홍색 소녀였다.

"……나의 조국에 적대하는 괘씸한 무리는 들어라. 목숨이 아깝거든 물러나라. 죽기를 바란다면 앞으로 나와라."

소녀의 몸으로 홀로 군대를 막아서면서도, 그녀에게는 두려워하거나 주저하는 기색이 없었다.

대신 있는 것은 압도적인 패기, 그리고 보는 이로 하여금 자연스럽게 고개를 숙이게 하는 기품.

정말로 왕녀라는 말이 어울렸다.

"……큭, 전군 전진! 겁먹지 마라! 돌격! 적은 고작 한 명이다! 물량으로 압살해라!"

자기도 모르게 넋 놓고 그녀를 바라보던 적 지휘관은 잠시 후 정신을 차리자마자 호령했다. 가장 후방에 있던 뚱뚱하게 살찐 중년 지휘관의 눈에는 욕망으로 뒤범벅된 탁기가 보였다.

전공을 세우겠다는 욕심뿐 아니라, 왕녀의 미모를 보고 품은 욕망임은 일목요연했다.

이성을 버린 어리석은 결단의 대가는—.

"어쩔 수 없군. 나의 조국을 침범한 죗값은 죽음으로 갚아라."

한 시간 후, 땅의 흙으로 돌아가는 결과로 치르게 됐다.

"전하. 훌륭하십니다."

그렇게 말하며 공손하게 물을 건넨 사람은 고급스러운 군복을 입은 초로의 남성이었다. 둥글게 말린 카이저수염을 아주 멋지게 정돈해 놓았다.

"고마워요, 우발도. 하지만 이쪽은 어차피 교란을 위한 별동대예요. 훈련도도 별 볼 일 없었어요."

전투 중에는 칼처럼 날이 섰던 왕녀의 눈이 부드러운 곡선을 그렸다.

"그리고 당신들도 뒤에 있어 줬으니까요. 마음이 든든했어요."

"황송할 따름입니다."

우발도라고 불린 카이저수염 남성은 왕녀에게 자애로운 눈빛을 보냈다.

사실 후방에 대기하던 근위 기사단은 나설 기회도 없었다며 애매하게 웃으면서도, 환하게 웃는 왕녀에게 강한 경애심 담긴 눈빛을 보내고 있었다.

물을 한 모금 마셨다. 물이 몸을 타고 퍼지고, 동시에 전쟁터에서 말라 버린 마음까지 다시 촉촉이 적셔주는 기분이었다.

"전하. 잠깐 쉬시는 것이 어떻겠습니까?"

왕녀 전속 근위 기사단의 단장인 우발도가 걱정스럽게 제안

했다.

왕녀는 틀림없이 강했다. 이 귀신의 나라— 아바타르 왕국에서, 아니, 금대『최강』으로 불릴 정도로…….

태어났을 때부터 타의 추종을 불허하던 마력. 어린 나이에도 타국까지 소문이 자자한 절세의 미모. 마법이든 지식이든 스펀지처럼 흡수하는 천부적 재능.

주문을 외지 않아도 마력을 직접 조작하는 능력.

마법진을 상상만으로 구축하는 능력.

그리고 마력이 있는 한 불사신의 육체를 주는 고유 마법 『자동 재생』.

그것은 문헌에서나 기록을 찾을 수 있는 전설적인 힘. 먼 옛날 영웅들처럼 선택받은 자에게만 주어지는 능력이었다.

세상은 난세였다.

종교, 경제, 자원, 심지어는 종족의 명예 등 온갖 이유가 사람을 투쟁으로 내몰았고 대국, 소국을 막론하고 자국의 부흥을 꿈꿨다.

흡혈귀족의 나라는 본디 폐쇄적이며 쇄국 상태나 다름없었다. 남부 대륙 서남단에 위치한 소국이면서 자급자족으로 충분히 나라를 운영할 수 있기 때문이었다.

그러니까 대륙의 동란에는 『서로 죽이고 싶으면 너희끼리 해라. 우리는 불편한 것 하나 없다. 끌어들이지 마라!』라는 태도를 취했다.

그러나 조금 전 열거한 이유로 침략은 피할 수 없었다. 흡혈

귀족, 그리고 당대 왕녀는 그만큼 매력적이었다.

그렇다면 왕녀의 비범한 힘을 조국 방위에 쓰지 않을 이유는 없었다.

왕가의 책무이기에. 무엇보다 왕녀 본인이 사랑하는 조국과 백성, 신뢰하는 신하를 지키고 싶다는 의지가 있기에…….

그러나 왕녀가 아직 보호받아야 할 소녀라는 것 또한 사실이었다.

"우발도, 저는 괜찮아요."

그렇게 말한들 어떻게 걱정하지 않겠는가. 신하로서, 한 사람의 어른으로서 그럴 순 없었다.

"하지만 전하, 요즘 통 쉬지 않으셨잖습니까? 이번 별동대도 저희에게 맡겨주시면 충분했습니다. 애초에 소식을 듣자마자 드레스도 갈아입지 않으시고 전쟁터로 달려오시다니—."

"으…… 어쩔 수가 없잖아요. 적군의 진로에 마을이 있는데…….

"우리나라의 백성은 모두 뛰어난 전사입니다. 도망치는 것 정도야 어렵지 않습니다. 그리고 그것은 저희에게 일을 맡기시지 않는 이유는 되지 못하는군요."

"으, 으으. 하지만 왕녀인 제 힘을 보여주면 전쟁을 억지할 수 있다고—."

"그것이 폐하의 의도이긴 합니다. 하지만 전하께서 열두 살의 나이로 전쟁터에 나온 지도 어느덧 3년이 지났습니다. 이미 전하의 존함이 천하에 닿지 않은 곳이 없으니 이 정도 부대는 저희에게 맡겨주시면 충분합니다. 애초에—."

"저도 우발도의 그『애초에』타령 싫어요."

왕녀님은 고개를 획 돌리고 볼을 부풀렸다. 심지어 양손으로 귀까지 틀어막고 아주 난리도 아니셨다. 아리따운 장밋빛 볼이 더욱 상기되었다.

삐치셨나 보다.

"전하……."

우발도가 난감하여 눈썹을 팔자로 떴다. 부하인 근위 기사들은 자주 보는 광경에 웃음을 참느라 어깨만 들썩이고 있었다.

왕녀가 태어났을 때부터 호위 기사로 임명받은 우발도는 왕녀가 가장 신임하는 신하임과 동시에 할아버지 같은 존재이기도 했다. 우발도도 왕녀를 친손녀처럼 사랑해서 거침없는 잔소리도 자연스럽게 나왔다.

우발도가 다시 입을 떼려는 모습이 언뜻 보이자 왕녀는 허둥지둥 화제를 바꿨다.

"그, 그것보다도! 숙부님은 어떻게 됐나요? 그쪽이 주전장이에요. 숙부님이 계시면 걱정은 없겠지만요!"

애써 얼버무리려는 왕녀를 보고 우발도는 저도 모르게 피식 웃음을 흘렸다.

올해로 열다섯 살. 흡혈귀족에서는 성인으로 취급받는 나이였다. 고유 마법『자동 재생』이 발현한 후부터 성장이 멈췄어도 전쟁터에 설 때 왕녀는 나이에 어울리는 분위기를 갖췄지만…… 친밀한 사람 앞에서는 오히려 더 어려 보였다.

주의를 줘야하지만 땀을 뻘뻘 흘리며 얼버무리려는 귀여운 모습을 보고 자기도 모르게 마음이 약해지는 것은 우발도뿐 아니라 왕녀를 경애하는 신하들의 공통된 나쁜 버릇이었다.

어험, 하고 헛기침을 한 우발도는 신하의 표정으로 돌아와 보고했다.

"안심하십시오. 우세를 유지하며 진군 중입니다. 적들이 2개 사단 규모이므로 쉽지만은 않은 모양입니다만……."

"그런가요? 그럼 바로 지원하러—."

왕녀의 말을 가로막듯 비둘기 같은 새 한 마리가 후르르 내려왔다. 순백색 털이 아름다우나, 눈동자는 검붉은 색. 마물이었다.

하지만 그것을 본 왕녀의 표정에는 경계심이 아니라 희색이 떠올랐다.

그 흰 비둘기 마물이 존경해 마지않는 숙부의 종마(從魔)임을 알기 때문이었다. 숙부는 그 누구도 불가능한『마물 사역』이라는 놀라운 능력을 가졌다.

그것 또한 이 나라가『귀신의 나라』라고 불리는 이유 중 하나이기도 했다.

왕녀가 팔을 내밀자 흰 새는 마치 섬세한 유리 세공에 앉듯 살포시 내려앉았다.

『적군 일시 후퇴. 전선을 제1군에 위임, 지금부터 귀환한다.』

흰 새로부터 뇌 속에 직접 울리는 듯한 목소리—『염화』가 전달됐다. 이 마물의 고유 마법이었다.

숙부가 무사하며 전세는 양호하다는 소식에 왕녀의 표정이 풀리고―.

『그건 그렇고 드레스를 입고 뛰쳐나가? 이 천방지축 같으니! 돌아가면 나랑 이야기 좀 해야겠다.』

꽝꽝 얼어붙었다.

잠시 후, 왕녀님은 기름을 안 친 기계처럼 어색하게 우발도를 돌아봤다.

우발도는 활짝 웃으며 고개를 끄덕였다. 근위 기사들까지 빙긋 웃고 있었다.

밀고자가 누구인지는 뻔했다. 왕녀님에게 아군은 없고 기다리는 것은 즐거운 훈계뿐인 듯하다.

"아, 아버님께 보고를―."

"이미 전령을 보냈습니다. 걱정 마십시오."

"자, 잠깐 볼일이……."

왕녀는 스리슬쩍 도망가려고 했으나―.

"어디 가니?"

"수, 숙부님?!"

그곳에는 전선에 있어야 할 숙부님이 있었다.

왕녀와 같은 금발에 홍색 눈동자. 조금 긴 머리카락을 뒤로 묶었고 고생한 만큼 깊게 파인 주름이 중후한 분위기를 내는 미중년이었다.

이름은 딘리드 가르디아 웨스페리티오 아바타르.

왕제(王弟)이자 이 나라의 재상이기도 하며, 역전의 용사에 왕녀와 동급의 힘을 자랑하는 수호자이기도 했다. 그런 어마어마한 능력을 가진 왕녀의 숙부는— 웃고 있었다. 배경에 고고고고, 라는 박력 있는 효과음이 날뛸 것 같은 아주 의미심장한 웃음이었다.

그의 뒤에 대기하는 거구의 외눈 마물 두 마리도 주인의 눈치를 살피며 몸을 슬쩍 뺀 것처럼 보였다.

"역시 『자동 재생』은 안 좋아. 너한테 자만과 방심이 생겨."

"따, 딱히 그렇지는……."

왕녀는 장난을 치다가 걸린 아이처럼 곤란한 표정으로 안절부절못하고 있었다. 차츰 그 눈에 눈물이 맺히고…….

"외람되오나, 전하 덕분에 인명 피해가 전혀 없었으니 이 점을 참작해주셨으면 합니다."

"우발도!"

우발도가 옹호에 나서자 왕녀님은 먹구름 사이로 얼굴을 내민 태양을 본 것 같은 눈빛을 보냈다. 근위 기사들도 잇달아 지원 사격에 나섰다. 경애하는 왕녀 전하의 눈물은 많은 이의 가슴에 큰 파괴력을 발휘했다.

속으로는 왕녀가 무리한 일을 하지 않고 자신들을 더 믿고 맡겨주기를 바라지만…… 자기도 모르게 마음이 약해졌다.

그런 우발도와 근위 기사들, 「반성할 테니까 혼내지 마세요」라는 눈빛을 힐끔힐끔 보내는 왕녀에게 딘리드는 자기가 졌다면서 한숨 쉬었다.

"나 원…… 너무 걱정시키지 마."

그러면서 보여준 웃음은 방금까지와는 달리 자애로웠고 왕녀의 머리를 톡톡 두드리는 손길은 무척 다정했다.

"⋯⋯네, 숙부님."

"좋아. 그럼 일단 돌아가서 쉴까?"

왕녀는 숙부의 다정한 목소리와 머리를 쓰다듬는 감촉에 실없이 웃으며 그가 돌아선 방향으로 함께 걸음을 옮겼다. 근위 기사들이 「잘됐네요, 전하」, 「편히 쉬십시오」, 「시녀장이 과자를 준비해 놨다고 합니다」라는 등 말을 걸어줬다.

존경하는 숙부와 믿을 수 있는 신하들.

몇 번 조국이 침략 받든 왕녀는 질 것 같지 않았다.

"아, 맞아."

자신을 부르는 숙부의 목소리. 평소와 같은 상냥한 음성.

"네. 왜 그러세요?"

왕녀는 싱긋이 웃으면서 고개를 돌렸고—.

"죽어주겠니? **아레티아**."

창염의 거대한 입을 봤다.

"⋯⋯?!"

오른팔에 격통이 퍼진다. 소리가 되지 못하는 비명이 터진다. 그와 함께 지금까지 보던 경치가 마치 천으로 그림을 닦아내듯 사라졌다.

대신 보이는 것은 자기 자신이었다.

아니, 흑발에 금색 눈을 가진 또 다른 자신— 대미궁【빙설 동굴】의 시련인 『허상』이 섬뜩하게 웃는 광경이었다.

말 그대로 얻어맞고 깨어난 기분이었다.

오른팔이 찢어지고 코앞에서 터진 『창룡』에 날아간 왕녀— 유에는 엉망이 된 우측 반신을 『자동 재생』으로, 옷을 재생 마법으로 복원하며 중력을 제어해서 얼음 거울 같은 벽에 격 돌하기 직전 공중에서 정지했다.

하지만 자세를 바로잡을 시간도 없이 초중력이 쏟아졌다.

『—『화천』!』

"큭—『흑와』!"

찢어 누르는 무시무시한 압력을 중화한다.

동시에 재생이 완료되고 오른팔을 내밀어 주특기 마법을 발 동했다.

"—『뇌룡』!"

『후후—『뇌룡』!』

황금색 용 두 마리가 천둥으로 포효하며 공중에서 격돌했 다. 용체에 내포한 중력 마법이 서로에게 간섭하자 스파크가 뒤틀리면서 미친 듯 날뛰었다.

공간마저 일그러져 보이는 것은 착시가 아니었다. 강대한 힘 이 부딪혀서 공간이 비명을 지르는 광경을 보고 유에는 중력 의 방향을 변경했다.

수평으로 떨어지는 유에가 다음 수를 놓았다.

"—『빙창 백연』!"

『―『빙창 백연』!』

마치 거울 같았다. 유에와는 반대 방향으로 떨어진 허상도 완전히 똑같은 마법을 똑같은 타이밍에 발사했다.

순식간에 발동된 총 200개의 빙창이 공중에서 격돌하며 요란한 파쇄음을 흩뿌렸다.

"―『진천』!"

『―『진천』!』

공간이 폭발했다. 공간을 뒤흔드는 충격파를 낳는 공간 마법이었다. 그 무시무시한 충격의 여파만으로 방 중앙에 솟은 얼음 나무 전체에 균열이 일고 천장에서 얼음덩어리가 비처럼 쏟아졌다.

땅을 미끄러지며 착지한 유에와 허상이 떨어지는 얼음들을 중력으로 제어했다. 서로 하나라도 더 많은 얼음을 지배하려고 마력을 쥐어짰다.

황금색 마력과 검붉은 마력이 휘몰아쳤다. 간섭력이 힘을 겨루자 중간에 위치한 얼음덩어리가 버티지 못해 차례차례 부서졌다.

『과거의 환영을 보여줬는데 제법 버티네요?』

"……그 말투, 재수 없어."

『당신 말투인걸요? **아레티아**?』

"……그 이름으로 부르지 마."

『싫어요.』

유에가 노골적으로 짜증내며 얼음덩어리를 쏴대고, 허상도

비웃으며 응사했다.

백 수십은 되는 얼음 하나하나를 제어해 무엇을 상쇄하고 무엇을 무시할지 찰나의 순간에 판단, 실행했다.

거기에 수백 개의 바람의 칼날까지 날리는 신기를 주고받으면서 유에는 머리를 굴렸다.

이 【빙설 동굴】 대미궁에 도전한 이후로 신경을 거스르는 속삭임을 참고, 진저리 날 정도로 거대한 미로를 지나고, 끝이라고 생각한 빛나는 문을 넘었다.

반쯤 예상했지만 역시나 빛나는 문은 공간 전이 『게이트』였고 일행은 분단됐다.

그리고 혼자 남은 유에가 앞으로 뻗은 외길에서 맞닥뜨린 것이 지금 눈앞에 있는 『자신의 허상』이었다.

얼음 나무에서 태어난 허상이 자신의 능력 및 사고를 완전히 복사했다는 건 지금까지 싸우면서 이해했다. 이가 갈릴 정도로…….

더군다나 조금 전에 본 기억 속 세계.

그것은 마치 【하르치나 대미궁】에서 본 『꿈속 이상 세계』 같았다.

물론 이번에는 유에의 이상 세계가 아니었다.

마지막 말 말고는 분명히 유에의 기억에 있는 과거. 300년의 봉인이 마음 밑바닥으로 가라앉혔고, 하지메와 만난 후로는 떠올리지도 않았던 끔찍한 기억의 파편이었다.

그것을 억지로 끌어낸 것이다.

'……아마 혼백 마법을 응용했어. 그럴 틈을 내주지 않았는데도 다짜고짜 당했어.'

실력은 백중세였다. 하지만 의식을 강제로 과거 기억으로 끌고 간다면 그만큼 허상 쪽이 유리했다.

더불어 자신과 맞붙어 보고 처음으로 실감한 사실이 있었다.

강하다. 엄청나게. 부조리할 만큼. 정말로…….

"……열 받아."

그런 말이 나올 정도로…….

『나는 당신이란 걸 잊지 마세요.』

유에의 허상이 즐겁게 쿡쿡 웃었다.

아아, 정말로 끔찍하다. 분명히 봉인당하기 전에는 그런 말투였다. 몇백 년이나 말을 하지 않았고, 왕족이라서 추방당했는데 품위니 예절이니 따지는 것이 바보 같아서 지금처럼 변했지만…….

그럴 텐데 조금 전 기억도 그렇고 눈앞에서 보란 듯이 옛날 말투로 떠드는 것도 그렇고, 하나부터 열까지 열 받는 여자였다. 유에는 속이 부글부글 끓는 심정으로 폭풍처럼 『뇌룡』 12체 동시 소환을 행했다.

『이 세상에 믿을 사람은 없어요.』

유에가 할 수 있으면 허상도 할 수 있다. 아무렇지도 않게 『뇌룡』 무리를 상쇄하면서 허상은 말을 이어갔다.

『그렇게나 믿었던 숙부님, 그리고 우발도와 기사들이 나를 배신한 게 그 증거죠.』

"······."

낭랑한 목소리로 과거의 기억이 밝혀졌다.

『싸우고 싸우고 또 싸워서 조국에 헌신했는데······.』

불과 열두 살 때부터 전쟁터에 계속 몸을 두었다. 죽음이 만연한 곳에 계속 몸을 두었다. 사람의 죽음을 계속해서 퍼뜨렸다. 그만큼 증오와 원한도 많이 샀다.

보통은 마음이 병들어도 이상하지 않았다. 당대 최강 중 한 명이며 백성에게 상상을 초월하는 기대를 받아 그 중압에 짓눌려도 이상하지 않았다.

그래도 견디며 계속 싸울 수 있었던 것은 모두 조국을 사랑하기 때문이었고 소중한 사람들을 위해서였다.

그런데······.

TV의 노이즈처럼 경치가 덧씌워진다. 유에가 숨을 헉 삼켰을 때는 이미 늦었다. 다시 대미궁의 의지가 기억의 세계를 창조한다.

왕좌가 있는 방이었다.

진홍색 융단이 일직선으로 방을 분단하고 그 앞에는 흰 계단이, 그 위로는 장엄한 왕좌가 보였다. 그곳에는 진홍색 드레스를 입은 소녀— 스무 살이 된 아레티아가 있었다.

대관식은 약관 17세에 이루어졌다. 아바타르 왕국의 여왕이 된 지도 3년이 지나려 하고 있었다.

원래대로라면 앞으로 30년은 아버지인 램버트 국왕이 앉아 있었을 것이다. 너무 이른 왕위 계승이었지만 딱히 찬탈한 것은 아니었다.

어떻게 보면 필연이라고 할 수 있었다.

끝나지 않는 전쟁 속에서 압도적인 힘으로 조국을 방어한 공적은 국내외로 엄청난 명성과 경외심을 끌어모았다.

끝끝내 아바타르 왕국을 함락하지 못하고 막대한 인적, 물적 손실을 본 적국마저 대단하다며 혀를 내둘렀다면 그 대단함을 이해할 수 있을까?

외모는 여전하나 나이를 먹을수록 여성으로서 매력을 더해가는 미모는 이미 신성하다고 표현되는 수준이었다.

혹은 변치 않는 외모 그 자체에서 사람들은 신성함을 느낀 것인지도 몰랐다. 결국에는 그런 숭배자들이 모여 새로운 종교까지 만들었다.

인간족 최대 종파가 때때로 면회를 신청했고, 그런 교류 끝에 타 종족이면서도 신으로 인정받아 최상급 지위를 약속받는 전무후무한 사건이 일어났을 때는 모두 인정할 수밖에 없었다.

아바타르 왕국의 왕녀는 이 세계에 사랑받는 특별한 존재라고…….

그런 이유로 램버트 전 국왕도 세계의 시류를 거스르지 않고 오히려 기뻐하며 딸에게 왕좌를 물려줬다.

혼인을 통한 동맹 요청이 물밀듯 밀려드는 것도 당연했다. 그러면 전란의 시대를 잠재울 평화의 바람이 부는 것 또한 필연…….

세계는 아바타르 왕국의 아름다운 여왕을 중심으로 점차 진정되어 갔다.

진정되리라, 생각했었다.

"그럼 폐하, 대응은 맡겨주신다는 뜻이지요?"

"네. 그렇게 하세요."

"알겠습니다. 그럼 이만 물러나겠습니다."

"앗, 숙부님!"

알현을 가진 외국 사신이 물러난 뒤, 아레티아는 재상인 딘리드와 의견을 나누고 있었다. 무표정한 숙부는 빠르게 이야기를 정리하고 금방 떠나려고 했다. 아레티아는 그런 숙부를 얼떨결에 불러 세웠다.

"무슨 일이시죠?"

"저, 오랜만에 저녁을 함께할 수 있을까요? 의견을 구하고 싶은 일이 있어서요."

"명령입니까?"

"네? 아뇨, 그런 건……."

"그렇다면 황공하오나, 청을 받아들이기 어렵습니다. 처리해야 할 안건이 있는 관계로……."

"그런가요……."

"예. 그럼 이만 물러나겠습니다."

딘리드는 냉큼 방을 나갔다. 마치 한시라도 빨리 이곳을 떠나고 싶다는 듯이…….

아레티아는 숙부의 등을 계속 바라보았지만 그는 기어코

돌아보지 않았다.

문이 쾅 닫혔다.

아레티아는 넓은 방에 덩그러니 혼자 남았다.

"……"

언제부터였을까?

숙부와 거리를 느끼게 된 것은…….

교육을 담당하던 숙부가 역할에서 벗어났을 때부터였을까?

작년 그의 생일날, 마지막으로 식사를 함께한 때부터였을까?

아니면 대관식 날 그가 괴로운 표정을 보였을 때부터였을까?

아레티아는 생각했다.

친부모보다 오랜 시간을 함께 보낸 숙부였다.

말로 한 적은 없지만, 금이야 옥이야 하며 바라는 것은 뭐든지 들어주는 부모보다 때로는 엄하게 꾸짖어주는 숙부를 더 친부모처럼 느꼈다.

자신을 바라보던 자애로운 눈빛이 떠올랐다.

이제는 미소조차 보여주지 않는다.

차가운 얼음벽에 둘러싸인 기분이었다.

무슨 불쾌감을 줬던가?

무슨 실수를 해서 미움받았나?

몇 번이나 대화할 자리를 마련하려고 했지만 숙부는 언제나 등만 보여줬다. 아니면 누가 계산이라도 한 것처럼 방해꾼이 끼어들었고 아버지와 어머니, 그 측근들까지도 경계하듯 접촉을 줄여 나갔다. 결국 아직까지 그와 허심탄회하게 이야기를 나눌 기회는 찾아오지 않았다.

숙부만이 아니었다. 그의 부하와 가족이나 다름없는 신하들과도 마음의 거리가 멀어지는 느낌이었다.

지금 아레티아의 곁에 아무도 없는 것이 그 사실을 증명하는 것 같았다.

당혹감과 강한 외로움이 아레티아의 마음을 흔들었다.

그로부터 수년 후.

어긋난 평화의 톱니바퀴는 점점 큰 소리로 삐걱대기 시작했다.

"나의 귀여운 아레티아. 이제 더 볼 것도 없지 않느냐? 왕으로서 결단을 내리려무나."

아버지와 어머니, 측근들이 강하게 호소했다. 몇 번이고 끈질기게, 아레티아를 걱정하는 것 같으면서도 어딘지 모르게 공포를 자아내는 상냥한 표정으로……

존경하는 숙부, 딘리드 재상을 숙청하라고 호소했다.

이미 아레티아 곁에 딘리드와 그의 부하들은 거의 모습을 보이지 않게 되었다. 그에 비례해 아레티아 주변에는 선왕 시절의 측근들이 모였고 우발도와 근위 기사들마저 딘리드 아래로 가 버렸다.

"그자는 야심가다. 너에게 왕좌를 빼앗겼다고 생각한단다. 너무 위험해."

"최근 월권행위가 도를 넘어섰습니다. 폐하, 그분의 권력욕은 의심할 여지가 없으며 실제로 이미 무시할 수 없는 영향력을 갖추었습니다. 결단하여 주십시오."

"맞습니다, 폐하. 심정은 헤아리는 바이나, 이건 필요한 일입니다."

심정을 헤아려? 대체 뭘 헤아린단 말인가!

아레티아는 가슴속에 타오르는 분노를 여왕의 가면으로 감추고 목구멍까지 올라왔던 말을 가까스로 삼켰다.

어떻게 그럴 수 있겠는가.

숙부님을 숙청하라니, 어떻게 그럴 수 있겠는가.

모두 입을 모아 야심가라느니 권력에 눈이 먼 위험인물이라고 말하지만 아레티아는 믿지 않았다.

가령 그렇다고 해도 숙부가 왕좌를 바란다면 양보해도 상관없었다.

아무튼 이야기를 나누고 싶었다. 무척, 무척이나, 말로 표현할 수 없을 정도로 이야기를 하고 싶었다. 무슨 말이든 상관없다. 숙부의 말을, 목소리를, 본심을 듣고 싶었다.

하지만 그 기회는 결국 마지막 순간까지 오지 않았다.

운명의 날이 찾아왔다.

그날, 아레티아는 왕좌에 앉아 교회의 사자를 알현하고 있었다.

놀랍게도 그는 아레티아가 교회 최고 권력자— 교황에 필적하는 지위인 『신탁의 무녀』로 점지되었다고 전해 왔다. 이종족 최초이자 흡혈귀족과 인간족 사이를 잇는 큰 징검다리가 될 것이라며 사람들이 크게 기뻐하는 와중에 그 사건이 일어났다.

갑자기 문이 폭발했다. 그리고 굉음과 함께 마탄이 유성우처럼 쏟아져 들었다.

그것들이 교회의 사자들을 모조리 참살하고, 이어서 완전 무장으로 들이닥친 집단— 우발도가 이끄는 근위 기사단 일부가 측근들의 숨통을 족족 끊었다.

"우, 우발도! 그만두세요! 명령입니다!"

스스로도 우스꽝스럽다고 생각했다.

그들의 행동이 무엇을 의미하는지 알면서 마음이 현실을 인정하려고 하지 않았다.

그래서 금대 최강이라고 불리는 여왕이면서도…….

—그 왕좌를 받아가겠다.

허무하게, 심장에 칼을 허락하고 말았다.

"수, 숙부님? 왜……."

숙부는 코앞에서 마치 자신을 끌어안듯이 칼을 찔렀다.

표정은 잘 보이지 않았다. 그저 힘이 너무 들어간 탓인지 손이 떨리고 있었다.

까득, 이를 악무는 소리가 알현실에 메아리치는 아비규환 틈새로 들렸다.

그토록 분노했었나?

그토록 증오했었나?

몸을 꿰뚫은 차가운 칼날에 마음이 얼어붙어 갔다.

"숙부님, 이야기를!"

아레티아는 그래도 말을 나누려고 했다. 그러나─.

『숙부님은 아무 말도 해주지 않았다. 그렇죠?』

"윽……!"

갑작스럽게 현실감이 돌아왔다. 자신을 꿰뚫은 칼날은 어느새 얼음 칼로 변해 있었고 눈앞에 있는 사람은 숙부가 아니라 비웃는 허상이었다.

무대는 먼 옛날의 저주스러운 장소 그대로건만 배우만 현실로 바뀌었다.

백일몽처럼 지나간 일들은 아마 현실에서 1초 남짓한 사건이 아니었을까.

"……정말로 귀찮게!"

유에는 자기도 모르게 뇌까리면서 자신을 중심으로 공간 파쇄를 발동했다.

허상이 날아감과 동시에 심장에서 얼음 칼이 쑥 뽑혔다.

허상은 공중에서 둥실 정지했다.

아버지가, 어머니가, 측근들이 우발도와 근위 기사들에게 죽어 가는 참극을 배경으로 허상은 비웃음을 띤 채 언어의 칼날을 던졌다.

『모든 사람이 의심해도 나만은 믿었는데..』

그 말을 무시하고 유에는 공간 마법 『천단』을 발동해 과거의 정경과 자신의 허상을 공간째로 절단했다.

시야가 거울이 깨지듯 일제히 어긋났다. 하지만 과거의 정경은 사라지지 않았고 허상 또한 자기 주변의 공간을 고정해서 방어했는지 아무런 피해도 없었다.

『배신당했어! 나는 배신당했어!』

즐겁게, 슬프게, 노래하듯 속마음을 외치며 춤추듯 하늘을 날아 살의를 보냈다.

현실에서 몰아친 마탄의 폭풍이 유에를 덮친다.

과거에서 몰아친 마탄의 폭풍이 아레티아를 덮친다.

유에는 말없이 맞받아쳤고 아레티아는 처절하게 소리치며 피를 뿜었다.

몇 번이고 현실과 과거에서 같은 일이 반복되었다.

『그렇게 믿었는데! 그렇게 정을 쌓았는데!』

유에와 허상 사이로 아레티아가 떠밀려 날아왔다. 치명상급 공격을 수도 없이 몸으로 맞았으나 그때마다 『자동 재생』이 신체를 복원했다.

하지만 그 비범한 힘도 마음까지 고쳐주지는 않았다. 혼란에 빠져 현실을 부정하고 만신창이가 된 마음으로는 반격도 할 수 없었다.

쓰러진 채 움직이지 않는 아레티아의 눈동자에서는 이미 빛이 사라져 있었다. 마음이 망가진 것처럼…….

이다음 전개는 안 봐도 뻔했다. 굳이 떠올려주지 않아도 기억한다.

움직이지 못하게 구속구에 묶인 채 비탄 속에서 정신을 잃었다. 그리고 깨어나니 나락 밑바닥에 유폐되어 있었다. 그 후로 300년이 지났다.

감옥과 암흑 속에 봉인되어 하염없이 절망을 낳고 증오를 키웠다.

『사람은 사람을 배신해요. 자기 욕망을 위해서.』

그러니까 똑바로 보세요. 땅을 기는 과거의 자신을.

그리고 인정하라며 허상은 말했다.

『가장 사랑하는 사람도 소중한 친구도, 누구든 당신을 배신해요.』

나구모 하지메도 시아도, 그 누구라도 반드시 유에를 배신한다.

믿음 따위, 인연 따위 모두 허황된 것이니까.

그러니까—.

"⋯⋯흑역사 박, 살!"

쾅! 충격이 퍼졌다.

그것은 황금색 마력이 분출한 소리. 그리고 유에가 과거의 자신을, 기어 다니는 아레티아를 짓밟는 소리!

화면에 노이즈가 발생하는 것처럼 과거 정경이 지직거렸다. 얼음 거울과 얼음 나무가 펼쳐진 현실 세계가 돌아오고 있었다.

과거 세계가 깨졌다.

『⋯⋯역시 안 통하나요? 계속 약화가 진행돼서 알고는 있었지만요.』

허상이 어딘지 모르게 기가 막힌 뉘앙스로 말했다.

사실 이 『허상 시련』은 자신이 인정하고 싶지 않은 부분을 극복하는 것. 자신의 마음을 부정하면 부정할수록 허상은 강해지며 반대로 인정하고 받아들이면 약해진다. 그런 구조였다.

그런데 이 시련이 시작된 후로 허상은 한 번도 강화되지 않았다.

그것은 유에가 과거의 배신에 전혀 동요하지 않았다는 증거이며 동시에 하지메의 애정과 동료들의 우애를 추호도 의심하지 않는다는 뜻이었다.

"……응. 당연하지! 유에 씨는 사랑받는 캐릭터니까!"

가슴을 쭉 펴고 당당한 얼굴로 말했다.

찬물을 끼얹은 듯한 정적이 깔렸다. 사랑받는 캐릭터 유에 씨가 살짝 눈알을 굴렸다.

기막힌 표정이 더 짙어지며 허상은 말을 이었다.

『그래도 약체화는 아주 완만하게 이루어져요. 그건 당신 마음이 배신에서 완전히 자유롭지 않다는 증거.』

작은 상처를 후비는 것처럼 비웃고 현실을 들이댔다. 그러나 역시 유에는 동요하지 않았다.

"……당연해. 나한테 과거의 배신은 중요하니까."

『뭐라구요?』

무슨 말인지 몰라 의아해하는 허상에게 유에는 말했다.

"……숙부가 배신해주지 않으면, 나락 밑바닥에 봉인해주지 않으면, 나는—."

─하지메와 만나지 못했다.

배신의 아픔은 기억한다. 슬픔도 기억한다. 절망했다. 증오했다. 체념했다. 미쳐 버릴 만큼, 차라리 죽고 싶을 만큼 괴로웠다.

하지만 그게 어쨌다는 말인가?

"……배신당한 과거 없이 그 사람과 만날 수 없다면, 설령 과거로 돌아갈 수 있더라도 나는 몇 번이든 똑같은 길을 고를 거야. 몇 번이든 똑같은 고통을 당해줄게."

─만약 그날로 돌아간다 해도 나는 몇 번이든 같은 길을 선택할 거야.

한때 하지메는 그렇게 말했다. 배신당하고 나락에 떨어져 힘든 고생을 한다고 해도, 그래도 그는 유에와 만나고 싶다고 말했다.

후후후. 행복에 겨운 목소리가 들렸다.

그 미모에 보인 것은 하지메라면 배신이라도 받아들이겠다는 부담스럽기 짝이 없는 사랑이었다.

의심한 적은 단 한 번도 없었다. 그래도 이미 믿음의 유무조차 인연의 기준이 되지 못했다.

모든 것을 받아들이며 사랑하는 사람을 놓치지 않는다. 믿음이 가져다주는 의지가 아니라 욕망이 가져다주는 의지였다.

순애라고 말하기 어려운 일그러진 마음이었다. 보통은 언제 파탄 나도 이상하지 않다. 그런 사랑을 받아들이는 사람도 정상은 아니다.

하지만 허상은 그런 유에의 고백을 부정하지 않았다. 할 수 없었다.

왜냐면 대미궁의 시련이기에 다른 곳에서 지금 막 시련을 돌파한 그 『사랑하는 사람』이란 작자의 본심도 알았으니까.

의존이라고도 할 수 있는 사랑. 무슨 일이 있어도 놓아주지 않겠다는 사랑.

어떻게 이리도— 유유상종인가.

허상은 어이가 없어서 말도 안 나온다는 양 천장을 올려다보고 한숨 쉬었다.

물론 서로 배신당해 갖은 고통을 맛본 끝에 나락 밑바닥에서 만난 두 사람이니만큼 이야기 속에나 나올 아름답기만 한 순애는 오히려 어울리지 않을지도 모른다. 동시에 이미 배신이나 믿음으로 도전자의 마음을 흔들 수는 없다고 확신했다.

승패는 결정됐다. 유에는 시련을 돌파했다. 연인과 똑같이 마음의 어둠을 극복하지 않는, 대미궁이 의도하지 않은 방법으로……

"……슬슬 끝내야겠어."

유에가 선언하고 황금색 마력이 공간을 물들였다. 오천룡이 포효하며 신대 마법이 난무했다.

약체화한 허상과 체크메이트를 거는 진짜.

하지만—.

허상의 입꼬리가 슥 올라갔다.

『그래. 당신에게는 나구모 하지메가 모든 것의 근간이라는 거군요.』

아레티아란 존재는 이미 없었다. 조금 전 과거의 자신을 주저 없이 짓밟아 없애 버렸듯이. 그렇다면 과거의 일로 흔들리지는 않을 것이다.

그럼 미래는?

허상은 유에의 막강한 마법을 전부 상쇄하지 못해 튕겨 날아가면서 마법의 말을 중얼거렸다.

『모순에서 눈을 돌리며.』

"……?"

『자신이 누구인지 생각하길 포기하고.』

"……무슨."

―쭉 그의 곁에 있을 수 있을 거라고, 진심으로 생각하나요?

"……뭐?"

당황하는 목소리가 미세하게 흘러나왔다. 허상을 마무리 지으려고 보낸 오천룡이 세 마리까지 상쇄되고 남은 둘도 치명상을 입히지 못하고 지나쳤다.

약해졌던 허상의 힘이, 조금 돌아와 있었다.

"큭…… 이대로 끝내겠어."

『가능한가요?』

꺼질 뻔했던 싸움의 불이 다시 살아났다.

한편 그 무렵—.

"쳐 날아가, 예요오오오오!"

『으으으윽!』

얼음 나무가 있는 거대한 공간에 쩌렁쩌렁한 함성이 울려 퍼졌다.

한 박자 늦게 고통을 참는 소리도 메아리쳤다.

한쪽은 거대한 전투 망치 드뤼켄을 휘두른 자세로 긴장을 풀지 않는 시아.

다른 한쪽은 핀 볼처럼 날아간, 흑발에 검은 토끼 귀를 가진 허상 시아였다.

허상은 위력을 줄이지도 못하고 등부터 얼음 나무에 격돌했다. 다시 굉음이 울리고 얼음 나무 기둥이 거미줄 모양으로 깨졌다.

허상은 주르륵 미끄러져 내려 바닥에 무릎 꿇었다. 간신히 검은 드뤼켄을 짚어 땅에 엎어지는 추태만은 면했다.

쩍쩍, 얼음 나무가 재생하는 소리를 배경음 삼아 허상은 약하게 고개 들었다. 흑발 사이로 검붉은 눈동자가 엿보였다.

『가족의 비명을 잊었나요? 그 비극은 모두 당신 탓이에요.』

그 순간, 시아의 머릿속에 끔찍했던 과거가 되살아났다. 모래가 휘날리는 황야가 떠올랐다.

─안 돼, 하지 마!

─아파, 아파! 제발 이러지 마!

─도망쳐! 어서!

비명, 비명, 비명. 고통에 울부짖고 영원한 이별에 절규하고, 그래도 앞을 향해 달리는 가족에게 제발 도망가라며 목청껏 소리쳤다.

비례하여 천박한 웃음소리가 커졌다. 수많은 말발굽이 연주하는 소리와 함께 무차별적인 악의가 격류처럼 밀려들었다.

—하하하, 토끼 사냥이다!

—늙은 놈은 죽여! 방해만 된다!

—절반은 팔아야 해! 최대한 흠집 내지 마! 나머지는 알아서들 해!

그들, 제국 병사들에게 시아의 가족은 장난감에 불과했다. 사람을 보는 눈이 아니었다.

시간이 지난 지금도 선명하게 떠올릴 수 있었다. 잊을 수 있을 리 없었다.

—야, 저기 봐! 저 백발 토인족은 뭐야?!

들뜬 목소리였다. 짐승이 사냥감을 발견하고 이빨을 드러내는 폭력적인 기운이 풍겼다.

—저건 내 사냥감이다! 도망 못 가게 해!

욕망에 빠진 탁한 눈이 시아를 보며 똑바로 다가왔다. 그 사이에 있는 가족의 목숨을 벌레처럼 짓밟으면서…….

—싫어요! 안 돼애애애애! 하지 마아아아아!

울부짖는 소리는 자신의 목소리였다. 돌아보자 유린당한 가족에게 뻗은 손을 붙잡고 캄과 다른 가족이 시아를 끌고 가다시피 도망치고 있었다.

아, 또다. 또 나 때문이다.

『맞아요. 당신 때문이에요.』

언어의 창이 날아들고—.

눈앞으로 다가온 제국 장병 그리드의 창도 뻗어 오고—.

"시끄러워, 예요오!"

『아윽!』

그리드의 안면에, 아니, 허상의 안면에 시원스러운 라이트 스트레이트가 꽂혔다. 허상이 회전하며 날아가 땅바닥에 격돌한 뒤 수차례 튕기고 나서야 겨우 멈췄다.

『큭, 정말로 틈이 없네요!』

기억은 기억일 뿐. 대미궁의 영향으로 강제로 떠오른다고 해도 시아의 의식을 현실에서, 눈앞에 있는 적에게서 떨어뜨려 놓지는 못했다.

오히려…….

『당신 출생이— 윽?!』

마음을 흔들기 위해 무슨 말을 하려던 허상이 토끼 귀를 쫑긋 세웠다. 그리고 퍼뜩 옆으로 뛰었다. 그 순간, 조금 전까지 있던 장소에—.

"납작궁!"

귀여운 단어와는 거리가 먼 충격이 꽂혔다. 전투 망치의 일격으로 지면이 악몽처럼 박살 났다.

그리고 허상이 자세를 바로잡고 구덩이가 생긴 바닥을 목격했을 때에는—.

『……?!』

등 뒤에서 전투 망치를 어깨 뒤로 쭉 뺀 그림자가 자신을 덮치고 있었다.

시아가 아니라 오히려 허상이 시아를 쫓아가지 못하고 있었다.

『너무 빨라!』

"너무 느려요!"

전율이 허상의 말투를 무너뜨렸다. 팡, 하고 공기가 파열하는 소리는 전투 망치가 음속을 돌파한 증거. 순간적으로 검은 드뤼켄으로 방어하는 것이 한계였다.

허상은 충돌 시 충격에 휘말려 날아갔다. 그것만으로 싸움을 결판 지을 만한 위력이었다.

얼음벽에 격돌했지만 숨 한번 고를 새도 없이 검은 드뤼켄을 격발했다. 그 충격으로 옆으로 뛰자마자—.

"이야아압~!"

귀여운 기합과는 정반대인 단순한 플라잉 니 킥이 들어왔다. 벽이 폭발했다. 그런 착각이 들 정도의 붕괴가 일어났다.

『전부! 당신이 태어난 탓이에요!』

뭐 이런 어처구니없는 게 다 있냐고 속으로 소리 지르면서도 허상은 자기 역할을 충실히 이행했다.

시아가 보유한 모든 전술과 시련으로서 가진 성능을 전부 활용해 멈추지 않고 움직였다.

『가족은 숨어서 살아야 했어요!』

쇠공이 어지럽게 날아들었다. 단순한 투척이건만 마치 포탄

같았다.

허상은 그것들을 아슬아슬하게 피하거나 받아치며 조금이라도 시아의 마음속 어둠을 들춰내려고 언어의 포탄으로 받아쳤다.

『같은 토인족에게도 백안시당했어요!』

시아의 존재는 일족을 제외한 같은 토인족에게도 불안 요소였다.

다른 토인족들도 폐쇄적인 하우리아 족을 꺼림칙하게 생각해 거리를 뒀고, 그 탓에 물물 교환이 여의치 않아 생활도 어려워졌다. 필요할 때 도움을 받지도 못해 다른 일족보다 훨씬 힘들게 자급자족을 이어가야 했다.

그게 모두 시아라는 이단아가 태어난 탓이었다.

그 순간부터 하우리아 족은 수해의 미움받이가 되고 말았다.

가장 많은 비난을 받은 사람은 캄이었다. 얼마나 고생시켰던가.

허상이 검은 드뤼켄 연속 포격으로 시아를 공격했다.

시아는 드뤼켄을 방패로 작렬 슬러그 탄 맹공을 버텼다.

동시에 다시 기억이 환기됐다.

다른 토인 일족이 급히 하우리아 부락으로 와서 폐쇄적인 성향을 고치라고 모든 일족의 총의를 전했다.

—하우리아 족장! 작작 좀 해!

—가뜩이나 토인족은 최약체 종족이라고 멸시당하는데 하다못해 같은 종족끼리는 더 교류해야지.

―하우리아가 우리 토인족의 단결을 망친다는 걸 왜 몰라?

퍼뜩 나무상자 뒤에 숨은 어린 시아는 그곳에서 쭉 지켜보고 있었다.

충분히 일리 있는 비난을 꿋꿋이 견디는 아버지의 모습을…….

―미안하오. 도움이 필요하다면 기꺼이 돕겠소. 하지만 교류는 삼가고 싶군. 하우리아 족은 그런 일족이야.

굳은 표정으로 딱 잘라 말하는 캄에게 비난이 쇄도하는 것 또한 당연한 결과였다. 집회가 끝나고 분노를 표출하며 돌아가는 한 겨레들에게 아버지는 깊이 숙인 고개를 들지 못했다. 그 모습이 어린 시아에게 강한 죄책감을 심어줬다.

동시에 칼로 새기듯 마음속에 각인됐다.

그렇게 해서까지 숨겨야만 하는 자신은―.

『이 넓은 수해에 나는 오직 혼자뿐! 가족조차도 나와는 달라!』

―라고.

『도망치면 좋았을 텐데! 혼자서! 가족에게서 떨어져서! 그러면 그렇게 죽진 않았을 텐데! 전부 내가 약하니까! 몸도 마음도 약하니까…….』

"칙칙해―――예요오!"

땅을 구르는 진각. 단순히 바닥을 세게 밟았을 뿐인데 얼음 바닥이 깨져 융기했고, 허상의 작렬 슬러그 탄이 즉석 방패에 막혔다. 그 직후, 그 얼음 방패가 시아의 주먹 한 방에 깨져 사방으로 튀었다. 즉석 포탄이 된 얼음 파편이 작렬 슬러그 탄의 궤도를 조금씩 틀었다.

근력으로 화망에 구멍을 낸 시아는 순식간에 허상과의 거리를 절반까지 좁혀 드뤼켄을 투척했다. 그리고 허상이 뒤로 뛴 틈에 또 거리를 절반으로 줄였다.

당황한 허상은 다시 작렬 슬러그 탄으로 집중포화를 쏘아 댔지만―.

"시아류 비기! ―『버티기』!"

『그게 무슨 비기예요!』

지적은 지당했으나 현실은 비정했다.

시아는 양팔로 크로스 가드를 한 채 거침없이 돌진했다. 상식을 넘어선 신체 강화를 승화 마법으로 더욱 강화하니 작렬 슬러그 탄을 직격으로 맞고도 피부가 조금 찢어지는 정도로 버텨 내고 있었다.

그리고 한순간이라도 버티면 그곳은 이미 시아의 사정권이었다.

"아자아아아아아아! 예요오!"

억지로 갖다 붙이는 『예요오』 뒤로 혼신의 라이트 스트레이트가 파고들었다.

쾅! 주먹과 전투 망치가 부딪쳤다고는 도저히 생각하기 힘든 굉음이 울리고 버티지 못한 허상이 또 하늘로 날아갔다.

이어서 절렁절렁 쇠사슬 소리가 들리고…….

『아―.』

아차, 했을 때는 이미 시아의 왼팔이 세차게 돌아가고 있었다. 분리되어 사슬에 이어진 드뤼켄의 자루와 함께.

얼음 나무를 기점으로 원심력을 듬뿍 실은 드뤼켄이 포물선을 그렸다. 허상이 할 수 있는 일은 눈을 크게 뜨는 것뿐이었다. 완벽하게 미래 위치를 노린 드뤼켄이 허상에게 직격했다.

허상은 이번에도 무슨 장난감처럼 옆으로 진로를 바꿔 날아가 속수무책으로 빙벽에 격돌했다.

깨진 얼음 파편이 공중에 날리고 빛을 반사해 환상적으로 반짝거렸다.

그 빛 속에 다른 빛나는 입자가 섞였다.

『아하하…… 못 이기겠네요.』

허상은 허탈함이 다분히 섞인 목소리로 말했다. 왼쪽 어깨를 잡고 얼음벽을 부수며 빠져나오지만 그 몸이 부스스 허물어지듯이 입자가 떨어졌다.

"이제야 한계가 왔나 보네요."

『당신의 한계는 한참 멀었나 보고요.』

작렬 슬러그 탄으로 받은 상처도 이미 재생 마법으로 회복이 끝나 있었다.

이쯤 되면 그냥 어이가 없다며 허상은 머리를 저었다.

『정말로 요만큼도 동요하지 않네요. 분명히 당신이 가진 어둠일 텐데…….』

미동도 하지 않았다. 흔들리기는커녕 현실을 들이댈수록 자신이 더 약해졌다. 시련이 시련으로서 기능하지 못한다며 한탄하는 허상에게 시아는 정말로 무슨 소리인지 모르겠다면서 도리어 자기가 어이없다는 표정을 보였다.

"과거는 못 바꿔요. 짊어질 수밖에 없죠. 그래도 미래를 위해 노력하겠다고 맹세했잖아요?"

그 날, 미래를 본 날에⋯⋯.

쫓기고, 잃고, 또 쫓기고. 절망과 비탄 속에서 본 미래.

단 두 명의 희망— 하지메와 유에.

두 사람과 함께 있는 미래에 도착하기 위해서 멈춰서는 안 된다. 손을 계속 뻗으라고 자신을 질타했다.

"—『소중한 사람들을 빼앗으려는 모든 것에 맞서고 모든 것을 지킬 수 있는 사람』. 그런 사람이 되겠다고 스스로 맹세했잖아요."

그 옛날 어머니— 모나가 바랐고, 시아가 이어받은 마음.

그러니까 더는 약하게 살아가지 않겠다고, 강해지겠다고 분발했다.

그래서—.

"그런 고뇌, 그런 각오, 옛날 옛적에 끝냈어요."

전투 망치를 붕 휘두르고 어깨에 올려 톡톡 두드렸다.

그 모습은 마치 거목 같았다. 강하고 유연하며 흔들리지 않는⋯⋯.

『⋯⋯마음의 어둠이란 그럼에도 사람을 늪으로 끌어들이는 거예요.』

마음에 기생하는 악감정은 그렇게 쉽게 자신을 놓아주지 않는다.

분명히 그럴 텐데⋯⋯.

"당신은 저지만, 역시 전부는 아닌가 보네요. 대미궁의 의도가 개입했다는 게 느껴져요. 그렇지 않다면 지금 제가 그 정도 말에 동요할 리 없다는 걸 처음부터 알았을 테니까."

사라지지 않는 마음의 상처였다. 많은 가족을 잃은 날을 시아는 절대로 잊지 않는다.

누가 뭐라고 해도, 어떻게 변명해도, 자신이 원인이었다는 사실을 부정하지 않는다.

그러나 이미 울기만 하는 자신과는 결별했다. 도망치고 숨을 뿐인 나약함을 버리기로 맹세했다.

다리는 절대로 멈추지 않는다. 가장 나은 미래를 위해 계속해서 걸어간다.

왜? 뻔하지 않은가.

이 목숨은 가족이 지켜준 것.

최약체 종족이면서 누구에게 무슨 짓을 당하든 보살펴준 것.

아버지가 견디고 어머니가 바란 둘도 없이 소중한 생명.

그리고 지금은 새로운 『소중한 것』이 많이 있었다.

마음으로 받아들여준 사랑하는 사람. 누구보다 마음으로 다가와준 언니이자 친구. 그밖에도 많이…….

이번에는 자신이 지켜야 할 『소중한 사람들』이었다.

"마음의 어둠? 불우한 환경? 하, 비극의 히로인 따위 관심 없어요."

나는 축복받았다.

이렇게 지켜주는 사람이 있고, 이렇게 지켜주고 싶은 사람이 있다.

자신 있게 말할 수 있었다.

그런데 어떻게 『절망』하겠는가? 누구보다 시아 본인이 그 나약함을 용서하지 않는다.

고작 자기감정 하나 때문에 무릎을 꿇다니 가당치도 않았다.

"선언할게요."

대담하게 씩 웃으며, 폭풍을 일으키며 전투 망치를 앞으로 뻗었다.

허리를 꼿꼿이 펴고 당당하게 선 모습은 자신감에 넘쳤고 허상마저 눈길을 빼앗길 정도로 아름다웠다.

멍하게 있는 허상에게 시아는 가슴을 펴고 목청 높여 말했다.

"지금 저는 무적이에요. 어떤 적이 와도 질 것 같지 않아요!"

그것은 이미 하나의 주문이었다.

그것을 증명하듯 허상은 또 몸에서 힘이 빠져나가는 것을 느꼈다.

부정의 주문을 긍정의 주문으로 똑바로 되받아친 기분이었다.

실력도 마음도, 정면 승부로 정면 돌파.

이해했다. 제대로 이해했다. 이 도전자는 강하다.

아주 조금 허상의 얼굴에 다정한 감정이 떠올랐다.

『알겠어요. 자기 극복이 목적인 이 시련을, 당신은 이미 이겨 냈던 거군요.』

"맞아요. 제 소중한 사람들이 기다리니까 힘으로 뚫고 나가겠어요!"

『후후, 좋아요! 마지막 일격을 마음껏 날려 보세요!』

연한 하늘색 마력과 검붉은 마력이 나선을 그리며 치솟았다.

돌진은 동시였다. 충격으로 바닥이 터졌다. 첫걸음부터 속력을 최대로 올린다.

바람이 따라오지 못하는 속도를 드뤼켄을 격발해 더욱 가속한다.

2색 마력광이 꼬리를 무는 광경은 마치 시아와 허상이 유성으로 변한 것만 같았다.

시아의 의식이 길게 늘어지며 세계의 색이 바랜다.

슬로비디오처럼 느려진 세상에서 파트너인 드뤼켄을 발도술 자세처럼 허리로 가져갔다. 돌진의 기세를 실어 1회전. 흉악할 정도로 원심력을 실은 혼신의 일격을 날린다.

음속을 넘은 일격이 공기의 벽을 찢어 흰 막을 발생시키고 한 박자 늦게 파열음이 터졌다.

허상도 완전히 똑같았다. 거울처럼 검은 전투 망치를 휘둘렀다.

양자의 전투 망치가 정면에서 격돌하고…… 그 찰나, 천둥과 닮은 굉음이 울려 퍼졌다.

어마어마한 충격파가 방사상으로 퍼지고 주변 일대에 있는 공기와 땅을 모조리 날려 버렸다. 유에의 중력 마법이라도 맞은 것처럼 순식간에 크레이터가 파였다.

그 중심에 있는 것은—.

『훌륭해요.』

시아였다.

공중에서 포물선으로 날아가는 허상은 입을 희미하게 올리고 찬사를 보냈다.

그리고 그대로 녹듯이 사라졌다.

폭심에서 자세를 유지하던 시아는 잠시 후 천천히 숨을 뱉고 힘을 뺐다.

승패를 알리듯 격발에 사용된 탄피가 바닥에 떨어져 찰그랑찰그랑 맑은 음색으로 울렸다.

천장을 올려다보며 자연스럽게 말이 나왔다.

"……어머니. 저는 다정한 괴물이 되고 싶어요."

일찍이 모나는 말했다. 자신은 괴물이냐고 물으며 우는 어린 시아에게 부드럽게 일깨워줬다.

—되고 싶은 대로 되면 돼. 넌 누구라도 될 수 있어.

아직 멀었다. 더 강해지겠다. 소중한 사람들을 모두 지키는, 부조리할 만큼 강하고 다정한 괴물이 되고 말겠다.

그렇게 원하고 바라서 지금 여기에 있다.

어땠을까? 만약 이곳에 어머니가 있었다면 어떻게 생각했을까?

—나는 시아 하우리아다. 불만 있냐! 그러면서 가슴을 펴렴.

어머니의 말을 떠올리고 후후 웃었다. 웃고, 가슴을 펴서 보고했다.

"이게 나, 지금의 시아 하우리아예요. 불만 있어요?"

—강해졌구나, 시아.

어머니의 목소리가 토끼 귀를 보듬은 것 같은 기분이 들었다.

그리고 마치 축복이라도 하는 것처럼 시아 정면에 있는 벽에 새로운 길이 열렸다.

드뤼켄을 어깨에 걸쳐 맨 시아는 망설임 없는 발걸음으로 걸어 나갔다.

5분 정도 지났을까.

토끼 귀를 살랑거리며 어두운 외길을 경쾌하게 달려간 시아는 문득 어떤 인기척을 느꼈다. 가장 친밀감을 불러일으키는 인기척에 기뻐서 토끼 귀의 털이 확 부풀었다.

크게 커브를 꺾자 그곳은 막다른 길이었다. 하지만 인기척이 그 벽 너머에서 느껴졌기에 시아는 멈출 생각 따위 하지 않았다.

이곳에 다른 사람이 있었다면 요즘 들어 사고방식이 너무 무식하지 않냐고 어이없어 했겠지만…… 어차피 전진 말고는 다른 선택지를 버렸을 의혹이 있는 자칭 무적 시아는 틀림없이 멈추지 않았을 것이다.

"방해물은 때려 부수는 것! 이에요!"

순항 속도에서 단숨에 탑 스피드로. 외길이니까 막다른 길처럼 보여도 조금 전처럼 길이 열릴 거라는 생각도 바람과 함께 두고 왔다.

드뤼켄을 쭉 빼고~~~.

"우랴아아아아—앗?!"

임팩트! 하기 직전, 아니나 다를까 빙벽이 사라졌다.

느닷없이 목표를 잃은 드뤼켄이 요란하게 헛돌고 시아의 몸도 경쾌하게 공중을 날았다.

그대로 얼굴로 바닥에 다이빙……하는 추태는 보이지 않고 냉큼 전방 낙법으로 데굴데굴 굴렀다.

그리고 아무 일도 없었던 것처럼 마치 체조 선수 같은 아름다운 자세로 일어나 양손을 번쩍 들었다.

볼이 살짝 붉었다.

딱히 창피하지 않다. 다 노리고 한 것이다. 조금 역동적으로 뛰어들고 싶었을 뿐이지 결코 실수를 숨기려는 것이 아니다.

―라고 말하고 싶은 표정이었다.

"……유, 유에 씨, 아니에요! 일부러 한 거예요!"

당황한 마음에 입으로도 변명하며 주변을 두리번거렸다.

시아가 느낀 기운은 바로 유에였다. 이런 유감 토끼다운 면모를 보이면 또 한심하게 생각할 거다……. 하지만 그건 괜한 걱정이었다.

유에는 있었다. 하지만 시아를 보고 있지는 않았다.

말을 건 지금 이 순간에도 보고 있지 않았다.

"유에 씨?"

다시 불러 보아도 반응은 없었다.

시련의 방의 얼음 나무를 앞에 두고 유에는 조용히 서 있었다. 시아에게서는 등밖에 보이지 않아 표정은 알 수 없었다.

왠지 모르게 다가가기 힘든 분위기를 느꼈다.

한순간 공략에 실패했나, 하고 혹시 모를 가능성이 머릿속을 스쳤지만 그 걱정은 곧 불식됐다. 자세히 보니 시아가 나온 통로 말고도 두 개의 통로가 보였다. 처음 유에가 들어왔을 길과 앞으로 가기 위한 새로운 길일 것이다. 허상도 없었다. 유에가 공략에 성공했다는 증거였다.

바보 같은 생각이었다며 쓴웃음 지은 뒤 그냥 목소리가 들리지 않았거니 생각하고 방 중앙으로 걸어갔다.

"응?"

그리고 알아챘다. 예상하지 못한 사태를. 유에의 상태를…….

너덜너덜했다.

물론 『자동 재생』으로 육체에 피해는 전무했다. 하지만 옷은 격전이 있었음을 증명하듯 처참했다.

유에의 상대는 허상이라고 해도 유에 본인이었다. 시아 같은 육탄전이 아닌, 희대의 마녀답게 막강하고 강대한 갖가지 마법으로 이루어졌을 것이다.

더불어 유에 본인의 전투 스타일이 자동 재생으로 적의 공격을 무시하면서 그사이에 더 강력한 마법으로 압도하는 방식임을 생각하면 옷이 망가진 것도 충분히 이해할 수 있었다.

하지만…….

이미 전투가 끝났는데 재생 마법으로 옷을 고치지 않을 이유가 없었다. 잘 생각해 보면 앞으로 가지 않고 무언가 골똘히 생각하는 모습도 어쩐지 이상했다.

유에의 생소한 모습에 시아는 살짝 긴장했다. 걸음이 무심결에 멈췄다. 그러나 바로 생각을 고치고 공연히 더 밝게 소리쳤다.

"유에 씨~!"

"……!"

쾌활한 목소리에 유에가 순간 움찔하더니 놀란 표정으로 고개만 돌려 뒤를 봤다. 그리고 햇살처럼 밝고 따뜻하게 웃는 시아를 확인하고 눈부신 듯 눈을 가늘게 떴다.

"……시아."

"네, 유에 씨. 저예요."

소리 없이 웃으며 그렇게 가볍게 답한 시아를 보고 유에도 표정을 풀었다. 온천에라도 들어간 것처럼 서서히 몸이 이완되는 것이 눈에 보일 정도였다.

"……방이 이어져 있어?"

"네. 시련을 통과하고 새로 생긴 통로를 지나왔어요. 유에 씨도 통과하셨네요?"

시아는 유에의 옷에 관해서는 언급하지 않고 방 출구에 시선을 두면서 말했다.

"……응. 문제, 없어."

유에는 그제야 겨우 자기 상태를 깨달은 것 같았다. 상처 하나 없는 시아와 자신을 번갈아 보고 조금 창피한지 볼을 물들이며 재생 마법을 사용했다.

금세 복원되는 의복을 힐끔 보던 시아는 내심 망설이고 있었다. 시련에 관해 어디까지 이야기해야 할지, 어디까지 물어도 될지.

분명히 흔들리지는 않았다. 그렇지 않으면 시련을 통과했을 리 없었다.

그래도 유에의 마음에 가시처럼 박힌 걱정이 있는 것은 분명했다.

의복 복원을 잊을 만큼. 시아가 부르는 소리를 알아차리지 못할 만큼…….

'대체 무슨 일이…… 미로에서는 특별히 영향을 받지 않았는데. 아마 유에 씨 마음에 있는 어둠은 300년 전 배신이겠지만…… 으음, 그것도 새삼스러운 기분이…….'

뭐라고 말을 걸어야 할까? 지금 당장 무슨 생각을 하는지 물어야 할까? 아니면 유에가 마음을 정리할 때까지 그냥 곁에 있어 줘야 할까…….

소중한 사람이기에 더욱 시아는 속으로 앓았다.

"……시아, 나는 괜찮아. 앞으로 가자."

시아의 생각을 눈치채고 유에는 무심코 쓸쓸하게 웃고 말았다.

"유에 씨…… 그래요. 어서 다른 사람들과 합류하죠!"

"……응. 어서 하지메랑 만나고 싶어."

"후후, 저도요!"

고민하는 사이 반대로 마음을 쓰게 했다며 시아의 토끼 귀가 시무룩하게 처졌다.

그러나 이곳에서 시간을 허비해 봐야 의미가 없었다. 하지메와 합류하기만 하면 물리 법칙처럼 핑크빛 공간이 발생하니까 유에도 분명히 기운을 차릴 것이다. 그렇게 생각을 고치고 토끼 귀를 파닥거리면서 평소보다 경쾌하게 발걸음을 옮겼다.

그렇게 두 사람은 함께 새로운 통로로 나아갔다.

"다른 분들은 괜찮을까요? 미로에서부터 상당히 힘들어하던데……."

"……응, 맞아. 특히 용사랑 시즈쿠."

"시즈쿠 씨는 의외였죠? 수해 미궁에서는 언제나 씩씩했는데……. 카오리 씨가 엄청 걱정했었어요."

"……병든사키는 원래 병들어 있었으니까 시즈쿠보다 가망 없다고 봐."

"또 그런 말 하신다! 유에 씨, 카오리 씨를 너무 좋아하는 거 아니에요?"

"……안 좋아해."

이동하며 실없는 담소를 나눴다.

평상시와 같은 광경이었다. 대부분 시아가 화제를 던지고 유에가 대답한다. 두 사람의 수다는 보통 이런 식이었다.

유에의 답변은 명료했다. 농담 같은 말도 했다.

하지만 아주 조금, 다른 사람이라면 눈치채지 못할 수준으로 잡음 같은 위화감이 있었다.

시아는 알고 있었다. 대화하면서도 유에는 쭉 다른 생각에 빠져 있다는 것을. 그리고 정신이, 마음이 어딘가 먼 곳에 가 있다는 것을…….

사실 유에는 시아와 대화하면서도 계속 떠올리고 있었다.

조금 전까지 싸웠던 자신의 허상을…….

―쭉 그의 곁에 있을 수 있을 거라고. 진심으로 생각하나요?

그 질문을 시작으로 시련이 재개됐다. 흔들림 없는 유에가 그대로 승리하는가 싶었던 싸움에서 승패의 천칭이 원상태로 돌아가기 시작했다.

"……시답잖아."

그렇게 허상의 말을 무시하고 중력 마법으로 찍어 눌렀다. 무릎을 꿇고 당장에라도 찌부러지려는 허상은 그럼에도 조용한 눈빛으로 계속 물었다.

『말해 봐요. 당신은 왜 아직 살아 있죠?』

당연한 소리를 묻는다. 하지메가 살려줬기 때문이다.

유에가 마음속으로 내놓은 대답을 읽은 것처럼 허상은 부정하는 말을 뱉었다.

『제가 하는 말, 이해 못 하겠나요? 그럼 바꿔서 말해드릴게요.』

―왜 숙부님은 당신을 죽이지 않았죠?

원래는 귀를 기울일 필요도 없었다. 그대로 찍어 누르면 끝날 문제였다.

하지만 유에는 그 질문을 무시하지 못했다.

마치 목에 예리한 칼끝이 닿은 것 같은 기분이었다.

자기도 모르는 사이 중력장이 약해지기 시작했다.

『알고 있을 거예요. 당신의 불사는 절대적이지 않아요. 못 죽였다는 건 말이 안 돼요.』

그랬다. 그 말대로였다. 유에의 『자동 재생』은 마력에 의존한다. 마력이 바닥나면 재생은 일어나지 않는다.

그 날, 계속 무저항으로 공격당해 마력 고갈 직전까지 내몰린 유에를 죽이는 것은 가능했다.

딘드리드는 유에를 죽일 수 있었다.

그렇게 간단한 의문을 왜 지금까지 품지 않았냐고 묻는다면 역시 300년이나 이어진 봉인 때문이라고밖에 말할 수 없었다. 끝이 보이지 않는 절망, 압도적인 암흑과 고독이 배양한 증오와 분노가 『그자는 나를 죽이지 못했다』라는 생각의 늪에 빠뜨려 다른 생각의 여지를 앗아갔다.

"……그자는…… 처음부터 날 죽일 생각이…… 없었어?"

작은 혼잣말이 흘러내렸다.

『맞아요. 봉인이 목적이었죠.』

왜, 왜, 왜? 심장이 쿵쿵 불안한 소리를 냈다.

왕위 찬탈이 목적이라면 왜 방해만 되는 자신을 살려 뒀는가? 머리가 빙빙 돌았다.

바람이 거세게 울었다.

허상을 누르던 중력장이 풀려 사라지는 소리였다. 보복처럼 검게 소용돌이치는 중력장 『흑옥』이 난사되어 날아들었다.

"……윽."

전부 상쇄하지 못해 한 발이 유에의 어깨를 스쳤다. 그것만으로 유에의 가벼운 몸은 나뭇잎처럼 날아갔다.

동요와 물리적 충격이 더 큰 틈을 벌려 놓아 또 다른 기억을 상기시켰다.

하지만 그것은 조금 전 『생각하면 스스로 떠올릴 수 있는 기억』이 아니었다. 유에 본인이 긴 유폐 기간 속에서 기억 깊숙한 곳으로 밀어 넣어 잊어버린 기억의 조각이었다.

'미안하ㅡ. 이것 말고 방법ㅡ. 언젠가ㅡ 네 곁에 있어 줄 사람이ㅡ. 분명ㅡ 지켜ㅡ. 나에게 이런ㅡ. 하지만 잊지ㅡ. ㅡ를, 사랑ㅡ.'

불현듯 찾아든 기억의 여행 속에서 그리운 목소리가 들렸다. 부드럽지만 한없이 슬프고 분한 마음으로 점철된 음성.

숙부, 딘리드의 목소리였다.

기억에 노이즈가 심했다. 말도 표정도 그 노이즈에 가려 판별되지 않았다. 다만 그때 그 장소가, 그 나락 밑바닥에 있는 봉인의 방이란 사실은 알았다.

거대한 입체 큐브에 갇힌 유에는 정신이 몽롱해 원래부터 명확한 기억이 없었다.

그러나 한 가지 깨끗하게 떠오르는 사실도 있었다. 이마에 감촉이 되살아난 느낌이 들었다. 봉인한 주제에, 배신한 주제에 손은 이상하리만큼 따뜻했다. 살며시 닿은 손은 무척이나 다정하여 하지메의 손길과는 또 달랐다.

비유하자면 아버지가 딸을 대하는 그런……

『그럼 친부모님은?』

퍼뜩 정신을 차렸을 때는 검붉은 스파크를 일으키는 오천룡에게 포위된 뒤였다.

『화천』으로 찍어 누르고『절화』로 삼키며 장벽으로 흘려보냈다. 하지만 허상의 힘이 명백히 강해져 모든 천룡을 막을 수 없었다.

『남룡』이 옆구리를 옜다.『자동 재생』이 곧바로 상처를 복원했지만 옷은 심각하게 손상돼 버렸다.

재생 마법을 쓸 여유는 없었다. 유에 또한 오천룡을 소환해 허상이 복원한 오천룡과 정면으로 맞붙었다.

"……크, 나한테 무슨 짓을 했어?"

이런 기억이 있을 리 없다. 거짓말이 분명하다. 그렇게 생각해 노려보는 유에에게 허상은 조용히 고개를 저었다.

『당신이 모르는 건 나도 몰라요. 나는 그저 알면서도 모르는 척해 왔던 기억을 떠올리게 했을 뿐이에요.』

"……그건."

『예를 들면 당신 아버지는? 숙부를 아버지처럼 따르던 당신에게 친아버지는 어떤 존재죠?』

"……그거야."

당연히 나를 사랑해줬고 숙부에게 비참하게 살해당했다…….

그렇게 말하려다가 유에는 입을 다물고 말았다.

추억이 떠오르지 않았다. 아무리 기억의 책장을 뒤져 보아도 안개가 낀 것처럼 흐릿했다.

단순히 잊었다기보다는 300년이 지나도 기억날 정도로 인상적인 추억이 하나도 없었던 것 같은 기분 나쁜 감각이었다.

『이해할 거예요. 알고 있었을 거예요. 부모님이 보내는 애정이 어떠한 것이었는지.』

　오천룡이 서로를 물어뜯고 다시 수백 수천 개의 마탄이 오가는 곳에서 허상이 가차 없이 기억의 단편을 들춰냈다.

　—아레티아, 너는 대단하다.

　—바라는 게 있으면 뭐든 구해주마.

　—모두 네가 바라는 대로 될 것이야.

　부정당한 적이 없었다.

　그들에게는 허용밖에 없었다.

　아버지도 어머니도 아레티아가 바라는 모든 것을 이루어주고자 했다. 소중하게 여겼다고 말하면 좋게 들리지만 과연 그것을 부모의 애정이라고 할 수 있을까?

　그건 오히려…… 숭배라고 불러야 했다.

　꾸짖어준 사람은 언제나 숙부였다.

　사람으로서, 왕족으로서 소중한 지식을 알려준 사람은 숙부였다.

　—형님, 제발 그만해! 애를 뭐라고 생각하는 거야!

　떠올랐다. 아버지와 숙부는 자주 말싸움을 했었다. 만나기만 하면 아레티아에 관한 문제로 싸웠다.

　—교회에서 면회 신청? 또 왔어? 아니, 됐다, 아레티아. 내가 얘기하마.

떠올랐다. 교회 관계자와 면회할 때면 반드시 숙부가 동석했다. 애초에 부득이한 경우를 제외하면 걱정된다면서 숙부가 대응했다.

당시에는 과보호라며 부루퉁해지고는 했었다.

『당신은 기억할 거예요.』

다시 정신을 차렸다. 또 기억 속에 사로잡혀 있었다. 대가로 공간 절단에 몸이 찢어졌다. 간신히 양단되는 사태만은 면했지만 위기감을 느낄 여유도 없었다.

『당신과 거리를 둔 뒤 숙부님의 얼굴을.』

짜증이 난다. 그 말에. 파헤쳐진 기억 속— 숙부의 표정에…….

무표정 속에 보이는 고뇌. 마치 맹독에 걸리거나 몰매를 맞은 듯한 괴로운 눈동자. 얼핏 보아도 알 수 있을 만큼 깊이 파인 주름이 폭삭 늙은 인상을 줬다.

"……으."

또 한 번 허상의 공격이 명중했다. 피와 함께 찢어진 코트 조각이 공중에 날렸다.

허상의 힘이 마침내 약화 상태에서 비등한 수준까지 회복됐다.

그로 인해 자신이 동요했다고 자각한 유에가 눈살을 찌푸렸다.

『누구를 원망하지 않으면, 희망을 버리고 생각을 버리지 않으면 마음이 버티지 못했던 거죠? 그래서 가장 객관적인 가능성을 진실처럼 생각하고 마음속에 고착시켰죠.』

반박할 수가 없었다.

'……내가…… 내 기억이, 잘못됐어?'

진실은 달리 있다. 자신이 그 가능성을 믿기 시작했다고 유에는 자각했다.

동시에 처음 질문이 뇌리에 강하게 상기됐다.

—그자는 왜 나를 봉인했는가.

고유 마법을 가져서? 아니다. 불사성은 이유가 되지 못한다.

그냥 자비를 베풀었다? 아니다. 끝이 보이지 않는 감옥에 유폐하는 쪽이 훨씬 잔인하다.

그럼 미워서? 아니다. 그렇지 않다고 방금 떠올린 참이었다.

거기에는 유에가 모르는 더 분명한 이유가 있었다.

'내가 모르는 내가 있어? 내가 모르는 곳에서 『무언가』가 벌어지고 있었어? 그 『무언가』가 다가와서 내가 봉인당했고? —『무언가』는, 아직 사라지지 않았어?'

꼬리에 꼬리를 무는 의문이 마음속을 맴돌았다.

그런 유에에게 비수 같은 질문이 날아들었다.

『당신은 누구죠? 나는 누구죠?』

"……!"

바로 대답이 나오지 않았다. 그 답이 바로 봉인된 이유라고 깨달았으니까.

그리고 분명히 그 이유는 지금도 살아 있다.

얼음덩어리가 마음속으로 미끄러져 들어온 기분이었다. 스산한 한기가 몸을 침범했다.

발이 멈추고 마탄의 폭풍에 휘말렸다. 유에는 막지도 못하고 떨어져 나갔다.

데굴데굴 구른 후 힘겹게 몸을 일으켰다. 여전히 육체적인 손상은 없었다. 하지만 옷은 이미 심하게 망가졌다. 순백색이었던 코트가 몰라볼 정도로 더러워졌다.

그런 유에에게 한 번 더—.

『자신이 누구인지 생각하길 포기하고.』

마지막 일격처럼 말이 날아들었다.

『쭉 그의 곁에 있을 수 있을 거라고, 진심으로 생각하나요?』

있을 수 있다고 바로 답할 수 없었다. 과거에 놓고 온『무언가』가 미래에서 자신을 옭아매는 광경이 환각처럼 어른거렸다.

공포라는 이름의 창날에 꿰뚫린 것 같은 기분이었다.

자기 몸을 끌어안아 떨리는 몸을 멈추고 싶었다.

하지메는 유에에게 빛이었다. 어둠을 가르고 나타나 자신을 비춰서 온기와 안식과 행복을 안겨준 빛. 거기서 떨어져 나온다는 것은 유에에게 죽음과 같았다.

따각따각, 허상의 발소리가 다가왔다.

그것은 마치 자신의 최후가 다가오는 것 같았다.

유에는 고개를 위로 들었다. 얼음 천장에 자신의 붉은 눈동자가 비쳤다.

그것은 사랑해 마지않는 하지메의 빛과 같은 색이었다.

문득, 입가에 웃음이 떠올랐다.

『……..』

허상이 걸음을 멈췄다. 그 표정에는 의아하고 당혹스러운 기색이 있었다.

그런 허상에게 유에는 조용히 말을 돌려줬다.

"……그래도 혼자가 되진 않아."

『아뇨. 당신은—.』

"……하지메 곁에는 시아가 있어. 티오도 있어. 마음에 들진 않지만, 카오리도."

허상이 할 말을 잃고 입을 벌린 채로 굳었다. 하지만 바로 말뜻을 이해했는지 자기 상태를 살피고 확신했다. 그리고 지금까지 보인 것 중 가장 어이없는 표정으로 변했다.

『이 상황이 되어서도, 당신에게 세상의 중심은 나구모 하지메군요.』

"……당연한 소리."

약화는 해소됐다. 하지만 강화도 되지 않았다. 그것이 허상의 현재 상태였다. 즉, 유에는 과거가 모두 뒤집히는 사실을 알고 동요하면서도 근본적인 부분은 흔들리지 않았다.

『정말로 이것들은 유유상종이야.』

허상의 말투가 변했다. 부담스러운 사랑을 가진 이 흡혈 공주의 반쪽도 시련 마지막에 애정을 어필했다는 것을 떠올렸는지 학을 떼는 분위기였다.

"……더 이상 자문자답은 필요 없어."

『네. 제가 끌어낼 기억도 더는 없어요.』

힘은 호각이었다. 더는 과거의 기억으로 끌려가지도 않는다.

양자의 마력이 솟아올랐다. 남은 모든 마력을 담은 일격—

『뇌룡』이 해방되었다.

황금색과 검붉은 색을 띤 두 용이 격돌하고—.

"……적어도 여기서 지면 하지메를 못 만나! 나를, 방해하지 마!"

『—큭.』

힘 싸움의 승자는 유에였다.

우레 포효가 울리고 황금색 『뇌룡』이 검붉은 용을 삼켰다.

그리고 그대로 허상을 물어뜯었다.

입자가 되어 사라지는 허상의 표정에는 역시 어이없다는 감정과 약간의 우려가 떠올라 있었다.

굉음이 허공으로 사라지고 정적이 돌아왔다.

빙벽 일부가 녹아 새로운 길이 생겼다. 그렇지만 유에는 그 길을 보지도 않았다. 대신 힘없는 걸음걸이로 얼음 나무로 다가가 그곳에 비친 자기 모습을 응시했다.

마음은 흔들리지 않았다.

하지만 의문이 태어나고 말았다.

막연한 불안이 희미한 안개가 되어 마음으로 퍼지는 기분이 들었다. 그것을 해소하고 싶어 기억 속으로 잠겨 들었다. 그래도 허상이 더 꺼낼 게 없다고 했다면 그건 유에가 모르는 지식일 것이다.

알고는 있다.

알고는 있지만 유에는 기억 속 여행을 계속했다. 계속하지 않고는 견딜 수 없었다.

만약, 만약 정말로 과거에 두고 온 무언가가 미래를 따라잡으려고 한다면…….

나는—.

"유에 씨!"

"……?! 아, 시아?"

채찍질하듯 귀를 때린 소리와 어렴풋한 어깨의 통증으로 유에는 정신을 차렸다.

정신을 차리고 보자 시아가 어깨를 잡고 정면에 서 있었다. 진지하고 긴장과 걱정을 내포한 푸른 하늘 같은 눈동자가 유에의 눈동자를 똑바로 들여다보고 있었다.

자기도 모르는 사이에 회상에 몰입했었던 모양이었다. 시아 건너편으로 보이는 통로 앞쪽은 막혀 있었다.

그런 것도 알아채지 못하다니…… 유에는 잘못을 들킨 어린아이처럼 어색한 표정을 지었다.

"말해주세요. 유에 씨. 무슨 일이 있었나요?"

시아의 목소리는 조용하지만 날카로웠다. 유에의 마른 어깨에서 손을 떼고 이번에는 두 손을 꽉 감싸 쥐었다.

무척 따뜻한 손이었다. 괜찮다, 내가 함께 있다고 무언의 상냥함이 전해지는 것 같았다.

"……."

그러나 유에는 말문이 막히고 말았다. 뭐라고 말해야 할까, 애초에 말을 해야 할까 고민이 앞섰다.

미래에 대한 불안. 그것도 막연한 불안. 말로 하기 어렵거니와 그런 것을 의식하는 자신이 어쩐지 부끄러웠다. 왜냐면 유에는 시아의 언니라고 자부하니까.

물론 그렇게 고민하는 사이 눈을 굴리는 유에를 보고 시아는 오히려 결의를 다진 것 같았다.

유에의 심정을 고려해 말해줄 때까지 기다린다는 선택을 버렸다. 지금 당장 들어야겠다는 굳은 결의를 그 찌푸린 눈이 잘 말해주고 있었다.

유에는 어물쩍 속여 넘기기는 틀렸다며 한숨 쉬었다.

"……미안, 시아. 나도 아직 마음이 정리되지 않았어."

"말해줄 수, 없으신가요?"

"……응. 옛날 일로 이런저런 말을 들었어. ……하지메나 시아에 대한 마음이 흔들릴 리 없으니까 시련은 문제없지만…… 거기서 알게 됐는데 기억에 착오가 있었는지도 몰라. 정리하고 싶으니까 조금만 기다려줘."

"그런가요……."

납득한 눈치는 아니었다. 유에의 손을 꽉 잡은 시아의 손아귀는 전혀 약해지지 않았다.

그 손을 보고 유에는 입에 웃음을 띠었다. 완만한 호를 그리는 입에서는 사랑스러움과 믿음이 흘러넘칠 것 같았다.

유에는 생각했다. 정말로 강해졌다고…….

만났을 당초에는 걸핏하면 울고불고, 뭘 하든 벌벌 떨고, 그저 필사적으로 자기들을 따라오기 바쁜 유감 토끼였는데…….

그랬던 시아가 노력하고 노력하고 또 노력해서, 땅을 뒹굴어

예쁜 얼굴이 눈물 콧물 범벅이 되고, 남의 눈에는 상당히 꼴사나운 모습을 보이면서도 한 번도 포기하지 않았다.

정신을 차리자 어느 순간 이렇게 자신을 지켜주고 있었다.

그 명랑함, 한결같은 노력, 올곧은 마음에 얼마나 위안을 얻었던가.

'……이제 언니라고 자처하기도 힘들겠어.'

그렇게 속으로 중얼거리며 유에는 시아의 손을 풀어 자기가 잡았다. 똑같이 양손으로 감싸듯이…….

"유에 씨?"

의아한 표정을 짓는 시아를 보고 싱글 미소 지었다.

마음속에 있던 차가운 불안은 사라져 있었다. 대신 보다 명확한 각오가 깃들었다.

유에의 표정이 더욱 투명해졌다.

"……시아."

"……네. 왜요? 유에 씨."

왠지 표정이 더욱 굳어지는 시아에게 유에는 멈추지 않고 홍옥색 눈동자에 절대적 신뢰를 실어 사랑하는 사람을 맡기겠다고 말했다.

"……만약, 만약 나한테 무슨 일이 생기면, 하지메를 부탁해."

"……."

할 말을 잃었다. 시아는 어안이 벙벙하여 놀란 토끼 눈을 뜨고 유에를 바라봤다.

오죽할까. 갑자기 이런 소리를 하면 당황하는 게 당연하다.

그렇게 생각하면서도 유에는 시아라면 이해할 수 없어도 괜찮다, 맡겨 달라고 웃으면서 대답해주리라 믿고—.

"장난치세요?"

"……응?"

돌아온 것은 생각지도 않게 몸이 떨리는 차가운 목소리였다.

표정이 벗겨졌다는 착각이 들 정도로 시아의 얼굴은 무표정했다. 하마터면 튀어나올 뻔한 감정을 억지로 눌러 넣은 것 같은 소름이 좍 도는 표정이었다.

지금껏 본 적 없는 시아의 표정에 유에는 순간 호흡을 잊었다.

하지만 바로 조금 전보다 훨씬 강한 결의와 신뢰를 담아 마주 봤다.

가벼운 마음으로 하는 말이 아니었다. 다른 사람과는 절대로 얼굴을 맞대고 말할 수 없는 말을, 최대한의 신뢰를 받아주길 바란다는 마음을 담아서…….

"……장난치는 게 아니야. 각오하고 하는 말이야."

"각오?"

아득 이를 가는 소리가 들렸다. 시아가 한쪽 눈을 찌푸렸다. 똑바로 노려보는 눈빛에 유에도 진심으로 마주 봤다. 동시에—

—짝

소리가 울렸다.

"으?!"

뺨을 맞았다. 피할 새도 없었다. 아니, 생각지도 못한 사태에 반응하지 못했다.

진심을 다한 부탁에 시아가 이런 반응을 돌려주리라고는 생각지도 못했다.

신체 강화는 하지 않았으나 그래도 있는 힘껏 쳤다는 것은 알 수 있었다. 유에는 믿을 수 없어 눈을 크게 뜨고 자기 볼을 만졌다.

"······시아?"

"취소하세요."

"······."

"하지메 씨를 맡긴다는 말 같지도 않는 소리, 지금 당장 취소하세요."

분노가 묻어나는 말이었다. 화가 나 몸이 떨리고 분위기가 끓어오르는 마그마 같았다.

벌컥 화가 났다. 유에의 눈에도 분노가 서렸다.

"······내 믿음을 『말 같지도 않은 소리』라고 했어?"

"그럼 뭐라고 부르는데요?"

창궁색과 홍옥색 눈동자가 정면으로 부딪쳤다.

둘 다 이해했다. 서로에게 양보할 수 없는 강한 마음이 있음을······.

유에는 생각했다. 대체 왜? 왜 그렇게 화내는 걸까? 왜 믿음을 받아주지 않을까? 분노와 함께 슬픔도 북받쳤다.

시아도 생각했다. 대체 왜? 왜 그런 **슬픈 말**을 하냐고······.

무언의 눈싸움이 잠시 동안 이어졌다.

이곳에 아는 사람이 있었다면 틀림없이 상황 파악을 못 하고 멍해 있었을 것이다. 어떻게 보면 하지메보다 사이가 좋은 두 사람이 진심으로 충돌하고 있었다.

　아무도 상상하지 못한 상황. 먼저 움직인 쪽은 시아였다.

　크게 뛰어 물러나서 드뤼켄을 휘둘러 어깨에 짊어졌다. 거센 바람 소리가 조금 늦게 뒤따랐다.

　"아무래도 말로는 부족한가 보네요. 가짜한테 무슨 소리를 들었는지 몰라도 정신이 빠져서는…… 무적의 흡혈 공주님이 어�쩜 이렇게 가련해지셨죠? 그 썩어빠진 정신머리를 뜯어고쳐 드릴게요."

　분노와 함께 하늘색 마력이 나선을 그리며 솟아올랐다.

　아무리 그래도 싸울 생각은 없었던 유에가 조금 당혹감을 내비쳤다.

　"……시아. 잠깐만ㅡ."

　말은 끊겼다. 비디오를 빨리 감은 듯한 속도로 달려든 시아가 가차 없이 날린 드뤼켄에 의해서…….

　유에는 폭풍을 동반한 내리찍기를 백 스텝으로 간신히 피했다.

　"……시아. 장난이 지나쳐."

　"장난? 이 상황에서도 그런 얼빠진 소리가 나와요? 모르시는 것 같아서 말씀드리는데 전 진심이에요. 유에 씨가 방금 한 말 같지도 않은 소리를 취소하지 않겠다면…… 저, 진심으로 유에 씨를 두들겨 팰 거예요."

"……시아, 왜?"

"정말로 몰라서 묻는 그『왜』가 듣기 싫다고요! 평소 같으면 유에 씨는! 나의 유에 씨는, 그런 말은 절대로 안 해요! 정신 차리라고, 짜샤아아아아!"

다시 시아의 드뤼켄이 맹위를 떨쳤다.

스윙 속도가 음속을 넘어 흰 막 같은 공기 벽이 발생한 직후, 팡 하고 파열하는 소리를 퍼뜨렸다.

유에는 중력 마법으로 뒤로 떨어져서 아슬아슬하게 회피했다.

허공을 가르고 옆으로 돈 드뤼켄은 통로에 선 빙벽을 유리처럼 산산조각 냈다.

2격, 3격, 전투 망치가 난무한다. 한 방 한 방이 마치 악질적인 농담처럼 무시무시한 파괴를 초래했다.

가뜩이나 넓지 않은 통로였다. 도망칠 곳이 마땅치 않거니와 유에는 원래 근접 전투에 약했다. 체크메이트는 시간문제였다.

그 폭풍 같은 공격 속에서 유에는 위기감보다 오히려 짜증이 강해지는 것을 느꼈다.

"……적당히 해. 내가 어떤 각오로 부탁한 줄 알아!"

스스로 폭풍 속으로 뛰어든 뒤 중력 마법『화천』을 발동했다.

위에서 덮치려는 드뤼켄이 무언가에 빨려들어가 바닥에 떨어졌다. 유에는 초중력으로 바닥에 묶인 전투 망치를 발판 삼아 도약해 상하가 반전된 세계에서 얼음 속성 마법『동구』를 사용했다.

시아를 뛰어넘어 등 뒤에 착지했을 때는 이미 시아의 허벅지까지 얼음 관이 올라와 있었다.

쩍쩍 얼어붙는 시아의 모습은 시아가 유에에게 전투 훈련을 받던 때를 방불케 했다.

그때는 그대로 얼음 관에 갇혀 펑펑 울어 댔지만—.

"그딴 걸 각오라고 하냐아아아아! 예요오!"

지금 시아에게 그 정도 구속이 통할 리 없었다.

단 일격. 주먹으로 가한 일격.

뒤로 쭉 뺀 주먹으로 바닥을 때리는 것만으로 얼음 관이 폭발했다. 마치 포탄이라도 꽂힌 것 같은 충격이 퍼졌다.

마력을 꽤 많이 쏟아부은 마법이었다. 유에가 믿어지지 않는다는 표정으로 충격에 균형을 잃은 사이, 「흐압!」 하고 정말 여자애에게서 나왔나 싶은 기합소리가 울렸다.

초중력에 묶여 있을 드뤼켄이 힘으로 들려 올라가고 있었다.

그러더니 손잡이가 철컹 밀려 들어가 포격 모드로 이행해 즉시 산탄을 발사했다. 직선 통로에서 확산되는 탄환. 당연히 피할 곳이 없는 유에는 바로 장벽을 쳤다.

그곳으로 이번에는 작렬 슬러그 탄이 난사됐다. 통로 안으로 연푸른 마력 파문이 몇 겹으로 펼쳐지며 어마어마한 충격이 휘몰아쳤다.

"……시아! 그만 좀—."

"그건 제가 할 말이에요, 유에 씨. 이제 좀 반성하고 취소할 생각이 드세요?"

"……왜?"

"왜? 정말로 모르겠어요?"

"……."

작렬 슬러그 탄의 충격으로 장벽에 금이 갔다.

당연히 바로 수복했지만 엄청난 충격이 연속되고 무엇보다 그 질문에 몸이 묶여 꼼짝할 수 없었다.

유에는 장벽과 마력 충격파의 폭풍 너머로 시아를 보고 왜 자신이 보내는 믿음의 증거에 그렇게 화를 내는지 알 수 없어 짜증과 슬픔으로 미간을 좁혔다.

그러나 시아의 얼굴을 본 유에는 깜짝 놀랐다.

슬퍼 보였다. 유에보다 훨씬 시아의 표정이 슬퍼 보였다. 아직 분노가 넘치고 있지만 그 눈에서는 당장에라도 눈물이 떨어질 것 같았다.

유에의 말에 상처받았음을 한눈에 알 수 있었다.

철컥, 드뤼켄의 방아쇠를 당기는 소리만 울렸다. 작렬 슬러그 탄이 떨어져 정적이 돌아왔다.

그 조용한 장소에서 시아가 목소리를 쥐어짜 말했다.

"맡긴다는 건 그 미래에 유에 씨가 없다는 말이잖아요……."

"……시아."

"그런 걸, 그런 미래를…… 제가 인정할 줄 알았어요? 제가 기뻐하면서 받아들일 줄 알았어요?! 고분고분 네, 하고 대답할 줄 알았냐고요?!"

슬픔과 분노의 이유는 바로 거기에 있었다.

믿음이라고 하면 듣기는 좋지만, 유에가 보내는 최고의 신뢰이긴 하지만, 받는 입장에서는 화가 나서 참을 수 없었다.

당연했다. 시아는 유에를 그만큼 좋아하니까. 유에가 없다는 것을 전제로 한 믿음을 「네, 좋아요」 하고 웃으며 받아들일 리 없었다.

그런 미래를 인정할 수 있을 리 없다!

그렇게 외치는 시아에게 유에는 자기 말이 상처가 됐다고 깨닫고 눈썹을 내리깔았다.

하지만, 그래도—.

자신이 정말로 누구인지, 숙부는 왜 자신을 봉인했는지, 그것을 모르는 이상은…….

"……혹시 모르니까, 대비하고 싶어……."

역시 유에는 말을 거두지 않았다.

뚝, 하고 뭔가 끊어지는 소리가 들린 기분이 들었다.

그 직후—.

"그런 거 몰라아아아아! 예요!"

"윽?!"

시아는 마치 분노 발작이라도 일으킨 어린애처럼 인상을 구기고 한 발의 포탄이 되어 돌진했다. 유에가 흠칫 동요했다.

그리고 그것은 버그 토끼 앞에서 치명적인 허점이었다.

시아가 시위를 당기듯 전투 망치를 뒤로 뺐다. 그에 맞춰 중량 증대. 신체 강화, 최대로.

이해해주지 않는 슬픔과 짜증을 담아— 임팩트!

"흐윽?!"

장벽이 종잇장처럼 찢어지고 폭풍과 충격파가 유에를 덮쳤다. 숨이 막히고 악다문 이 사이로 고통 섞인 신음이 흘러나오며 속수무책으로 날아갔다.

시아는 멈추지 않았다. 무기를 후린 원심력을 이용해 한 바퀴 빙글 돌더니 빙벽을 향해 일직선으로 날아가는 유에에게 아름다운 투구 폼을 잡고—.

"유에 씨는 아무것도 몰라!"

전투 망치 투척!

"으—『성절』!"

최상급 장벽이 유에를 감싸는 것과 동시에 폭발음 같은 꿍음이 울렸다.

투척한 전투 망치의 질량과 속도가 가져온 파괴력은 무시무시했다. 유에는 어쩔 도리 없이 막다른 빙벽으로 밀려 나갔다.

유에의 접근을 감지한 빙벽이 열리기 시작했지만 전투 망치도 유에도 강속구처럼 날아들어 속도가 따라가지 못했다.

『성절』이 격돌하고 이어서 충격파도 전해져 출구 부근 벽을 통째로 부순 뒤 안쪽 방으로 튀어 나갔다.

겨우 힘을 잃은 드뤼켄이 쿵 소리를 내면서 땅으로 떨어지고 동시에 유에도 바닥을 굴렀다. 유에는 그대로 한쪽 무릎을 세워 앉아 식은땀을 흘리며 붕괴하기 직전인 통로를 주시했다.

그런데 그 순간—.

"어, 어어?!"

『뭐, 뭐야?! 무슨 일이야?!』

혼란에 찬 두 목소리가 들렸다.

카오리와 그녀의 허상이었다. 마침 쌍대검을 맞대고 힘 싸움을 벌이던 중이던 그녀들은 무슨 동상이라도 된 것처럼 굳어 있었다.

그런 두 사람에게는 관심도 주지 않고 우수수 무너지는 통로의 얼음을 주먹으로 대충 날려 버리며 시아가 나타났다.

토끼 귀와 꼬리가 꼿꼿이 서 있었다.

손잡이를 당겨 드뤼켄을 되돌렸다. 공중을 날아 돌아온 파트너를 잡고 자연스럽게 손잡이와 결합했다. 그대로 붕 휘둘러 어깨에 톡톡!

"생각나게 해드릴게요, 유에 씨! 진짜 각오란 게 뭔지! 숲 속 토끼를 우습게 보지 마, 짜샤! 예요오!"

드뤼켄을 척 내밀었다.

그것은 버그 토끼의 진노였다.

시아에게도 유에에게도 인생 첫 대격돌이 될 싸움의 막이 올랐다.

아직도 영문을 알 수 없어서 사이좋게 칼을 맞대고 있는 카오리들을 방치한 채로······.

시간을 조금 거슬러 오른다.

다른 사람들과 마찬가지로 카오리도 『허상의 시련』을 치르고 있었다.

마음속 어둠, 스스로는 인정하기 싫은 부정적인 부분을 가감 없이 폭로하는 이 시련에 카오리는 고전을 하고 있었다.

각오는 했었다.

자신의 마음에 빈틈이 많다는 것은 누구보다 잘 알고 있었으니까.

―약속했는데. 하지메를 지키지 못했어.

―유에에게 질투가 나서 견딜 수 없었어.

―열등감에 시달렸어.

―왜 내가 『특별한 사람』이 아니야?

―왜 나는 이렇게 약해?

―원래 몸을 버리면서까지 힘을 얻었는데! 왜 시아야?!

―거기는 내가 있어야 할 곳인데! 내가 제일 먼저 사랑했는데!

―뺏지 마! 내 소중한 사람을 빼앗아 가지 마!

허상의 말은 마치 끝없는 늪으로 조금씩 끌어당기는 것 같았다.

귀를 막고 눈을 돌리고 나는 이런 생각을 하지 않는다, 이런 생각을 하는 건 내가 아니라고 부정하고 싶었다.

자신의 추악함을 들이대고 마음속 여린 부분을 도려내는 것 같았다. 버티기 어려운 고통에 비명을 지르고 싶었다. 자기 허상에게 의미 없는 고함이나 욕을 하염없이 쏟아붓고 싶었다.

그래서 그 대신―.

"하압!"

『―윽!』

앞으로 나아갔다. 앞으로, 똑바로 앞으로. 날뛰려는 마음을 연료로 쌍대검에 힘찬 기합을 실어 휘둘렀다.

대단히 매서운 일격이었다. 허상이 놀라서 숨을 멈춰 버릴 만큼. 절대로 무작정 휘두른 검이 아니었다. 허상을 베는 것이 곧 자신의 나약함을 베는 것임을 자각한, 맑고 아름답기까지 한 검격이었다.

세상의 미(美)를 모아 꽉꽉 채워 넣은 것 같은 『신의 사도』의 육체가 현란하게 춤췄다.

한쪽은 은색. 한쪽은 흑색.

위치가 휙휙 바뀔 때마다 둘의 머리카락이 환상적으로 펼쳐졌다. 두 쌍의 네 자루 대검이 자아내는 검선의 궤적은 무수한 유성이 되어 검계(劍界)를 구축해 갔다.

사투였다. 무용 같기도, 신에게 바치는 의식 같기도 한 아름다운 사투였다.

카오리는 만신창이인 마음을 돌보지 않고도 조금씩 자신의 허상과 싸울 수 있게 됐다.

"이야아아아아아아앗!"

『큭, 또 속도가 올랐어!』

허상이 버티지 못하고 거리를 벌렸다. 동시에 사전 동작도 없이 검은 분해 포격을 날렸다.

카오리도 대검을 허상에게 들이대듯 앞으로 들고 즉각 분해 포격을 쐈다.

흑색과 은색 섬광이 정면으로 부딪쳐 충격이 아니라 소멸의 여파를 뿌렸다. 얼음 바닥이 파낸 것처럼 사라졌다.

『질투도 짜증도 초조함도 열등감도, 네 안에서는 아무것도 사라지지 않았는데! 지금 이 순간에도 너는 상처 입고 고뇌하고 있는데!』

"그래도 성장은 할 수 있어."

상냥함마저 느껴지는 음성이었다. 동시에 허상은 등에 오한을 느끼고 포격을 유지하며 뒤를 돌아봤다.

그곳에는 어느샌가 은빛 깃털로 만든 마법진이 허공에 떠 있었고—.

"『뇌광』!"

『원격 발동까지?!』

허상이 검은 날개를 펼쳐 단숨에 하늘로 비상했다. 전투가 시작되고 약 30분이 흘렀다. 조금 전까지는 불가능했던 은색 깃털 마법진 구축에 성공한 카오리에게 허상은 경악한 눈빛을 보냈다.

하지만 그때는 이미 똑같이 은색 날개를 편 카오리가 코앞에 있었고…… 섬광 같은 검격을 허상도 대검으로 막았다.

캉! 귀를 찢는 금속음이 울려 퍼지고 충격이 원형으로 퍼졌다.

『강화가, 멈췄어?』

허상의 강화는 쭉 이어지고 있었다. 언어의 칼날로 벨 때마다 카오리는 나약함을 드러냈다. 그것이 지금 막, 멈췄다.

"나는 정말 내 생각밖에 안 하는구나."

공중에서 칼을 맞대면서 허상의 혼잣말을 들었는지 카오리도 중얼거렸다.

"학교에 관해서도. 시즈쿠나 다른 친구들과 떨어진 것도."

2년이 넘도록 자각 없는 짝사랑에 떠밀려 행동했다. 그저 이야기를 나누고 싶어서, 그래도 좀처럼 말을 꺼내지 못해서 애타던 카오리는 아무것도 보지 못했다. 좋아하는 사람이 자기 때문에 곤란한 줄도 몰랐다.

자기가 빠지면 파티에 생기는 구멍이 얼마나 클지 알고 있었을 텐데. 그래도 좋아하는 사람과 기적적인 재회를 이루고 그 옆에 있는 귀여운 여자아이를 본 뒤 가슴이 옥죄어 자기감정을 우선했다.

『그래. 정말로 이해가 안 돼. 너는 정말로 이기적이고 깨끗한 감정과는 거리가 먼 사람이야.』

이미 강화된 만큼 단순한 완력은 허상이 압도적으로 강했다. 맞댄 칼을 억지로 튕겨 내고 검은 분해 깃털을 연사했다.

카오리는 빙글빙글 춤추듯 날아올라 죽음의 탄막을 빠져나가며 조용하게 말했다.

"변하고 싶어. 유에처럼 상냥해지고 싶어. 시아처럼 강해지고 싶어. 티오처럼 현명해지고 싶어. 시즈쿠처럼 귀여워지고 싶어."

전투 중인데 이상하게 명료하게 울리는 그 마음의 소리는 질투의 발로일까?

아니다. 허상은 눈을 가늘게 떴다. 조금씩 자기 힘이 약해져 갔다.

카오리가 반전했다. 검은 깃털이 일으킨 폭풍에 무수한 상처를 입으면서도 치명상은 모두 간발의 차로 면하고 은색 날개를 한 번 퍼덕여 단숨에 가속했다.

잔상이 발생했다. 조금 전보다 더 빨라졌다.

허상이 조금씩 약화해서 생긴 상대적 감각이 아니었다. 그냥 단순히 카오리가 시시각각 속도를 높일 뿐이었다. 그 원인은 하나였다.

지금 이 순간에도 카오리는 『신의 사도』가 가진 능력을 끌어내기 때문이었다. 사람이 수행 끝에 힘을 얻는 것과 마찬가지로 조금씩.

그것은 사람이 당연히 하는 『성장』이었다. 카오리 본인이 말한 것처럼…….

너무 빨라 검격이 흐릿하게 보였다. 허상은 그 난무를 강화된 스펙으로 막으면서 이해했다는 식으로 입을 열었다.

『……그래. 부정적인 감정은 그대로인데 내가 약해지는 건…… 네가 지금 이 순간에도 앞으로 가고 있기 때문이야. 아니, 분명히 이 시련을 받기 전부터 너는 쭉, 조금씩 성장했었어.』

튕기고 또 튕긴다. 은색 꼬리를 끄는 쌍대검의 궤적이.

그 유려하면서도 파괴적인, 무의 극의에 달한 검격은 이미 하지메와 싸우던 때의 노인트와 비교해도 손색이 없었다.

허상의 반응이 근 0.1초 단위로 느려졌다. 허상에게 스치기 시작한 카오리의 검이 상처를 늘려가는 와중에 카오리는 마치 부모에게 보고라도 하듯 마음을 말로 표현했다.

"시아에게 질투했어. 하지만 그만큼 기쁘기도 했어!"

하지메에게 받아들여진 시아를 보고 정말로 부럽게 생각했다. 하지만 그만큼 친구의 사랑이 이루어진 것을 기쁘게 생각했다.

"유에는 정말로 싫어. 하지만 그만큼 없으면 쓸쓸하기도 해!"

더는 열등감이나 초조함에 빠져 자신을 몰아세우지 않는다. 그런 건 【메르지네 해저 유적】에서 이미 극복했다.

"시즈쿠의 마음도 깨닫지 못했어!"

여전히 저돌적으로 돌진하는 버릇은 있지만 조금은 주변으로 눈을 돌릴 수 있게 됐다.

남을 부러워하거나 질투하기보다 자신이 발전하는 방향으로 마음을 돌릴 수 있게 됐다.

이 시련을 받기 훨씬 오래 전부터 카오리는 자신의 부정적인 면과 마주했었다.

그래서—.

"내 추악함이 무서워. 그래도 나는 이제 외면하지 않아!"

승화 마법 『금역 해방』— 발동.

일찍이 노인트가 사용했던 『폭발적인 능력 상승』을 『유사 한계 돌파』로 재현했다. 은색 빛을 두르고 모습이 2중, 3중으로 흔들리는 모습은 그야말로 『신의 사도』였다.

"나는 안 져! 누구보다 나 자신에게! 지키고 싶은 사람을 지키고 다 함께 원래 세계로 돌아갈 거야!"

『……더는 어떤 말도 필요 없네. 강화도 완전히 풀려 버렸어.』

허상은 대검에 맞아 날아가면서 웃음 지었다.

어디까지나 인간답게 성장하는 이 소녀를 보고 눈이 부신 듯 눈을 가늘게 떴다.

바닥을 도려내며 착지하자 카오리도 똑같이 착지했다. 두 사람은 정적 속에 대치했다.

"이게 마지막이야. 간다!"

『좋아. 전력으로 덤벼! 너의 나약함을 또 하나 베어 봐!』

은색 유성이 질주했다. 칠흑 유성도 질주했다.

잔상을 끄는 양자가 얼음 나무 바로 옆에서 격돌했다.

대검이 서로 부딪쳐 엄청난 충격을 낳고 막대한 마력광이 공간을 뒤덮었다.

비등한 싸움은─ 잠깐뿐이었다.

카오리의 대검이 허상의 대검을 파고들었다. 햇빛이 밤의 어둠을 걷어내듯 은색 빛이 검은 마력을 물렸다.

두 사람은 코앞에서 서로를 바라봤다. 대조적인 눈동자였다.

카오리의 눈동자는 결의와 의지의 불꽃으로 타올랐고 허상의 눈동자는 초승달 뜬 밤처럼 조용했다.

그렇게 허상이 일출의 햇살을 온몸으로 받는 양 살포시 눈을 감고 칼을 받아들이려는데─.

빙벽 일부가 폭발했다.

굉음과 함께 어디서 많이 본 금발 미소녀가 날아왔다.

"어? 어어?!"

『뭐, 뭐야?! 무슨 일이야?!』

카오리와 허상이 힘 싸움을 벌이면서 당황했다.

한쪽 무릎을 세운 금발 소녀가 유에, 붕괴한 벽에서 나오는 사람이 시아인 것을 알고 순간 안도하지만…….

유에가 굳은 표정으로 식은땀을 흘리는 모습과 하늘색 오라를 두르며 마치 최종 보스 같은 위압감을 내뿜는 시아를 보고 사이좋게 눈을 깜빡거렸다.

"생각나게 해드릴게요, 유에 씨! 진짜 각오란 게 뭔지! 숲 속 토끼를 우습게 보지 마, 짜샤! 예요오!"

게다가 드뤼켄으로 유에를 삿대질하며 단단히 화가 난 표정으로 선전포고하는 시아를 보고 얼이 빠져 입을 쩍 벌렸다.

영문을 모르겠다는 표정이었다.

바로 직전까지 정석적인 전개로 성장하여 마침내 클라이맥스를 맞이한 참이었다. 그런데 난데없이 다른 이야기의 클라이맥스가 크로스 오버로 난입해 왔으니까 그야 놀랄 수밖에…….

허상은 허상대로 두 사람이 시련을 돌파한 사실을 알고 있었다. 그래서 오히려 왜 공략한 후에 동료끼리 죽이려 드는지 (허상 시점) 영문을 모르겠다는 표정이었다.

카오리와 허상은 여전히 칼을 맞댄 채 서로를 돌아봤다.

그리고 뭔가 생각이 통했는지 함께 고개를 끄덕였다. 카오리가 결심한 것처럼『영문을 알 수 없는 두 사람』에게 말을 걸었다.

"저, 저기, 유에? 시아? 대체 뭐 하는—."

"……시아, 들어. 나는 기억이 잘못됐을—."

"시끄러워요! 무슨 이유가 있어도 제 소중한 유에 씨는 그런 약해빠진 소리는 안 해요! 하지메 씨가 반한 『특별한 사람』은 포기하지 않아요! 뭐가 『혹시 모르니까』예요? 이 겁쟁이!"

유에의 볼이 실룩거렸다. 언제나 순수한 무상의 호의를 전력투구하는 아우가 순수한 비난을 던지자 충격을 감추지 못했다.

그것은 그렇고 아예 무시당한 카오리의 눈가에 반짝이는 눈물이 맺히기 시작했다. 허상이 칼을 치우고 어깨를 툭툭 다독이는 판국이었다. 시련이면서 동정하지 않을 수 없을 만큼 딱했나 보다.

"……내가 봉인된 데는 다른 이유가 있어."

그 이유는 기분 나쁠 정도로 정체가 불분명했다. 그래서 만에 하나의 상황에 대비하고 싶었다. 가장 신뢰하는 시아니까 각오를 다지고 말한 것이었다.

왜 그 마음을 알아주지 않는가!

그러나 그런 유에의 고백에도 시아는 딱 잘라 말했다.

"그런 거 알 게 뭐야, 예요!"

경악스러운 사실 따위 사소한 문제다. 자신의 미래를 없는 것 취급하는 유에의 말 앞에서는 고려할 가치도 없다!

왜 이 마음을 알아주지 않는가!

답답하고, 안타깝고, 너무 슬프고, 화가 났다.

"적이라면 죽인다! 앞만 보고 나아간다! 그게 우리잖아요?! 그런데 만에 하나를 위한 각오? 아, 정말, 이 빠진 흡혈 공주! 만년 꼬맹이! 반편이 가슴!"

그래서 너무 열이 올랐나 보다. 단순한 폭언이 튀어나왔다.

"……꼬, 꼬꼬, 꼬맹이? 반편이 가슴? 후, 후후후, 해서는 안 될 말을……."

유에의 이마에 빠직 핏줄이 섰다. 복잡한 심경의 변화가 단숨에 날아갔다. 저자세로 나가주니까 어딜 기어올라…… 라고 말하는 것 같은 흉악한 안광을 쏘아 댔다.

그 안광을 받은 시아는…… 코웃음 쳤다. 더불어 당당히 가슴을 폈다. 보여주려는 양, 혹은 도발이라도 하려는 양 멜론처럼 탐스러운 두 과실을 출렁출렁 흔들었다.

천둥소리가 우르릉 울리기 시작했다. 어느새 유에의 머리 위로 뇌운이 끼고 있었다. 유에가 여자아이로서 해서는 안 될 흉악한 상으로 변해 있었다.

무지하게 위험한 전장의 바람이 일었다.

카오리와 허상이 입에 손을 대고 덜덜 떨고 있었다.

번쩍 떨어진 번개를 배경으로 유에가 최후통첩을 전했다.

"……취소하려면 지금뿐이야, 유감 토끼."

그에 시아는 선전포고로 되받았다.

"그건 제가 할 말이에요, 만년 꼬맹이."

두 사람의 볼이 실룩거리고 이마에는 선명한 분노 마크가

찍혔다.

그리고—.

"저, 저기? 두 사람 다 조금만 진정하자. 무슨 일이 있었는지 모르지만—."

"……노릇노릇한 로스트 토끼로 만들어서 격이 다르다는 걸 알려주겠어!"

"하, 겁쟁이 빈유 땅꼬마 따위는 가소로워요! 오늘이야말로 하극상에 성공하겠어요!"

중재자 따위 안중에도 없었다!

치트와 버그의 만남 이래 첫 대격돌. 싸움의 개막을 알리는 공이 지금 높이 울려 퍼진다!

천둥이 한 번 포효하고 거대한 아가리를 벌린 『뇌룡』이 토끼 구이를 만들려고 달려들었다.

그에 대응하는 시아도 바닥을 폭파하다시피 박차며 진격을 개시했다.

드뤼켄을 후린 충격파로 『뇌룡』의 중력장에 간섭해 국소적인 폭풍이 발생했다.

그 폭풍에 머리가 마구잡이로 날리는 카오리가 죽은 생선 같은 눈으로 두 사람을 바라보며 중얼거렸다.

"……하긴, 두 사람은 친하니까 나 같은 거 안중에도 없겠지. ……훌쩍, 난 역시 이거밖에 안 되는 걸까……."

『어, 어라?! 힘이 강해졌어?! 아, 안 돼! 정신 차려, 너!』

"……역시 난 글렀어……."

『아, 아니, 그게 아니라! 너 안 글렀어! 저 두 사람은 그냥 너무 흥분해서 주변을 신경 쓸 겨를이 없을 뿐이지 네가 딱히 병풍인 건…….』

"……병풍. 나는…… 병풍…….."

『앗, 또 힘이 강해졌어?!』

너무나도 처량한 모습 때문인지 시련인 허상이 위로하는 이례적인 사태까지 발생했다. 분명 시련에게 진심으로 위로받는 도전자는 전무후무 카오리뿐일 것이다.

그런 두 사람에게 개의치 않고 유에와 시아의 첫 싸움은 격화일로로 치닫고 있었다.

"머리 박고 반성해, 예요! 이 만년 발정 흡혈귀!"

"……남 말 할 처지야? 이 색녀 토끼!"

"누가 색녀예요! 때와 장소도 안 가리고 하지메 씨를 덮치는 주제에! 이 변태!"

"……누가 티오야! 오줌싸개 토끼가. 또 오줌을 지려야 정신을 차리지!"

"으?! 대체 언제 적 이야기를 꺼내는 거예요! 누가 300살 아니랄까 봐! 늙으면 사람이 음흉해지나 보네요!"

"으으! 죽인다! 죽일 거야!! 시아, 넌 날 화나게 했다! 중력 마법의 위력을 알려주겠어! 추하게 늘어진 젖퉁이를 보고 오열이나 해!"

"어, 어떻게 그런 끔찍한 짓을! 하지메 씨가 좋아하는 가슴은 사수할 거예요!"

정정하겠다. 격화가 아니라 점점 유치해지고 있었다.

일단 수백 수천 개의 마탄이 빗발치거나 그것을 닥치는 대로 튕기고 뭉개며 묘기 같은 싸움이 오가고는 있는데…… 어째선지 격화될수록 긴박감은 옅어져 갔다.

"……홍! 하지메는 그런 비곗덩어리에 관심 없어. 엉덩이를 더 좋아해! 나의! 바로 나, 의! 엉덩이를!"

"불쌍하셔라, 착각도 유분수지! 하지메 씨는 제 가슴을 엄청 좋아한다구요! 얼마 전에도 얼마나 기뻐하셨는데요! 잠자리 하극상도 머지않았어요! 푸풋!"

은근슬쩍 하지메의 은밀한 취향이 폭로되었다. 지금 이곳에 하지메가 있었다면 피해를 입은 사람은 하지메였을 것이다. 그리고 시아가 묘하게 밀레디처럼 변해 갔다. 속사포 같은 도발에 유에도 점점 머리에 피가 쏠렸다.

"……하지메의 야전 능력은 내가 키웠어. 시아의 전투 능력도 내가 키웠어. 나는 모든 걸 알아! 스승을 이기는 제자가 없다는 걸 알려주겠어!"

"덤비세요! 제자는 스승을 뛰어넘는 법! 야전에서도 전투에서도 넘어 보이겠어요! 지금 이곳에서!"

하늘색 빛이 드뤼켄을 감쌌다. 음속을 넘은 스윙이 정면에서 달려든 『뇌룡』에게 직격해 『뇌룡』은 그대로 흩어져 버렸지만…… 옆에서 두 번째 『뇌룡』이 습격했다. 시아를 그 입으로 삼키고자 육박해 왔다.

초중량 무기를 휘두른 직후의 틈을 찌른 공격은 절묘하기

이를 데 없는 완벽한 타이밍이었다.

그러나 그 미래를 알고 있었던 것처럼 시아는 다리를 180도로 찢으며 땅에 납작 엎드렸다.

토끼 귀 위로 용의 아가리가 덥석 닫혔다. 동시에 드뤼켄을 격발한 여세로 엎드린 채 미끄러져 『뇌룡』 아래를 빠져나간 시아는 한쪽 손 손가락 힘만으로 뛰어올랐다. 그리고 바닥에 발이 닿자마자 빨리 감기라도 한 것 같은 속도로 유에에게 돌진했다.

"패 버릴 거예요!"

"……약해! 하지메의 애정보다!"

음속을 돌파해 날아든 타격을 공간 차단 장벽으로 막았다. 충격파가 방사형으로 질주하고 주위 얼음이 사방으로 튀었다.

분노에 눈이 돌아간 유에는 가차 없이 카운터를 발동해 보통 사람이라면 살점조차 남지 않을 공간 파쇄로 시아를 노렸다.

대기가 비명을 지르는 것 같은 격진이 퍼졌다. 천장과 바닥이 산산이 부서지며 비산했다. 그러나 그 파괴의 중심에서 시아는—.

"비기……『근성으로 버티기』!"

버티고 있었다. 맨몸으로…….

일단 승화 마법으로 최대한 신체 강화를 했나 보지만 강철조차 부숴 버리는 공간 격진에 아무 피해 없이 견디는 것은 솔직히 상상조차 하지 못한 일이었다.

유에도 어느 정도는 견디더라도 뇌진탕이든 뭐든 의식은 잃을 거라고 계산하고 공격했으나ー.

"절 너무 쉽게 보시네요, 유에 씨! 이 정도로는 이미 절 멈출 수 없어요오오오오!"

"……이, 이 버그 토끼 같으니!"

유에의 표정에 전율과 초조함이 떠올랐다. 이건 말도 안 된다는 표정이었다. 돌진해 오는 시아에게서 거리를 두려고 서둘러 후방으로 낙하했다. 동시에 진심을 다해 마력을 끌어냈다.

폭음이 울리고 빙벽과 바닥이 파괴되며 얼음 조각이 흩날렸다. 불길이 공간을 휩싸고 번개가 공기를 태웠다. 충격파가 터지고 파열음이 고막을 때리며 마력 파문이 겹겹이 퍼졌다.

시시각각 격해지는 초고도 전투는 두 사람이 진심임을 무엇보다 확실하게 보여줬다.

하지만ー.

"유에 씨는, 어, 어어…… 이 바보~! 바보~!"

"……시아는, 시아는…… 바보~!"

비례해서 유치함을 더해 가니 진지하게 봐주기 어려웠다. 이제는 욕할 말도 떨어진 모양이었다.

다른 곳에서 펼쳐졌다면 역사에 길이 남을 격전이자 세상에 둘도 없이 유치한 비방전을, 두 쌍의 맹한 눈동자가 관전하고 있었다.

구석에 틀어박혀서 무릎을 끌어안은 채…….

이 시련의 주역ー 카오리와 허상이었다.

이것저것 극복하고 시련을 공략하기 직전이었는데 이 꼴이었다. 「유에 씨 바보~!」와 「시아 바보~!」였다. 무리도 아니었다.

그런데 거기서 문득 허상이 결연한 목소리로 말을 꺼냈다.

『내가 갔다 올게.』

그러면서 허상이 일어났다.

의젓한 모습이었다. 그 표정은 부정적 마음으로 구성된 허상이라고 생각하기 어려울 만큼 투명했다. 마치 사지로 향하는 전사처럼……

카오리가 눈을 크게 떴다.

"설마 말리러 가려고?! 안 돼, 죽을 거야!"

너무 위험하다. 무모하다며 카오리가 부산을 떨었다. 저곳은 비상식들의 전장이다. 치트와 버그의 영역이다. 의심의 여지가 없는 사지. 발을 들이면 죽음을 피할 수 없다.

하지만 각오를 다진 허상의 표정은 바뀌지 않았다.

『나는 이 대미궁의 시련이야. 내 시련을, 너의 시련을 타인이 방해하는데 물러날 수는 없어. 시련에게는 시련의 긍지가 있어.』

그러니까 나는 간다. 나와 너를 위해서.

그렇게 미소 지으며 말한 허상에게 카오리는 할 말을 잃었다. 말릴 수 없다고 깨달았다.

두 사람 사이에 우정을 뛰어넘는 뭔지 모를 무언가가 싹텄다.

상황이 너무 이상하게 돌아가자 두 사람 모두 머리가 어떻게 된 것인지도 모르겠다.

카오리도 미소 지었다. 일어나서 자신의 허상과 마주 봤다.

"⋯⋯돌아와. 꼭 무사해야 해. 나, 기다릴게!"

『후후, 그런 말까지 들으면 돌아올 수밖에 없잖아.』

손을 맞잡은 두 사람의 모습은 마치 전쟁터로 나가는 남편과 그를 배웅하는 아내 같았다. 약속을 나누는 광경은 흡사 영화의 한 장면이었다. 정신적으로 많이 힘든가 보다.

허상은 아쉬워하며 카오리의 손을 놓았다. 빙글 돌아서서 죽음과 파괴와 유치한 매도가 난무하는 전장으로 눈을 부릅떴다.

그리고—.

『시라사키 카오리. 시련의 허상, 갑니다!』

"제발, 제발 무사해야 해!"

카오리의 주특기인 돌격을 감행했다.

그 직후—.

""꺼져!""

『꺄아아아아아아아아아?!』

곧바로 하늘을 날았다. 아름다운 포물선이다.

"허, 허상 씨이이이이이!"

『크윽, 괘, 괜찮아! 아직, 아직 싸울 수 있어! 반드시 멈출 거야!』

공중에서 반전한 허상이 검은 날개를 힘껏 펼쳐 자세를 바로잡았다. 뇌격과 충격을 고스란히 뒤집어쓴 탓인지 군데군데 그을렸지만 기개는 전혀 꺾이지 않았다. 쌍대검을 휘두르고 선 모습은 그야말로 용사였다.

솔직히 분위기에 취한 느낌이 없잖아 있었다. 원본이 카오리니까.

허상은 이 상황이 되어서도 싸움을 멈추지 않는 유에와 시아를 노려보며 천지를 뒤흔드는 우렁찬 목소리로 외쳤다.

『두 사람 다 그만해! 여긴 우리를 위한 장소야! 시련을 방해하지 마!』

폭음. 굉음. 파쇄음. 그리고 지극히 유치한 폭언과 막말.

용맹한 허상의 호통은 더없이 완벽하게 무시당했다.

유에도 시아도 정말로 서로만 보고 있었다. 조금 전 공격도 그냥 방해물이 끼어들어 거슬리니까 날려버린 것에 불과했다.

이번에는 허상도 화가 났다.

『저, 저게……. 이렇게 되면 오기로라도 무시하지 못하게 해주겠어!』

이마에 핏줄을 세우고 검은 날개를 강하게 펄럭였다.

공중에서 시각 반응이 쫓아오지 못하는 속도로 싸움의 한복판을 향해 돌진했다. 등 뒤로 잔상을 남기며 대검을 쥔 방향을 조금 바꿨다. 대검의 옆면이 정면을 향했다.

목적은 검 옆면으로 구타해 기절시키는 것. 칼등치기 흉내였다. 대상은 지금 막 『석룡』 브레스를 맞아 석화하기 시작한 시아였다.

천재일우의 기회를 놓치지 않고 중력 가속까지 붙여 뒤통수에 일격을 선사했다.

『잡았다! 처벌, 일섬!』

하지만 직격하기 직전—.

"흐압!"

우지직 깨져 튀었다. 놀랍게도 석화를 힘으로 풀어 버렸다. 아무래도 재생 마법과 승화 마법으로 석화 효력을 피부 표면에서 막은 듯했다. 그리고 만세 자세와 단순한 파워로 석화된 부분을 깨 버렸다.

괴물이냐고 생각할 여유도 없었다. 왜냐면 만세하며 든 손에 허무하게 잡혀 버렸으니까.

대검이…… 그것도 한 손으로. 소위 한 손 진검 칼날 잡기였다.

검의 옆면을 신속으로 내려찍는 공격을 이 버그 토끼는 놀랍게도 옆에서 잡아 버렸다.

『이게 뭐야?』

동요하는 허상 따위 안중에도 없었다. 유에를 향한 전의로 불타는 버그 토끼는 우연히 손에 넣은 **투척물**을 전력으로 던졌다. 하늘로 한쪽 다리를 쭉 들었다. 예술적으로 아름다운 탄력 있는 다리가 상하 180도로 찢어지고 그대로 아래를 향해 떨어졌다.

"으랏차!"

귀를 찢는 기합성과 함께 이루어진 투구 폼은 반해 버릴 만큼 아름다웠다.

그리고—.

『하으으윽!』

검은 유성이 되어 날아간 허상도 마구처럼 아름다웠다.

하늘을 가르는 인간 포탄이 된 허상이 비명을 지르지만 그에 비해 유에는…… 역시 시아밖에 의식하지 않았다.

"……먹어 치워. —『극대 뇌룡』!"

지금까지와는 비교가 되지 않는 거대한 번개의 용이 튀어나왔다. 격렬한 스파크를 일으키는 『극대 뇌룡』의 아가리가 「헤이! 컴온!」이라고 말하는 것처럼 커다랗게 벌어져 허상을 기다렸다.

『히익?!』

이게 허상이 맞나 싶은 비명이 울렸다. 죽을 둥 살 둥 검은 날개로 자신을 감싸 분해 마력을 둘러쳤다.

그것을 『극대 뇌룡』이 물었다. 그러나 그 직후 펑 소리를 내며 허상이 튀어나왔다. 투구의 여세로 관통해 버린 것이다.

분해 작용에 의해 형태가 망가져 『극대 뇌룡』 안에 스파크가 튀는 터널이 뚫렸다. 그 안으로 시아가 날아들었다.

허상 포탄을 투척한 직후, 그와 같은 속도로 뒤를 쫓았나 보다. 처음부터 총알받이로 쓸 요량이었을까……. 그렇다면 상당히 악랄한 소행일 것이다.

한편, 허무하게 『극대 뇌룡』을 돌파당한 유에는 주위에 띄워 놓은 『화천』 위성을 사용해 전면에 초중력 공간을 생성했다.

그 결과—.

『헤으으으윽?!』

날아온 허상은 강제로 바닥으로 빨려 들어가 얼굴로 바닥을 촤르르륵 긁었다.

이 얼마나 참혹한 광경인가. 이곳에 시즈쿠가 있었다면 설령 허상인 줄 알면서도 「내 친구한테 무슨 짓이야!」라며 길길이 날뛰었을 것이다.

그렇게 바닥에 엎어진 허상은 작은 신음소리를 내고 어떻게든 몸을 일으키려 했다. 그리고 간신히 얼굴을 든 순간—.

『우웁?!』

따라붙은 시아에게 밟혀 다시 바닥과 뜨거운 키스를 나눴다.

보는 사람이 다 안타까운 허상은 안중에도 없이 시아의 드뤼켄이 불을 뿜었다.

땅을 내려찍는 공격은 거의 폭격이었다.

유에는 장벽을 치고 뒤로 낙하해 위력을 줄였지만 허상은 그럴 수도 없었다.

폭발한 바닥과 함께 허상도 튕겨 날아갔다.

반짝이는 얼음 파편이 퍼지는 가운데, 똑같이 반짝이며 흩날리는 물방울은 허상의 눈에서 나왔을 것이다.

불쌍한 피해자에게는 관심도 주지 않고 싸움은 가경으로 접어들었다.

유에와 시아는 옷이 온통 찢어져 민망한 모습이 되었다. 『자동 재생』과 『재생 마법』으로 둘 다 육체에 상처는 없지만 마력이 고갈 직전인지 어깨가 들썩였다.

숨쉬기도 괴로운 것을 보면 체력은 이미 한계에 달했다. 그런데도 마정석에서 마력을 보충하지 않는 이유는 두 사람의 오기 때문일 것이다.

"유에 씨……."

"시아……."

유에는 『오천룡』을, 시아는 거대한 공을 저마다 머리 위에 두었다.

황금색 마력이 해일이 되어 전방위로 쏟아지고 하늘색 마력은 회오리가 되어 하늘을 찔렀다. 맞부딪치는 위압감에 공간이 일그러지며 울었다.

서로 이것이 마지막 일격임을 알고 모든 것을 쏟을 생각으로 눈빛을 주고받았다.

그 시야에서, 마침 두 사람 중앙에서 죽어 가는 모기처럼 허상이 날고 있었지만 둘은 물론 의식하지 않았다.

"도망쳐어어! 허상 씨, 어서 도망쳐어어!"

『흐에?』

카오리가 양손을 확성기처럼 모아 경고했다. 그러나 허상의 반응은 둔했다. 눈의 초점이 맞지 않는 것만 보아도 방금 충격에서 아직 헤어 나오지 못한 것 같았다.

그래서 최후의, 최대의 공격에서 벗어나지 못했다.

"벽창호!"

"……고집불통!"

오천룡이 초래하는 다섯 가지 파괴가 한곳으로 날아들었다.

그에 대항하는 것은 지름 2미터짜리 쇳덩어리. 풀 파워, 풀 스윙으로 때린 그것은 어마어마한 속도와 질량으로 모든 것을 치어 죽이는 사상 최대의 포탄이었다.

극한의 마법적 파괴와 극한의 물리적 파괴가 공중에서 격돌했다.

압도적이고 무시무시한 충격이 공간을 유린했다.

『―윽?!』

불쌍한 피해자의 비명도 들렸다. 충격에 휘말린 허상이 공중에서 여파에 부대끼며 흰 연기를 끌면서 카오리 쪽으로 튕겨 날아왔다.

그러고는 바닥에서 몇 번이나 튀고 데굴데굴 굴러 카오리의 발치에 도착했다.

흰 연기가 풀풀 피어오르고 있었다. 엎어진 채 미동도 하지 않았다.

카오리는 비극이라도 목격한 것처럼 입가를 손으로 덮고 무심코 중얼거렸다.

"너, 너무 잔인해……."

미약하게 허상의 머리가 움직였다.

『미안. 치트와 버그한테는 못 이겼어.』

금방이라도 끊어질 듯하면서도 가까스로 숨이 붙어 있었다. 카오리는 허둥지둥 허상을 안아 일으켰다.

"말하지 마! 죽을 거야! 열심히 하는 모습 다 봤어! 그러니까 그만 쉬어!"

『……너.』

어쩐지 좋은 분위기를 연출하는 두 사람이지만 일단 동일 인물이었다. 대미궁의 의지가 개입했느냐 아니냐는 차이가 있을 뿐 근본적인 감정은 같았다.

그렇게 몸을 맞댄 두 사람의 머리 위로 추격타를 가하듯 새로운 위협이 출현했다. 전투의 여파를 여과 없이 맛본 천장 일부가 쩍, 하고 불길한 소리를 내며 붕괴할 조짐을 보였다.

그것을 본 허상이 외쳤다.

『도망쳐! 나는 됐으니까!』

"못 해! 어떻게 그래! 이대로는 못 가!"

두 카오리는 여전히 드라마틱한 분위기를 잡고 있었다. 제대로 움직이지 못하는 허상은 어떻게든 카오리만이라도 도망치게 하려고 했다. 카오리는 비통한 표정으로 거절했다. 그냥 카오리가 허상을 안고 가면 될 뿐이지만 그런 것은 둘 다 눈치채지 못했다.

『나는 네 허상. 결국에는 그림자야. 어차피 여기서 끝날 운명이었어.』

허상은 흐릿한 미소를 짓고 그렇게 설득했다.

카오리는 고민하면서도 곧 표정에 결의를 담았다. 그리고—.

"어쩔 수 없지. 에잇!"

허상의 가슴에 대검을 꽂았다. 귀여운 소리와 함께…….

『……어? 왜?』

무심결에 묻는 허상에게 카오리는 눈을 이리저리 굴리며 대답했다.

"그, 그야 내가 아니라 다른 사람 때문에 죽으면 시련 공략으로 인정받지 못할지도 모르니까…… 그러면 죽기 전에 내가 끝내야지······.」

지당한 논리였다. 지금까지 한 삼류 연극 같은 대화는 다 무엇이었냐고 따지고 싶어질 만큼······.

다시 생각해 보면 무사히 돌아오라고 한 것도, 도망치라고 소리친 것도, 이대로는 못 간다고 반론한 것도 모두 「자기가 끝장내기 위해서」라는 의도가 전제됐다면 카오리는 처음부터 정상이었는지도 모르겠다. 하지만 손발 끝부분부터 사라져 가는 허상 앞에서는 말하지 않는 게 예의일 것이다.

현실을 깨달은 허상의 눈이 공허하게 변해 갔다.

『······후, 후후, 강해졌구나, 나. 성장한 자신이 기뻐. ······하지만 이렇게 끝나는 건 좀 너무하다······.』

올려보자 붕괴 직전이었던 천장은 미궁의 재생 기능으로 원래대로 돌아와 있었다. 지금까지도 그랬으니까 그게 당연했다.

최후의 결의까지 결국 헛짓거리가 된 허상은 눈물을 찔끔 흘리며 고개를 떨구고 흔적도 없이 흩어졌다.

"······승리란 허무하구나."

이곳에 다른 사람이 있었으면 네가 할 소리냐고 따졌을 것이다. 순수하던 시절의 카오리는 더 이상 없었다. 이미 하지메 일당에게 오염되어 버렸다.

한편, 서로 초대형 공격을 주고받은 유에와 시아는—.

"······헉, 헉, 콜록."

"허억허억······."

차가운 얼음 바닥 위에 사이좋게 대자로 뻗어 있었다. 완전히 마력이 고갈되어 일어나지도 못하는 상태 같았다.

모든 힘을 쥐어짜고 쓰러진 두 사람은 할 말을 찾는지 잠시 침묵을 유지했다.

처음 말을 흘린 사람은 시아 쪽이었다.

"……슬픈 말, 하지 마세요."

"……."

"불안이 있으면, 함께 이겨내자고요."

"……."

"그게 뭐든, 어떤 상황이든 우리가 질 거 같아요? 함께라면 뭐든 할 수 있어요. 저는 그렇게 믿어요."

거친 호흡을 반복하며 거침없이 쏟아내는 시아의 속내를, 똑같이 거친 숨을 내쉬는 유에가 말없이 듣고 있었다.

"그렇게 믿게 해준 사람은 유에 씨와 하지메 씨잖아요? 그런데 이제 와서……. 절대로 인정 못 해요. 미래의 불안에 겁먹고 포기하는 식으로 말하는 유에 씨를 전 절대로 인정할 수 없어요."

미래를 엿볼 수 있는 시아이기에, 무슨 일이 있어도 절대로 포기하지 않는 사람의 『특별한 사람』이라고 인정하기에 유에의 발언은 절대로 인정할 수 없었다. 발언뿐 아니라 그런 사고방식조차 절대로 인정할 수 없었다.

"맡기긴 뭘 맡겨요! 말려들게 하시라고요! 미래를 위해서 함께 싸우자고 말해 달라고요!"

자기희생 정신 따위 하지메 곁에 있는 사람에게는 불필요한 개념이었다.

그런 걸로 미래를 단념할 바에는 함께 물고 늘어지고 함께 끝나자.

그것이 우리의 『각오』였다.

그리고 그것들을 누구보다 유에가 잘 알고 있었을 터였다.

"절대로 안 들어줄 거예요. 그런 말 같지도 않은 소원을 누가 들어줄 거 같아요? 흑, 흐윽."

"……시아."

기어코 시아의 눈에서 슬픔이 눈물이 되어 떨어졌다.

싸워서 이기면 유에를 지킬 정도로 강해졌다는 증명이 된다. 그러면 유에의 약해진 마음도 날려 버릴 수 있다.

그렇게 생각하고 시작한 싸움이었다. 그렇지만 역시 언니이자 스승인 유에는 강했다.

이길 수 없어서, 그런 자신이 한심해서, 유에가 없을지도 모를 미래를 상상하자 정말로 슬퍼서. 그리고 그것을 받아들이는 것 같은 유에의 언동이 너무 화가 나서.

감정이 뒤죽박죽으로 포화해서 도저히 제어할 수 없었다.

어린애처럼 우는 시아를, 유에는 쓰러진 상태로 고개만 돌려 물끄러미 바라봤다.

정신없이 날뛰고 힘도 마음도 전부 쏟아내어 진이 빠졌는데, 마음만은 겨울 아침처럼 상쾌했다. 그런 신비한 감각 속에서 문득 되살아났다.

—미래는 열심히 노력하면 바꿀 수 있어요!

처음 만났을 때 시아가 했던 말이. 그리고…….

—모든 것을 쓰러뜨리고 세계를 뛰어넘자.

소중한 약속이…….

아아, 정말로…….

유에는 탄식했다. 쥐구멍이라도 있으면 들어가고 싶다는 게 이런 기분일까.

아우 앞에서 무슨 추태를 보였는가.

각오…… 그래, 각오.

시아의 말이 맞다. 그런 건 그 나락 밑바닥에서 영혼에 새겼을 텐데. 이제 와서 무엇을 각오한단 말인가?

자기 뺨을 때리고 싶은 기분이었지만 그것은 시아가 이미 해줬다.

그러니까 지금 필요한 건…….

유에는 마정석에서 마력을 꺼내 회복하고 무겁게 몸을 돌렸다. 그리고 네 발로 기어 시아 옆으로 다가갔다.

그러고는 시아의 머리를 살며시 무릎 위에 올리고 눈물과 콧물로 범벅된 시아의 얼굴을 정성스럽게 닦았다. 그 눈빛도 손길도 더할 나위 없이 다정했다.

"……시아, 미안."

"유웨 식?"

시아는 눈물에 흐려진 시야를 통해 빤히 유에를 마주 봤다.

"……시아 말이 맞아. 과거가 어떻든, 내가 뭐든 그런 건 관계없어. 난 앞으로도 쭉 하지메와 시아랑 함께 있고 싶어. 그러니까 그걸 방해하는 건 뭐든지 날려 버릴 거야. 그냥 그러면 되는 거였어."

"히끅, 제, 제 말이 그 말이에요."

"……응. 만약 나한테 무슨 일이 있어도 반드시 하지메와 시아가 어떻게 해줄 거야. 걱정할 건 하나도 없었어."

"당연하잖아요, 우우."

"……응. 미안. 속상한 부탁을 했어. 용서해줄래?"

"용서해 드릴게요! 그러니까 두 번 다시 그런 슬픈 부탁은 하지 마세요! 약속하셨어요!"

"……응, 약속."

느릿하게 일어나 다리를 W자로 하고 앉은 시아는 유에를 꽉 안았다. 유에도 눈앞에 있는 사랑스러운 토끼를 강하게 끌어안았다.

마음 평온하고 무척 조용한 시간이 흘렀다.

기분 탓인지 피부에 닿는 공기마저 부드러워진 것 같았다.

친구와의 인생 첫 싸움. 그 결과는, 비 온 뒤에 땅 굳는다. 두 사람의 유대감은 더욱 강하고 공고해졌다.

뭐, 그건 그렇고…… 피해자를 잊어서는 안 된다.

그렇게 말하듯 거리낌 없는 발소리가 정적을 깨뜨렸다. 참고로 낮게 떨리는 목소리도 들렸다.

"……잘됐네. 뭐가 뭔지 전혀 모르겠지만, 아무튼 잘됐네."

""?""

유에와 시아가 어리둥절하여 끌어안은 채로 목소리가 난

곳을 돌아봤다.

그 분이 계셨다.

이마 옆이 움찔움찔 경련하면서 아주 환하게 웃는 카오리 씨가……

"후후후, 어리둥절한 것 좀 봐. 나 같은 거 눈에 들어오지도 않았구나? 괜찮아, 괜찮아. 난 하나도 신경 안 써. 중요한 싸움이었지? 내 시련을 망치고 또 다른 나를 묵사발 냈지만, 눈치도 못 채는 걸 보면 말야. 괜찮아. 난 어차피 병풍이니까! 우후후후."

유에와 시아는 끌어안은 채 서로를 돌아봤다. 그리고 동시에 떠올렸다.

그러고 보니 싸우는 도중에 뭔가 날려 버리고 밟고 폭발시켰던 것 같기도 하다고……

두 사람이 함께 폭포 같은 땀을 흘렸다. 싱글싱글 웃는 카오리를 힐끔 보고 바로 시선을 외면했다. 그런 두 사람의 표정은 딱 「아차, 사고쳤다……」라고 생각하는 과실범이었다.

시아가 폭발 직전인 폭탄을 앞에 둔 것처럼 신중하게 입을 뗐다.

"아~, 저기, 카오리 씨? 그게 말이죠, 이, 일단 진정하세요."

"아하하, 시아도 참 재미있는 말을 하네? 난 이렇게 침착하잖아."

시아는 눈길을 돌렸다. 유에에게 배턴 터치.

"……카, 카오리. 어, 그, 시련은 괜찮았어?"

"응~? 일단 해치웠어. 내 손으로."

그 말에 유에와 시아는 가슴을 쓸어내렸다. 아무리 그래도 싸움에 휘말려 시련이 실패했다면 변명할 여지도 없었다. 하지만 안도도 잠시뿐. 다음으로 이어진 카오리의 말에 두 사람은 얼어붙었다.

"그래, 내 손으로 해치웠어. ……너희한테 얻어맞고 이미 빈사 상태였던 허상을."

""……""

"이거 통과로 쳐주겠지? 두 사람한테 반죽음당한 뒤였으니까 무효라고 안 하겠지? 어떻게 생각해? 응?"

다시 유에와 시아가 폭포 같은 식은땀을 흘렸다.

두 사람 바로 옆에 쪼그려 앉아 싱글싱글 웃는 카오리와 도무지 눈을 마주칠 수 없었다.

무릎을 모으고 그 위에 양손을 얹은 애교스러운 자세인데 눈이 단색에 빛이 전혀 없어 공포심을 자극했다.

그 공포에 견디지 못했는지, 아니면 이 또한 친구에게 보내는 일종의 애정 표현인지 유에가 고개를 팽 돌렸다. 입술을 삐죽 내밀고 평소처럼 카오리의 속에 기름을 붓고 불을 붙였다.

"……그럼 회복시키고 다시 하면 되지."

나직이 중얼거린 말이었다. 카오리의 이마에 새로운 핏줄이 불룩 떠올랐다. 웃음이 심연처럼 깊어졌다.

"……유에? 지금 뭐라고 했어?"

"……나는 잘못 없어. 바로 죽인 카오리 잘못이라고 했어."

이 말에 당황한 사람은 시아였다. 안절부절, 전전긍긍하며 유에를 말렸다.

"유, 유에 씨, 적반하장도 유분수죠! 사과하세요! 빨리 사과해요!"

하지만 유에는 고개를 더 돌릴 뿐이었다.

시아는 쭈뼛쭈뼛 카오리를 봤다. 그 순간 힉 비명을 지르며 즉시 사과하려고 했다.

"저, 저기요, 카오리 씨! 정말로 죄송—."

하지만 말이 끝나기 전에 카오리가 일어났다. 그 눈은 이미 유에밖에 보고 있지 않았다.

"후후, 유에는 참 재밌어. 실컷 난동 부리고 그런 말을 하다니……. 그럼 나하고도 우정을 나누자."

그것은 분명 쌍대검으로 나누는 살벌한 우정일 것이다. 벌써 힘차게 휘두르는 것만 봐도…….

그것을 본 유에는 눈알을 격하게 굴렸다.

"……그, 그래서 뭐? 한번 해보자고?!"

파이팅 포즈를 잡았다. 카오리가 상대라면 그만 고집을 피우고 마는 유에 님이었다.

그리고 유에가 상대라면 눈곱만큼도 거리낌이 없어지는 것은 카오리 또한 마찬가지였다.

"후후후. 그래, 해보자!"

그렇게 싸움의 제2라운드가 시작됐다. 재생이 막 끝난 시련의 방이 다시 죄다 파괴되어 갔다…….

"유, 유에 씨~! 카오리 씨~! 제가 말하기도 그렇지만! 그만 하세요~! 진정하시라구요~!"

이번에는 시아가 중재하러 뛰어다녔다.

출현한 지 옛날인 새 통로가 외롭게 입을 벌리고 있었다.

꿈을 꾸고 있다. 막연한 감각으로 알았다.

그립고 아무 특별할 것도 없거니와 아무런 가치도 없는 과거.

그곳은 오래된 공원이었다.

시각은 저녁. 눈이 아픈 오렌지색 하늘에서 까마귀가 기운 빠지게 울며 지나갔다.

사람이라고는 공원 구석에 개를 끌고 산책 나온 동네 노인 정도밖에 없었다. 그게 아니면 가끔 우편 차나 스쿠터가 부르릉, 하고 기운 빠지는 엔진 소리를 내거나.

그런 공원 벤치에 석양을 받아 그림자가 길게 뻗은 여고생 두 명이 앉아 있었다.

팔다리를 쭉 뻗고 늘어진 모습은 풋풋한 여고생이 아니라 녹초가 된 회사원 같았다.

"으~, 어~."

앓는 소리까지 아저씨 같았다.

보는 사람은 없어도 이건 좀 민망한지 여고생 중 한 명— 나카무라 에리가 억지웃음을 지었다.

"스즈. 좀 아저씨 같아."

"에리링~, 그치만~."

마치 떼쓰는 어린애처럼 다리를 파닥대는 사람은 **에리의 친구라고 보여지는** 소녀— 타니구치 스즈였다. 기분 탓인지 트레이드마크인 짧게 묶은 양 갈래 머리까지 파닥거리는 것처럼 보였다.

'아아, 소환되기 얼마 전이었나……'

현재의 에리는 두리뭉실한 감각 속에서 마치 유령이 되어 세상을 내려다보듯 차게 식은 눈으로 그 광경을 보고 있었다.

왜 이런 꿈을 꿀까? 정말로 아무런 가치도 없는, 거짓말과 타산으로 포장된 시시한 일상의 한 풍경에 지나지 않거늘.

"에리링, 오늘은 일요일입니다."

"어…… 응, 그렇지."

"그럼 묻겠습니다."

"스즈, 또 이상한 흉내 내네?"

"우리는 이팔청춘 여고생! 사랑과 우정, 그리고 사랑에 전력질주하는 게 우리의 사명!"

"조, 조금 동의하기 어려운걸. 그리고 사랑이라고 두 번 말했어."

"그런데! 우리는 금쪽같은 휴일에 뭘 했어?!"

"……느긋하게 보냈지?"

"이 안경녀! 감히 느긋하게 보내?! 누가 도서부원 아니랄까 봐!"

"도, 도서부원이랑 관계없지 않아?"

악을 쓰며 안경으로 손을 뻗는 스즈와 난감하게 웃으면서 안경을 사수하는 과거의 에리. 장난치는 두 사람은 곁에서 보면 흐뭇한 웃음이 나올 정도로 친하게 보였다.

아무런 특별할 것도 없는 일상. 휴일인데 딱히 할 일도 없어

그저 둘이서 함께 느긋하게 지낸 날.

평화롭고 한가한 광경을 내려다보는 현재의 에리는 한숨을 쉬고 싶은 기분이었다.

타니구치 스즈— 누구와도 친하게 지내는 반의 분위기 메이커.

에리의 목적, 아마노가와 코우키를 자기 것으로 만들기 위해서 그녀는 대단히 편리한 존재였다. 그래서 교묘하게 접근해 절친 자리를 꿰찼지만…… 이런 무의미한 시간을 보내야 하는 점은 몹시 귀찮았다.

'설마 옆에 있는 소심한 친구가 속으로 그런 생각을 하는 줄은 상상도 못 했겠지, 이 무사태평한 바보는.'

스즈만이 아니었다.

당시 같은 반 아이들에게 나카무라 에리가 어떤 인간인지 묻고 다녔다면 십중팔구 이렇게 대답했을 것이다.

—얌전하고 소극적. 평소에는 남들보다 한 걸음 물러나 있는 여자애.

—하지만 중요한 순간에는 날카로운 의견을 말하는 생각이 깊은 아이.

—남을 잘 배려하면서도 생색내지 않는 겸손한 성격.

—항상 웃으며 남의 뒤를 조용히 따르는 성품은 정숙함의 표본.

아무도 얌전한 도서부원 소녀의 본성을 깨닫지 못했다. 미치고 뒤틀려 남을 상처 주는 데도 아무 망설임이 없는, 흉악하고 악의로 가득한 본성을……. 그 관찰력 좋다는 시즈쿠조차 나카무라 에리는 성격 좋고 마음씨 착한 소녀라고 생각했다.

우습기 짝이 없다! 멍청한데도 정도가 있지! 비웃음밖에 나오지 않는다!

"으아~, 리얼충들 다 없어졌으면~."

"그, 그러지 마, 스즈~. 창피해~."

진절머리 나는 자기 모습에 머리를 흔들고 이제 그만 깨고 싶다고 생각했지만 이어진 스즈의 말에 그만 의식을 빼앗기고 말았다.

"있지, 에리링. 스즈한테 어울리는 사람 누구 없어?"

"그런 걸 내가 어떻게 알아~."

"뭐~? 취미인 인간 관찰은 뒀다 뭐 해~? 그런 자료도 없다니, 못 쓰겠네."

"······그런 취미 없다니깐."

한순간 말문이 막히고 눈가가 살짝 경련한 과거의 자신에게 에리는 무심코 혀를 찼다.

그리고 아, 그랬지, 하며 떠올렸다.

타니구치 스즈는 가끔 이런 말을 하곤 했다. 아무에게도 말하지 않고 숨기고 얼버무리고 꾸며 낸 에리의 본성 일부를 은근슬쩍 파헤치곤 했다.

딱히 다른 뜻을 품고 하는 말은 아니고 속을 떠보는 것도 아니었다.

정말로 아무런 의미 없이 흘러가는 일상 대화에서 그러니까 더 문제였다.

방심했을 때, 평범한 일상 속에서 불쑥 흘리는 말이 에리의 본성을 스치고 지나갔다. 이때도 그랬다. 『얌전한 여자애』라는 위장이 조금 풀리고 말았다.

　'그러고 보니 의외로 사람의 감정에 민감했지. 가장 오래 곁에 있었으니까 조금은 간파당하는 것도 당연한가?'

　자신의 한심한 실수에 그런 식으로 변명해 보았다.

　어쩌면 에리가 계속 타산적으로 이해득실을 따지고 행동했다는 사실을 스즈는 알고 있었는지도 모른다. 그러나 그것은 그거대로 멍청하다며 다시 비웃었다.

　'그러면 내 악의를 어렴풋이 눈치채고도 아무 말도 안 했다는 거야?'

　이 세계에 온 에리는 내심 기뻐서 미칠 것 같았다.

　코우키를 손에 넣기에 이 세계는 아주 좋은 환경이었다.

　일본에 있을 때에 비하면 『얌전한 여자애』 위장은 약해졌을지도 모른다. 특히 【오르크스 대미궁】에서 마인족 여자가 습격해 왔을 때는……

　지금 생각해 보면 자신과 코우키만은 살고 싶다는 마음이 곳곳에서 흘러나왔던 것 같다. 적어도 표정까지는 완벽히 숨기지 못했다.

　다른 누구도 눈치채지 못할 수준이었지만 스즈에게는, 누구보다 나카무라 에리 곁에 오래 있었던 그녀에게는 흘러나온 악의의 파편을 들켰을 가능성이 있었다.

　그래도 결국 그 운명의 날까지 스즈는 아무 말도 하지 않았다.

눈치채지 못했을 뿐일까?

아니면 알면서 아무 말도 하지 않았던 것일까?

아마도 후자일 거라고 에리는 생각했다.

왜냐하면 스즈가 그렇듯 에리도 스즈의 본성을 조금은 이해했다.

'스즈, 너는 아주아주 겁이 많으니까.'

알면서도 모르는 척. 눈치챘으면서도 못 본 척.

언제나 누구에게나 밝게 웃는다. **마찰을 일으키지 않도록.**

그것이 에리가 아는 타니구치 스즈의 일면.

아하하, 하고 멸시 섞인 웃음이 흘러나왔다.

그런 그때, 불현듯 몸이 붕 떠오르는 감각이 들었다. 꿈속 세계가 모래성처럼 스르륵 무너져 갔다. 아무래도 잠에서 깨어날 모양이었다.

에리는 무너져 가는 그리운 추억에서 조금의 미련도 느끼지 않는 냉랭한 태도로 시선을 뗐다.

무가치하다며 마음속에서 잘라 버리듯…….

"으음~."

기지개를 켜고 상반신을 일으켰다. 눈을 좌우로 돌려 봤다.

장소는 마왕성의 지붕 위였다.

시간은 점심때였고 햇빛이 눈부시게 쏟아지고 있었다. 기억을 돌이켜 보면 잠들었을 때와 태양의 위치는 거의 변하지 않았다. 잠든 시간은 겨우 몇 분뿐이었다.

에리는 마치 백일몽이라도 꾼 것 같다고 코웃음 쳤다.

그러자 에리를 잠에서 깨운 원인, 거대한 기척이 바람을 일으키며 머리 위로 다가왔다.

"곧 출발할 시간이다."

"오, 일부러 부르러 왔어? 프리드도 착하네~."

마군 총대장 프리드 바그너. 백룡 우라노스를 타고 공중에서 에리를 내려다보는 그는 에리의 경박한 목소리와 악의가 번져 이죽거리는 얼굴을 보고 불쾌하게 눈살을 찌푸렸다.

그러나 이 신경 거슬리는 태도가 에리에게는 기본이었다. 이제 와서 따져 봤자 시간 낭비라며 프리드는 곧바로 머리를 저었다.

"절대로 혼자 날뛰지 마라. 내 명령에 따르도록. 지금 널 처리하려면 조금 성가시니까."

"알았어, 알았어. 나도 다 알아."

"가자."

프리드는 콧방귀를 뀌고 우라노스의 몸을 돌렸다.

그 뒤로 **회색 날개를 펼친** 에리가 날아올랐다. 날개와 같은 회색 머리를 휘날리면서…… 그것은 마치 더러워진 신의 사도 같았다.

앞서 날아가는 프리드와 우라노스를 따라가던 에리는 까닭도 없이 낮잠을 잤던 곳을 돌아봤다.

왜 그런 꿈을 꿨는지 모르겠다.

그렇지만 티끌만큼도 신경 쓰지 않던 거짓 친구를 떠올린 것도 엄연한 사실이었다.

그래서일까?

"진실에서 눈을 돌리는 것. 그게 네 나약함이야, 스즈."

그런 말을 바람에 흘려보낸 것은…….

잠시 후.

에리는 더러워진 날개를 퍼덕이며 아무 일도 없었던 것처럼 날아갔다.

이미 에리의 머릿속에 스즈의 모습은 조금도 남아 있지 않았다.

설령 앞으로 재회할 일이 있어도 에리에게는 아무래도 상관없는 일이었다.

『그게 네 나약함이야.』

머리도 피부도, 그리고 손에 든 쌍철선까지도 눈이 아플 정도로 새하얀 스즈의 허상이 그렇게 말했다.

검붉은 눈동자와 동색을 이루는 결계가 지칠 대로 지쳐 거친 숨을 몰아쉬는 스즈를 순식간에 포위했다.

그 순간, 결계 안쪽에 강력한 압력이 발생했다.

"크—『성절』!"

자신을 중심으로 부풀어 오르듯 발생한 스즈의 결계가 허상의 중력 결계—『성절 중(重)』을 내부에서 파괴했다.

반짝이는 결계 파편이 검붉은 마력과 함께 흩어지는 가운데, 스즈는 우아하게 춤추듯 쌍철선을 흔들었다. 그러자 그대로 갚아주듯 중력 결계가 허상을 붙잡았다.

덮쳐든 압력 때문에 허상은 한쪽 무릎을 꿇었다. 그러나 그 입가에는 비웃음이 머물러 있었고—.

『사실은 알고 있었던 주제에. 이해했던 주제에. 눈치챘던 주제에!』

압박을 받는 쪽은 허상일 텐데 스즈가 짓눌릴 것 같았다. 지탄이 마치 프레스처럼 스즈의 마음을 조이며 비명을 짜냈다.

아니야! 내 잘못이 아니야! 아무것도 몰랐어!

그렇게 외치고 부정하고 싶었다. 『그것』을 인정하면 스즈는 죄를 인정하는 것과 같으니까.

『처음부터였지? 그래, 처음 만났을 때부터 너는 에리를 그냥 얌전하고 착하기만 한 아이라고 생각하지 않았어.』

모두 에리를 그렇게 보았을 것이다.

그래도 스즈만은 달랐다. 만났을 때부터 조금 타산적인 애라고 알아봤다. 한발 물러나는 성격이 사람을 자세히 관찰하고 자신이 우위에 서기 위한 계산된 행동이란 것도 감으로 알았다.

물론 그 점을 지적한 적은 없었다. 불쾌하게 생각한 적도 경멸한 적도 없었다.

에리가 그러는 이유는 자기 몸과 마음을 지키기 위한 방책임을 알았으니까.

그것이 에리와 친구가 되고 싶다고 생각한 이유였으니까.

자신의 몸과 마음을 지키기 위해 무언가를 연기하는 행위를 스즈는 부정적으로 보지 않았다.

그러지 못하는 이유는 간단했다.

『나와 닮은꼴. 그렇게 생각했지?』

그랬다. 에리를 부정하는 것은 자신을 부정하는 것과 같았다.

팡 터지는 소리가 울렸다. 허상이 중력 결계를 파괴한 소리였다. 동시에 또 허상의 결계가 스즈를 감싸고, 살을 태우는 열기가 스즈를 덮쳤다.

곧바로 빙설 결계로 중화한 후 왼손 철선으로 해제, 오른손 철선을 흔들어 허상을 가두려고 했다.

『떠올려 봐. 네가 어떤 인간인지. 그 결과 얼마나 큰 죄를 저질렀는지!』

두 사람의 결계가 펼쳐지고 파괴되고, 펼쳐지고 파괴되고를 반복했다.

스즈는 『결계사』였다. 방어가 본분이며 움직임이 격한 싸움은 거의 불가능하다고 해도 좋았다. 그래서 스즈와 허상은 서 있는 위치를 바꾸지 않고 오로지 춤췄다. 쌍철선을 흔들었다.

서로 상대를 가둬 죽이려고 결계전을 펼쳤다.

그 초고도 결계 마법 대결 속에서 허상의 말이 살며시 스즈의 고막을 두드렸다.

의식은 전투에 집중한 채 신기할 정도로 선명한 기억이 환기되었다.

처음으로 떠오른 기억은 부모님과 표정이 적은 어린 시절 자신이었다.

아침부터 밤까지 일, 일, 일. 부모 참여 수업이나 보호자 참가 행사에도 결석이 잦은 철저하게 일밖에 모르는 인간.

그것이 스즈의 부모였다.

스즈는 고용된 가사도우미 아주머니 손에 컸다고 해도 과언이 아니었다.

유년기 기억 대부분은 도우미 아주머니와 보낸 시간이었다. 나머지는 그 도우미 아주머니가 돌아간 뒤 넓은 집에 덩그러니 남겨진 자기의 모습.

그런 환경 때문이리라. 어릴 적 스즈는 그다지 밝은 성격이 아니었고 친구도 거의 없었다. 외로워도 어떡해야 좋을지 몰라 불만만 쌓아 가는 아이였다.

풍채 좋고 쾌활하며 웃음이 끊이지 않는 도우미 아주머니가 없었다면 더 어둡고 비뚤어진 아이가 됐을지도 모른다.

그러나 딱히 부모님에게 사랑받지 못한 것은 아니었다.

주어지는 것은 모두 선별된 양품이었고 밤늦게 귀가했을 때도 잠든 스즈를 반드시 보러 와서 사랑스럽게 머리를 어루만져줬다.

그래도 어린 스즈는 그것만으로는 한참 부족했고…….

그래서 토라진 마음에 사실은 깨어 있는데도 일부러 자는 척하거나 무리해서 일찍 돌아왔는데 쌀쌀맞고 가시 돋친 태도를 취하기도 했다.

그런 스즈가 지금처럼 천진난만함의 대명사가 된 것은 도우미 아주머니의 영향일 것이다.

고용되고 몇 년이 지났을 때, 어두워지는 어린 스즈를 보다 못한 도우미 아주머니는 스즈에게 한 가지 충고를 했다.

―일단 웃고 봐.

정말로 성의 없는 조언이었다. 그렇지만 그렇게 말하며 웃는 아주머니의 얼굴은 분명히 진지했다.

스즈에게는 또 한 명의 어머니나 다름없는 도우미 아주머니의 말이었다. 당시 스즈는 이해하지 못해도 외로움에서 벗어나고픈 마음에 그 말을 실천했다.

우선 부모님에게 솔직하게 기쁨을 드러냈다.

―아버지! 어머니! 고마워요!

머리를 쓰다듬거나 선물을 받을 때는 빙그레 웃고 방방 뛰면서 온몸으로 기쁨을 표현했다. 아직 마음에 응어리진 감정은 있었지만 그것을 꾹 눌러 넣고 지내봤다.

그러자 아버지와 어머니도 처음에는 평소와 다른 딸에게 당황했으나…….

―스, 스즈! 이 정도는 괜찮단다!

―스즈, 엄마가 안아줄게!

정말로 난생처음 보는, 귀여워서 어쩔 줄 모르는 얼굴을 보여줬다.

여전히 일은 바쁘지만 그래도 언제나 미안해하던 표정이 스즈를 볼 때마다 행복하게 바뀌었다.

그것은 스즈 본인도 행복해지는 얼굴이었다.

다음으로 학교에서도 잘 웃게 됐다. 사실 딱히 즐거운 일은 없었지만 항상 싱글벙글 웃었다.

그러자 어느샌가 스즈 주위에는 사람이 모이게 됐다. 그 사람은 누가 됐든 웃으며 즐겁게 스즈에게 말을 걸었다. 그것을 보고 있자니 학교생활이 거짓말처럼 즐겁게 변했다.

그렇게 스즈는 배웠다.

어떤 때라도 웃으면 된다. 그러면 더는 혼자가 되지 않아도 된다.

분위기 메이커의 탄생이었다. 언제나 웃음이 끊이지 않는, 설령 마음은 즐겁지 않을지언정 연기라도 절대로 웃음이 끊이지 않는 분위기 메이커의 탄생.

『공감했지? 타산적으로 연기하는 에리에게!』

퍼뜩 정신이 들었다.

옛 기억에 너무 집중했다. 결계전은 제대로 펼치고 있었지만 땅을 기어 파고든 이동식 다수 동시 전개형 장벽─『천절』을 미처 보지 못했다.

위험하다고 생각했을 때는 이미 『천절』 장벽이 빛을 뿜고 있었다. 팽창한 마력이 폭발해서 장벽을 즉석 파편 수류탄으로 바꿨다. 배리어 버스트였다.

"으윽!"

가까스로 쌍철선을 펼쳐 급소 방어에 성공했다. 그러나 그 폭발력에 스즈의 가벼운 몸이 수 미터 뒤로 날아가 바닥에 세차게 부딪혔다.

데굴데굴 굴러 고통에 인상을 찌푸리면서도 스즈는 곧바로 일어났다.

스즈답지 않게 거의 말을 하지 않았다. 몸도 마음도 이미 한계인 듯 보였다.

하지만 왠지 허상은, 아주 잠깐이지만 무언가를 살피듯 의아한 눈빛으로 스즈를 봤다. 이내 비웃는 표정으로 돌아갔으나 공격하지는 않고 입을 열었다.

『그래서 에리도 똑같다고 믿었어. 똑같이 공감해줄 거라고. 그러니까 진짜 친구, 절친이라고 믿어 의심치 않았어.』

타산적으로 연기하는 에리도 자신과 같다. 악의에 점철됐을 리 없다. 분명히 선의가 있고 스즈와 동료를 소중히 생각해줄 거라고…….

『아, 그게 아니지. 믿고 싶었던 거야.』

이 세계에 와서 부풀어 올랐던 위화감을 방치했다.

악의의 단편을 알아채고도 모른 척했다.

그저 맹목적으로 믿었다. 불안을 억눌러 가슴 깊은 곳에 가뒀다.

확인하기 무서웠으니까.

스즈가 아는 『나카무라 에리』의 가면이 벗겨졌을 때, 지금까지 유지했던 편안한 관계가 끝나 버릴 거라고, 마음속 어딘가에서 확신하고 있었으니까.

『너는 도망쳤어. 에리에게서 도망쳤어.』

"……."

그 결과─.

『그 날의 비극이 일어났어.』

동급생 두 명을 잃었고, 기사단장 멜드를 포함해 많은 기사가 죽었고, 하마터면 카오리까지 잃을 뻔했다.

『에리에게 물어서 확실히 알아야 했어. 무슨 생각을 하는지, 도망치지 말고 똑바로 마주해야 했어. 그 본성을 깨달은 건, 조금이라도 눈치챘던 건 너뿐이었어! 그 날의 비극을 막을 수 있는 건 너뿐이었는데! 너는 외면했어! 자기 마음을 보호하려고 알고 싶지 않은 현실에서! 친구에게서! 눈을 돌렸다고!』

그것은 틀림없는 규탄이었다. 자책의 말이었다.

"으……."

반론의 여지도 없어 스즈는 이를 꽉 깨물었다.

누구에게도 말하지 않은 스즈의 마음속 어둠, 마음이 비명을 지를 정도의 죄책감.

친구가 나쁜 짓을 할 리 없다. 괜찮다. 괜찮다며 생각조차 포기한 결과 돌이킬 수 없는 비극이 일어났다.

설령 에리 본인에게 물을 용기가 없었어도 예를 들면 시즈쿠에게라도 상담했다면, 그렇게라도 했다면 뭔가 바뀌었을지도 몰랐다.

물론 모두 가정일 뿐이었다. 흉행을 저지른 사람은 어디까지나 에리였고 스즈는 피해자 중 한 명이다. 적어도 친구들은 그렇게 말할 것이다.

그러나 그날 태어난 후회와 자책감은 스즈를 한순간도 놓아주지 않았다.

스즈의 허상은 바로 그 감정의 구현이었다.

그렇기에 무자비하게 스즈 마음속의 추악한 부분을 들추고, 끄집어내고, 들이댔다.

『에리도 그래. 그렇게 삐뚤어지기 전에 어떻게 할 수 있었을지도 모르는데 무슨 염치로 「절친」이라는 거야?』

"……."

『실실 웃기만 하면 된다고 생각했어? 넓고 얕은 관계뿐이고 진짜 마음이 통한 사람은 없는 주제에 혼자가 아니라고 생각했어? 에리가 말한 대로 너만큼 멍청한 애도 없을 거야.』

스즈는 말없이 철선을 휘둘렀다.

즉석에서 전개된 『천절』 수십 장이 바람을 가르고 허상에게 쇄도해 주위를 포위했다.

배리어 버스트가 발동하고 폭음과 함께 안쪽에서 지향성 파편 폭격이 허상을 덮쳤다.

하지만ㅡ.

허상은 아무 상처도 없었다. 간이 장벽을 세우고 철선으로 입을 가려 멸시하는 눈으로 스즈를 보고 있었다.

사실 전투 첫 단계부터 허상은 상당히 강화된 상태였다.

스즈는 쭉 입을 다물고 있었다. 입을 다물고 언어의 칼날을 계속 맞았다. 괴롭고 아픈 얼굴로……. 결계전에서도 한두 번이나마 공격을 허락한 건 스즈뿐이었다. 스즈의 결계술은 아직 자신의 허상에게 한 번도 유효타를 주지 못했다.

그것이 스즈의 마음속 상황을, 허상과의 힘 차이를 무엇보다 명확하게 나타냈다.

『한 번 더 에리를 만나서 어쩌려고? 사실 자기가 무슨 말을 하고 싶은지도 모르면서. 어차피 말도 안 통하고 살의와 비웃음만 살 거라고 생각하는 주제에.』

허상은 미래조차 칼날로 바꾸어 휘둘렀다.

후회, 자책, 만나고 싶다는 마음은 진짜지만 아직 말을 찾지 못했다. 스즈의 마음속에는 짙은 안개 속을 헤매는 듯한 불안이 있었다.

완벽하게, 남김없이 모두 폭로당했다.

마음은 난자당해 멈추지 않고 피를 흘리는 것 같았다.

그런데도―.

『……이만큼 말해도 제법 강화가 안 되네? 아니, 강화가 풀리고 있어.』

허상의 표정이 비웃음에서 쓴웃음으로 변했다.

그제야 겨우 스즈가 입을 열었다. 놀랄 만큼 강하게 빛나는 눈길을 자기 허상에게 보내면서…….

"역시 그런 규칙이었어? 그렇다면 이미 네가 강해질 일은 없어."

『그러게. 방금 천절로 날아갔을 때부터야. 마음을 조금씩 바로잡기 시작했어. ……그렇구나. 하나도 반박하지 않았던 이유는…….』

자신을 똑바로 다시 보기 위해서.

스즈는 스스로 원하고 있었다. 처음부터 이 시련이 자신의 죄를 들춰내기를…….

이 대미궁에 도전하기 전부터 더는 도망치지 않겠다고 결심했으니까.

그렇지 않으면 그렇게 강하게 하지메에게 동행을 부탁하지는 않았을 것이다.

마력은 한계에 달해 낯빛이 창백하고 호흡은 거칠며 쌍철선을 쥔 손은 떨렸다. 그렇지만 허상을 상대하는 스즈의 모습, 눈동자, 목소리는 당당하고 아름답기까지 했다.

"……네가 하는 말은 전부 옳아. 정말로 난 제대로 하는 게 없어. ……그렇지만 이제 됐어. 이제 나 때문에 고민하는 건 끝이야. 원래 하르치나 대미궁에서 꿈을 꿨을 때부터 내가 얼마나 중요한 사실에서 눈을 돌리고 있는지 알았으니까."

『……염치도 없는 꿈이었지?』

허상이 비웃었다. 그러나 스즈도 웃었다. 그것은 연기가 아니라 괴로움과 고통을 품고도 본심에서 나온 옅은 웃음이었다.

"그 꿈속 세계는 현실이 될 수 있었어. 내가 현실을 제대로 받아들였다면…….”

스즈가 맑은 눈동자와 조용한 목소리로 독백했다.

"그때, 우메코 아주머니가 웃으라고 말한 건 단순히 웃는 얼굴로 지내라는 뜻이 아니었어. 누군가와 마음이 통하길 바란다면 우선 스스로 마음을 열라는 뜻이었던 거야. 지금이라면 알 수 있어."

분명히 조금은 마음을 열었었다.

그러나 부족했다. 타니구치 스즈라는 아이는 겁쟁이였으니까.

누군가의 미움을 사서 또 외톨이가 되는 것이 무서웠다. 참을 수 없을 만큼…….

그래서 친구라고 생각한 아이를, 잃었다.

"네가 말한 대로 에리를 만나서 어떻게 할지는 솔직히 나도 모르겠어. 따지고 싶은지, 외면했던 사실을 사과하고 싶은지, 설득하고 싶은지…… 모르겠어."

스즈의 마음은 그날, 아픈 배신을 당한 날부터 갈기갈기 찢어져 있었다. 온갖 감정이 홍수처럼 범람할 것 같지만 필사적으로 참았다.

분명 에리와 만나면 그 둑이 무너지고 스즈의 마음은 소리칠 것이다.

그러니까—.

"모르지만, 만나야 한다는 건 알아……."

더는【하르치나 대미궁】에서 보여준 추태는 보이지 않겠다. 어떤 현실에서도, 어떤 사실에서도 절대로 눈을 돌리지 않겠다!

말이 아닌 태도로 또 다른 자신에게 불타는 의지를 전했다.

『……또 힘이 조금 약해졌어. 결의는 진짜구나.』

"응. 더는 달콤하기만 한 꿈은 꾸지 않아. 나는 너를 뛰어넘고 이 앞으로 가겠어! 모여서 재래하라—『성절 전(轉)』!"

찢어지는 기합과 강인한 의지가 마법으로 구현됐다.

쌍철선을 흔드는 데 맞춰 시련의 방이 찬란히 빛을 발했다.

그것은 밤하늘에 빛나는 별로 착각할 만큼 무수한 파편—

부서져 사라진 줄 알았던 결계였다.

결계의 파편은 마치 허상을 중심으로 은하를 형성하듯 소용돌이치며 모양을 이루어 갔다.

『이건…… 아, 싸우면서 지금까지 부순 결계를 제어해서…… 왼쪽 철선의 효과, 재생 마법으로 복원했구나. 설마 처음부터 노렸어?』

"쉽게 극복할 수 있을 만큼 대미궁의 시련은 간단하지 않아. 속삭임이 들릴 때부터 각오했었어. 당연히 비장의 수단을 준비해 뒀지."

무작정 결계전을 펼치지는 않았다는 뜻이었다.

스즈가 이 싸움에서 파괴하고 흩어지기 전에 제어한 결계는 총합 150장.

그리고 잔존 마력을 전부 더해 만든 배리어 버스트용 장벽은 300장에 달했다.

그것이 허상을 몇 겹으로 둘러쌌다. 다중으로 구축된 결계가 주황색 빛을 눈부시게 발했다. 시련의 방을 휘황찬란하게 비추는 모습은 흡사 석양 속에 뜬 신화 속 요새였다.

그 주황색으로 빛나는 요새 속에서 허상은 맑은 하늘을 떠올리게 하는 표정을 보였다.

『받아줄게. 자신의 나약함을 의지로 바꾼 그 힘이 어떤 건지 보여줘!』

"……고마워, 시련 님. 시작할게! 만화(萬華)가 되어 빛으로 흩어져라."

살며시 웃음을 보인 스즈는 철선을 힘차게 휘둘렀다.

"─『광산화(光散華)』!"

그 찰나, 태양이 태어났나 싶을 정도로 격렬한 빛이 터졌다.

시야를 온통 빛이 물들이고 소리가 사라진다. 조금 늦게 굉음과 격진이 시련의 방 전체로 퍼져나갔다.

모든 마력을 쏟은 혼신의 배리어 버스트. 단발인 『폭』과는 달리 제어할 수 있는 아슬아슬한 수의 결계를 동시 폭파하는 말 그대로 결전 병기.

자신을 보호할 장벽도 못 치는 스즈가 여파에 밀려났다. 땅을 미끄러진 그녀는 빙벽에 등을 세차게 부딪쳤다.

끊길 뻔한 의식을 사력을 다해 붙잡았다.

아무 소리도 들리지 않았다. 귀 안쪽에서는 거대한 종이라도 울리는 것 같은 이명이 났다.

충격과 피로로 손가락 하나 까딱하지 못하는 가운데, 스즈는 흔들리는 시야를 폭심으로 돌렸다.

결계 파편과 부서진 바닥, 천장의 얼음 조각이 반짝이고 있었다. 사람은, 없었다.

하지만…….

─그 애에게 마음이 전해지길 바랄게.

그런 부드러운 목소리가 들린 것 같았다.

안도 때문인지 자연스럽게 힘이 빠지고 의식이 멀어져 갔다.

'……잠깐만…… 쉬어도 되겠지?'

시련의 방 안쪽 빙벽에 출현한 새로운 길을 확인하고 스즈는 입가에 작은 미소를 지으며 의식의 끈에서 손을 놓았다.

그 후로 얼마나 지났을까?

어둑한 물속에 떠 있는 것 같은 감각 속에서 스즈의 의식은 살며시 각성했다.

일정한 리듬으로 천천히 몸이 흔들렸다. 마치 요람에서 흔들리는 듯한 편안함이었다.

스즈는 흐릿한 의식 속에서 이대로 다시 잠들어 버릴까 생각하다가, 그 직후 쿵쿵 울리는 소리와 볼에 전해진 따뜻함이 체중이 무거운 자의 발소리와 체온임을 깨닫고 얼음물을 뒤집어쓴 것처럼 의식이 대번에 각성했다.

"어, 어어?! 뭐야?! 어떻게 된—."

"야, 깼냐?"

"엥? 류타로?"

"그래, 나다."

순간「헉, 오거에게 납치됐나?!」라는 생각에 심장이 철렁했지만 곧 귀에 익은 목소리가 들려 안도의 한숨을 쉬었다. 아무래도 류타로의 등에 업혀 가는 중이었나 보다.

오거로 착각해 조금 죄책감을 느낀 스즈는 괜스레 헛기침하고 상황을 확인했다.

"그런데 왜 류타로가 날 업고 있어?"

"왜긴 왜야? 열 받는 자식을 날려 버리고 길을 따라왔더니 비슷한 방의 구석에 네가 곯아떨어져 있더라. 그래서 일단 데리고 왔지. 흔들어도 안 일어나고, 그렇다고 레슬링 기술을 걸 수도 없고 말이야."

"응, 그렇게 깨웠으면 일어나자마자 배리어 버스트를 먹였을 거야."

목숨 건진 줄 알아, 하고 류타로의 뒤통수를 노려봤다.

그러나 얼마 전이라면 남녀 평등하게 두들겨 깨웠을 류타로가 여자를 배려하게 된 것을 보면 철이 좀 든 것 같았다. 스즈는 왠지 그렇게 잘난 척 평가하면서 이야기했다.

"그나저나 그 시련의 방은 다른 사람들 방과 이어져 있었구나."

"그런가 보더라. 아마 이 길 앞에도 다른 방이 있을걸?"

"카오링이나 티오 씨면 좋겠다. 아직 회복이 덜 돼서 힘들어. ……아, 류타로도 힘들어 보이는데 나까지 업어줘서 고마워. 괜찮아? 안 힘들어?"

류타로의 넓은 등에 쏙 들어가는 스즈였으나 보이는 곳만 해도 류타로가 꽤 다쳤다는 사실을 알 수 있었다.

스즈와 마찬가지로 장비도 꽤 망가졌다. 몸은 스즈보다 훨씬 심해 보였다.

힘찬 걸음걸이는 평소와 같지만 어쩐지 몸의 균형이 나빠 보였다. 걷는 속도도 조금 느린 느낌이었다.

"문제없어. 넌 가벼우니까. 화장실 휴지처럼."

"얌마, 거기다 비유한 의도가 뭐야? 설명해 봐."

무신경함은 그렇게 쉽게 고쳐지지 않나 보다. 스즈의 눈이 차가워졌다. 대답 여하에 따라서는 가만두지 않겠다며 살기

담긴 눈빛이 류타로의 뒤통수를 찔렀다.

흠칫한 류타로가 당황하다가 잠시 후 말을 바꿨다.

"꼬, 꽃처럼 가볍다, 인가?"

정답입니까? ……좋아, 넘어가주지.

그런 무언의 대화가 오간 후 스즈는 다시 이야기를 돌려 물었다.

"장난이 아니라 정말로 몸이 안 좋아 보여."

스즈의 말투와 목소리가 원래대로 돌아와 안심하면서 류타로는 쾌활하게 대답했다.

"이 정도는 별거 아니야. 어깨가 탈구되고 갈비뼈 다섯 개 정도랑 팔뼈가 부서진 게 다니까."

"그건 『이 정도』라고 끝낼 수준이 아니야!"

"뭘 이런 걸 가지고. 어깨는 다시 끼우면 되고 팔도 『금강』으로 보강하면 괜찮으구엑?!"

"으아아아악?! 류타로가 말도 안 되게 토혈했어?!"

류타로가 입으로 피를 토하는 머라이언이 됐다.

엽기 영상 대상에 참가하면 우승하고도 남을 충격적이고 끔찍한 광경이었다.

스즈는 얼굴이 새파래진 채 류타로의 등에서 뛰어내려 회복 마법을 사용했다. 적성은 없어서 카오리처럼 잘 되지는 않았다. 비상시에 대비해 연습해 둔 응급 처치 수준의 초급 회복 마법이었다.

그래도 지혈과 진통, 생채기라면 즉시 치유할 수 있어 류타로도 한결 편해진 분위기였다. 류타로는 대량의 피를 토했다고는 생각할 수 없을 만큼 터프하게 입가를 닦고 씩 웃었다.

"오, 나았어! 고맙다, 스즈."

"안 나았어. 이것 봐, 류타로. 피를 한 양동이 토해 놓고 어떻게 멀쩡한 거야? 사실 터미○이터야? 아니면 그냥 바보야?"

"말 심하게 하네. 이만큼 회복했으면 이제는 근성으로 어떻게든 되겠지."

"근성…… 편리한 말이야."

스즈는 지친 표정으로 치료를 마무리 지었다. 마찬가지로 근성으로 다 해결해 버릴 것 같은…… 아니, 실제로 해결해 버리는 버그 걸린 토끼를 알기 때문에 강하게 반박할 수 없어서 슬펐다.

정상인 대표 시즈시즈를 만나고 싶어…… 몸보다 먼저 마음을 치료하고 싶어…… 라고 생각하면서 하는 김에 자기 몸도 치료해 뒀다.

물론 나아 봤자 자잘한 생채기 정도였다. 몸 안에 납덩이라도 채워 넣은 것 같은 피로나 폭파의 충격으로 둔탁한 통증을 호소하는 몸 마디마디를 치료하려면 역시 카오리나 티오의 힘이 필요하지 싶었다.

스즈의 어이없어하는 표정을 보고 류타로는 말을 돌리려고 변명했다.

"음, 뭐, 순조롭게 통과해서 조금 흥분한 탓이기도 하지."

"아, 그건 그래. 수해 때와 다르게 제대로 싸울 수 있는 건······ 확실히 기뻐."

"그렇지?"

"그러고 보니 류타로는 어땠어? 크게 고민 같은 거 없어 보이는데······ 앗, 말하기 싫으면 안 해도 돼."

은근슬쩍 「무식해서 말로 공격할 포인트가 없잖아?」라고 심한 말을 했다. 이것도 달라졌다면 달라진 것일까?

한편 자연스럽게 모욕당한 류타로는 딱히 신경 쓰는 기색도 없이, 정확히는 눈치챈 기색도 없이 대수롭지 않게 말했다.

"아니, 별일 아니니까 상관없어. 그냥 겁쟁이라고 욕하기만 했어."

그 말에 스즈는 어리둥절했다.

류타로는 눈앞에 위기가 있어도 일단 돌격하고 보는 남자였다. 겁먹은 모습은 본 적이 없었다. 오히려 만용을 부릴 정도였다. 류타로와는 한참 거리가 먼 시련의 지적에 스즈는 의아할 수밖에 없었다.

그런 스즈에게 류타로는 난감한 표정을 보였다.

"자기 합리화일 뿐이라더라. 내가 코우키나 나구모 아래에서 만족하는 건."

"그건······."

─언제나 너는 조연이다. 무대 위에 서는 인간을 거들 뿐.

─사실은 부럽지? 네가 앞으로 나가고 싶지?

─그러지 않는 이유가 뭐야?

"못 이긴다고 생각하니까. 져서 창피당하기 싫으니까. 인정하기 무서우니까. 어차피 나는 들러리밖에 못 된다— 대충 그런 말을 나불댔어."

"······그렇게 생각했었어?"

걸음을 다시 옮기며 두 사람은 나란히 외길을 따라 걸었다.

스즈가 조심스럽게 눈만 위로 뜨고 묻자 류타로는 씁쓸하게 웃고 고개를 끄덕였다.

"그 열 받는 녀석은 또 하나의 나지? 그럼 그렇게 생각했다는 거겠지."

적어도 부인하지는 못했다고 창피하게 머리를 긁었다.

그리고 마치 고백이라도 하는 것처럼 말을 이었다.

"소환되기 전에 나랑 코우키가 사건, 사고에 자주 끼어들었던 거 알지?"

"응. 끼어든다기보다 코우키한테 사고가 모여드는 느낌? 시즈시즈는 사고 블랙홀이라고 했었어."

"대충 그런 느낌이었지. 그리고 그럴 때 도와준 상대, 특히 여자가 고마워하는 건 코우키였어."

"아~."

뭐라고 말해야 할지 모르겠다. 그 순정 만화 왕자님 같은 코우키는 가만히 있어도 눈에 띄었다. 존재하는 것만으로도 주목을 모으는 카리스마의 결정체 같은 사람이었다.

"그리고 옛날부터 내가 반하는 여자도 거의 다 코우키를 노리고 있었지."

"으엑······."

응? 그러면서 왜 류타로는 코우키랑 다녀? 라는 의문을 느낄 정도로 가슴 아픈 고백이었다. 기괴한 신음까지 나와 버렸다.

그러나 이미 들어주기 힘들어 보이는 스즈에게 더욱 충격적인 사실이 대수롭지 않게 밝혀졌다.

"유에 씨도 처음부터 나구모랑 사귀고 있었고 말이야."

"그랬지…… 응? ……음? ……으응?! 뭐어어어어어어?!"

절규 같은 경악이 터졌다. 스즈의 눈이 개그 만화처럼 튀어나왔다. 놀란 나머지 걸음을 멈추고 뒷걸음질까지 쳤다.

류타로의 얼굴이 새빨갰다. 창피해서 얼굴을 돌리고 입을 일자로 꾹 다물고 있었다.

"잠깐, 정말로? 류타로가 언니를? 거짓말이지?"

"그렇게까지 놀랄 일이냐? 내가 그 사람한테 반하는 게 그렇게 이상해?!"

"아, 아니, 그렇지는 않지만…… 류타로, 그런 티를 안 냈으니까……."

"너, 그 두 사람 앞에서 그런 티를 낼 수 있겠냐?"

"……류타로, 불쌍해."

"시끄러워! 불쌍하게 보지 마! 그러는 너는 성격까지 변했구만!"

류타로가 얼굴을 붉힌 채로 꽥꽥 소리쳤지만 돌아오는 것은 버림받은 개를 보는 듯한 불쌍한 눈빛과 팔을 토닥이는 연민 어린 손길뿐이었다.

류타로는 울컥해서 스즈의 손을 탁 쳐 내고 이야기를 되돌리려고 했다.

"아무튼 그런 마음대로 안 풀리는 일이나 남자로서 2등, 3등으로 만족하는 건 자기 자신을 속이는 일이라고 지적받았어."

"그랬구나. 그래서 류타로의 허상이 강화됐어?"

"……? 강화? 그게 뭐야?"

"응? 아니, 자기감정을 거부하느냐 받아들이느냐로 허상이 강화하거나 약화하거나 하잖아?"

"……??? 무슨 이야기야?"

말이 맞물리지 않았다. 스즈와 류타로는 함께 고개를 갸웃거렸다.

스즈는 일단 『허상의 시련』이 어떤 규칙으로 진행됐는지 설명했지만 류타로는 여전히 못 알아들은 눈치였다. 이게 어떻게 된 일인가 하여 스즈가 류타로에게 뒷일을 계속 말해 보라고 하자 류타로의 시련은 방식이 조금 달랐다고 한다.

류타로는 유혹받았다고 했다. 허상이 내미는 손을 잡으면 지금보다 훨씬 강대한 힘을 얻는다고…….

그러면 더는 들러리로 남을 필요가 없다. 욕망대로 원하는 것을 얻을 수 있다. 힘으로 소원을 이룰 수 있다. 이상적인 내가 될 수 있다.

"……그런 시련도 있구나."

이 시련은 마음을 확고히 정하고 신의 간섭을 이겨 내는 것. 그렇다면 유혹하는 시련도 있을 법했다.

설마 『뭐야? 이 녀석 부정적인 감정이 너무 적은데?』라고 당황한 시련이 고육지책으로 방침을 변경……하지는 않았을 것이다. 아마도…….

"그, 그래서? 허상의 손을 잡고 어떻게 됐어?"

"……야. 왜 내가 유혹에 넘어갔다는 전제로 얘기해?"

스즈는 눈길을 피했다. 류타로는 한숨 쉬고 뒷이야기를 들려줬다.

"손을 잡아 봤자 좋은 일은 없었겠지. 그래서 그냥 패서 날려 버렸어."

"와, 유혹에 안 넘어갔어?"

감탄하는 스즈의 눈빛에 류타로는 자랑스러운 표정을…… 지을 거라고 생각했으나, 실제로는 죽은 생선 같은 눈이 됐다. 깜짝 놀라는 스즈에게 류타로가 말했다.

"생각해 봐. 유혹에 넘어가서 힘을 얻어도 내가 욕망대로 행동하면 어떻게 될지."

"응? 그럼 얻고 싶은 걸 힘으로…… 아."

깨달았다. 스즈의 표정이 점점 동정의 빛으로 물들어 갔다.

류타로가 시련에 져서 이성을 잃고 욕망대로 움직였다면 미래는 뻔한 것이었다. 그가 바라는 건 아름다운 흡혈 공주 아니던가. 그러면 그 결과도 불 보듯 뻔했다.

설령 『강대한 힘』을 손에 넣어도—.

"나구모한테 피떡이 됐겠지."

"히야마처럼."

류타로는 하지메와 유에의 관계를 보고 이미 오래전에 마음을 정리했다. 왜 이제 와서 사지로 뛰어들어야만 하는가.

욕망의 길로 이끌려고 손짓하는 자신의 허상이 류타로에게는 저승길 안내인으로만 보였다. 당도할 곳은 다짐육이 되는 길뿐이었다.

"나도 모르게 설교했어. 턱도 없는 소리 마, 날 죽일 생각이냐?! 현실을 봐! 라고."

그 결과 **허상에게** 악감정이 끓어오른 탓인지 주먹다짐으로 이겨 공략했다.

거기까지 듣고 스즈는 나직하게 소감을 밝혔다.

"한마디로 화풀이로 공략한 거네."

역시 류타로는 류타로였다…… 말은 하지 않았지만 스즈는 어이없어했다.

류타로가 어깨를 으쓱였고 두 사람은 멈췄던 걸음을 다시 옮겼다.

앞으로 가면서 스즈는 히죽히죽 방금 이야기를 다시 꺼냈다.

속마음을 털어놓은 탓인지 분위기는 매우 가벼웠다. 원래 눈치를 보지 않던 사이에 더욱 거리낌이 사라진 기분이 들었다.

"정말로 의외였어. 설마 류타로가 언니에게 반했었다니."

"그 이야기 아직도 해……? 딱히 이상한 일도 아니잖아? 너도 그 날부터 『언니』라고 부르면서."

"아, 그런 거구나. 응, 그건 확실히 이상하지 않지."

류타로의 말에 스즈는 이해했다며 손뼉을 짝 쳤다.

류타로가 말하는 『그 날』이란 【오르크스 대미궁】에서 마인족 여자에게 습격당해 위기에 빠졌을 때였다.

불타오르는 창염의 용을 부리며 적을 유린한 유에는 너무나도 신성하고 아름다웠다.

더불어 태연자약한 태도, 어린 외모에 어울리지 않는 요염한 분위기, 잠깐이지만 스즈에게 보여준 상냥함…….

그 모든 것이 고교생 소년소녀에게는 매력적이었다.

스즈가 언니라고 따르게 된 것과 마찬가지로 사이토 요시키나 나카노 신지, 츠지 아야코와 요시노 마오도 정도의 차이는 있겠지만 그날 유에게 마음을 빼앗겼다. 류타로도 그중 한 명일 뿐이었다.

"아무한테도 말하지 마."

"안 해. 류타로가 고통받을 뿐이니까. 그런 거면 나한테도 말 안 했어도 됐는데."

"그건 뭐, 그렇지만……."

"아. 한 번은 다른 사람한테 말하고 싶었다거나…… 그런 거?"

"날카롭네. 푸념 같은 거지. 미안."

겸연쩍게 웃는 류타로에게 스즈도 쓴웃음을 돌려줬다.

"그래도 매번 육탄전으로 치고받다가 다치는 건 안 좋아. 카오링한테 혼났던 거 잊었어?"

"……그 자식 낯짝이 열 받아서 그래. 떠올리니까 또 한 대 갈기고 싶어지네."

"거울 보면 되겠네."

그런 실없는 이야기를 나누는데 마침내 전방에 막다른 길이 보였다. 다음 방으로 이어진 입구에 도착한 것 같았다.

"오, 다음 방이다."

"제발 카오링이나 티오 씨가 있기를⋯⋯."

스즈는 기도하듯 두 손을 맞잡고 빙벽으로 다가갔다. 거기에 반응하여 빙벽이 녹아 사라져 안쪽 방으로 들어가는 입구가 열렸다.

그리고⋯⋯ 스즈의 소원은 이루어졌다.

그러나—.

"꺅?!"

"우욱?!"

충격과 섬광, 그리고 마력 폭풍이 두 사람을 맞이해줬다.

두 사람이 함께 비명을 지르면서도 류타로는 퍼뜩 스즈 앞으로 나서서 팔을 올려 방어했고 스즈도 즉시 장벽을 펼쳤다.

그리고 대체 무슨 일인가 싶어서 두 사람이 시선을 옮긴 장벽 너머에는— 검정과 순백의 브레스를 뿜는 티오와 허상이 있었다.

스즈와 류타로가 오기 조금 전.

순백색 머리에 기모노를 입은 자신의 허상과 대치한 티오는 보이지 않는 검은 불꽃을 보고 있었다.

그것은 몸속에서 타오르는 증오와 분노의 불이었다.

500년도 전에 역사에서 용인족이 사라지게 된 대박해(大迫害)와 조국이 붕괴한 비극을 겪으며 티오의 마음에 뿌리내린 감정이었다.

『무력한 자를 그토록 보호하지 않았나. 약자를 그토록 지탱하지 않았나. 간악한 무리가 나타나면 누구보다 먼저 나서서 싸우지 않았나.』

허상의 목소리는 한탄하는 것 같기도, 비웃는 것 같기도 했다.

동시에 화염 해일이 티오를 삼키려고 밀려왔다.

"그랬지. 나라도 종족도 이유도 불문하고 우리 용인족은 모든 이의 수호자였어."

티오는 담담한 말로 대답하면서 팔을 휘둘렀다.

기모노 소매를 우아하게 펄럭이는 동작만으로 화염 해일 앞에 회오리가 일었다. 열파를 감싸고 삼켜 제어권을 빼앗아 자신의 것으로 만들었다.

거대한 화염 회오리가 허상을 역습했다.

『그 시대에 우리가 구한 자들이 얼마나 있었지? 우리가 내건 도덕과 정의에! 고결함을 유지하려던 의지에! 경외감을 품지 않은 자가 얼마나 있었지?』

화염 회오리가 풀려 날아갔다. 그렇게 착각한 것은 아름다운 백린을 가진 용이 돌파했기 때문이었다.

백룡으로 변화한 허상이 날아오른 기세를 타고 티오를 깔아뭉개기 위해 돌진해 왔다.

"최강이자 최고의 나라라고 칭송받았었지."

검은 빛이 시련의 방을 채웠다. 순식간에 웅장한 흑룡으로 변한 티오가 허상의 돌진을 정면으로 받아냈다. 하지만 버티지 못하고 그대로 벽까지 떠밀렸다.

힘에는 명확한 차이가 있었다.

힘을 얻은 허상이 소리쳤다.

『낙원이지 않았느냐! 약자도 강자도! 종족도 귀천도 막론하고 어떠한 자와도 공존해 번영한 낙원이지 않았더냐!』

쉬운 여정은 아니었다.

고결함을 종족의 이념으로 내걸고 관철하기가 어찌 그다지도 어렵던지…….

꿈같은 소리라고, 떼쓰는 어린애나 다를 바 없다고 대체 몇 번 비웃음 사고 멸시받았던가. 용인족 몇 명의 목숨을 바쳤던가.

하지만 수백 년이나 관철하면 그것은 헛소리가 아니라 명예가 된다.

강하고 따스하고 흔들리지 않는다. 고결하다는 말이 형태를 갖추면 용인족이라며 모두 자연스럽게 머리를 숙이고 경외감을 품는 데 이르렀다.

그렇다. 용인족이야말로…….

─세상의 수호자

─평화의 구현자

─참된 왕족

이었다.

"그랬지."

어딘지 모르게 쓸쓸하게 티오는 새어 나온 듯한 말을 중얼거렸다.

벽에 부딪히기 직전 다시 검은 빛이 티오를 감쌌다. 거대한 충격음이 울려 퍼지고 빙벽이 요란하게 부서졌다.

그러나 백룡과 벽 사이에 짓눌린 티오의 모습은 없었다. 그 대신—.

"『금역 해방』."

승화 마법을 구사한 용의 브레스, 흑색 섬광이 포효했다. 거의 수직으로 솟아오른 초대형 광선이 백룡 허상을 날려 버렸다.

티오는 벽에 부딪히기 직전 『용화』를 풀고 아래로 피했다.

그러나 강렬한 카운터를 받은 백룡 허상은 얼음 나무에 격돌하기 직전 날개를 펼쳐 제동을 걸었다. 그리고 그대로 갚아 주듯 입을 벌려 브레스를 쐈다.

순백색 광선은 놀랍게도 승화 마법을 쓴 티오의 브레스보다 강력했다. 공기마저 태워 버리고 시련의 방 전체를 뒤흔드는 파괴력이 순식간에 티오를 집어삼켰다.

가공할 열량에 얼음 바닥이 한순간에 융해해 거대한 구멍이 생겼다. 그곳에는 사람이 있었던 흔적 따위 없이 모든 것이 소멸해 있었다.

허상이 『용화』를 풀어 착지했다. 그리고 아무 일도 없었던 것처럼 말을 이었다.

『그 모든 것을 신은, 사람들은 무위로 돌려 버렸어.』

허상의 시선이 옆을 향했다.

그곳에는 티오가 있었다. 조금 전 허상의 브레스에 먹힌 것은 열을 이용한 환상이었다. 브레스로 백룡 허상을 날려 버렸을 때, 한순간 시선이 떨어진 사이 만들어 낸 것이었다. 그야말로 절기(絶技)라는 말이 어울리는 놀라운 기술이었다.

그러나 기술 없이는 힘 싸움에 밀리는 것 또한 사실이었다.

티오와 허상, 양쪽이 동시에 브레스를 쐈다. 서로 한쪽 손을 내밀고 대극을 이루는 2색 섬광으로 격전을 벌였다.

시련의 방이 흑백의 아름다운 대비로 덧칠됐다. 그러나 정면으로 맞붙는 브레스의 위력이 완전히 같지는 않았다. 중간 위치가 아니라 티오 쪽이 약간 밀리고 있었다.

그런 그곳에 난데없이 인기척 두 개가 늘었다. 보지 않아도 알았다. 스즈와 류타로였다.

허상이 아주 잠깐 그쪽으로 눈을 돌려 확인했다.

그 순간 음흉한 웃음이 씩 떠올랐다. 난입한 입회인에게 자신의 추악함을 보여주자는 의도가 훤히 보였다. 알리고 싶지 않은 부분을 타인에게 알려 정신적으로 더 몰아세우려는 심산이리라.

『용인족은 사람이 아니다. 그 본성은 마물이다.』

그것이 용인족의 종말을 알리는 말이었다.

스즈와 류타로가 눈을 동그랗게 뜨는 것을 티오와 허상도 알았다.

허상은 점점 더 짙게 웃음 지으며 그 날의 비극을 이야기했다.

『그 흉포함이 언제 깨어나도 이상하지 않다. 세계의 수호자라는 얼굴 이면에는 목적을 위해 타 종족을 지배하려는 악의가 숨어 있다.』

일소에 부쳤을 말이었다.

분명히 사람의 몸이면서 완전히 짐승의 모습으로 변화하는 종족은 넓은 대륙에서도 달리 없었다. 사람에게서 동떨어진 능력인 완전 용화와 다른 종족은 저항하기 힘든 강대한 힘은 과연 사람과 짐승의 경계를 모호하게 하기에 충분했다.

하지만 그렇기에 용인족은 고결함을 관철했다. 모든 종족을 사랑하고 긴 시간을 들여 공적을 쌓았다.

쉽게 부정될 리 없는, 확고한 신뢰가 있었을 것이다.

그런데도 불구하고—.

『그 목적이란 신에게 적대하는 것. 용인족은— 신적이다.』

그 한마디.

그 한마디만으로 사람들의 인식은 뒤집혔다. 마치 악몽처럼, 손바닥 뒤집듯이…….

경외감은 단순한 공포로. 신뢰는 의혹으로. 동경은 경멸로.

그리고 나라가 불길에 휩싸였다.

수많은 동포가 살해당했다.

아버지 하르가와 어머니 오르나는 죽어서 구경거리가 되었다.

지금까지 한 몸 바쳐 지키고 사랑해 왔던 자들에게…….

검은 섬광이 또 조금씩 밀려 나갔다. 순백색 섬광이 서서히 올가미를 죄듯 티오에게 다가왔다. 허상이 웃었다.

『후후후, 느껴지는구나. 그대의 증오와 분노가. 공포와 체념이. 수백 년이 지나도 잊을 수 없는 그 비극, 지켜 왔던 자들의 무정한 배신. 경멸과 공포가 섞인 눈빛. 동포, 벗, 부모를 살해당하고 그 육신까지 욕보인 굴욕.』

"……."

이상하리만큼 명료하게 울리는 목소리에도 티오는 말이 없었다.

스즈와 류타로가 티오를 대신하는 양 비통한 표정을 지었다. 두 사람은 티오의 과거를 몰랐다. 용인족이 멸망한 종족이라는 것 정도밖에 몰랐다. 문헌에 적힌 단 한 문장이 이토록 무겁고 고통스럽다니…… 상상하지도 못했다.

두 사람이 모르는 티오. 그곳에 또 한 명의 『**아무도** 모르는 티오』가 더해졌다.

『그 때는 참으로 통쾌했었지. 교회를 가루로 만들었던 그때 말이다. 대박해의 중심도 교회였어. 증오하는 적이 죽어 스러지는 광경은 이루 말할 수 없는 쾌락을 주지 않았느냐?』

하지메를 구한다는 대의명분이 있어서 다행이었다. 학살의 이유가 『복수』라면 체면이 서지 않는다.

아이코가 있어서 다행이었다. 풍작의 여신은 총본산 붕괴의 진상을 아는 자들에게 좋은 눈가리개가 되었다.

귀찮은 일 없이 확실하게 멸했다. 아주 좋았다. 완벽한 상황이었다.

그 타산적이고 끈적끈적한 복수심을 듣고 아니나 다를까 스즈와 류타로는 눈을 크게 뜬 채 굳었다. 티오가 부인하길 기대했지만, 반박은 없었다. 그 무언은 마치 허상의 말을 긍정하는 것 같았다.

티오의 브레스가 순간 흔들리고 마침내 위험한 영역까지 허상의 브레스에 먹힌 것도 그 사실을 알려주는 듯했다.

기분이 좋아졌는지 허상의 혀는 기름이라도 칠한 양 점점 부드럽게 움직였다.

『처음에 나구모 하지메를 따라간 것도 사실 쓸 만하다고 생각해서 아니더냐?』

하지메의 힘은 경이적이었다. 그리고 그 힘은 반드시 신의 눈을 끈다. 그 대박해의 원흉의 눈을…….

『신이 적의를 드러내면 나구모 하지메도 적의를 드러내지. 그건 분명히 멋진 복수가 될 게야. 그렇게 생각했지?』

평소 하지메에게 보이는 호의에서는 상상도 할 수 없는 속내였다.

그러나 허상이 하는 말은 절대로 거짓이 아니었다. 설령 조금이라도, 설령 본인이 자각하지 못했어도 분명히 마음 깊은 곳에 품은 감정이었다.

그래서 마조히스트 변태면서도 가끔 무척 지적이고 다정한 일면을 보여주는 티오의 숨겨진 내면에 경악을 감출 수 없었다.

말도 하지 못하는 스즈와 류타로에게 마침내 티오가 살짝 시선을 줬다.

그 눈동자에는 아무런 감정도 담겨 있지 않았다.

평소의 명랑함도, 장난스러운 웃음도, 상냥함도, 지성도 담겨 있지 않았다.

처음으로 본 티오의 표정에 스즈와 류타로가 숨을 멈췄다.

『인간, 아인, 마인, 그리고 신. 그때 소중한 것을 앗아간 모든 것이 밉다.』

500년 이상 지나도 꺼지지 않는 마음속 검은 불길.

그곳에 더욱 기름을 부으려고 허상이 목청을 키웠다.

『그 증오, 분노는 네가 품어 마땅한 감정이다. 그래, 복수는 너의 정당한 권리야!』

티오의 마음에는 확실히 공감하는 자신이 있었다.

다른 한 명의 자신이 하는 말을 긍정하는 감정이 있었다.

동시에 복수를 부정하는 감정도 있었다. 언제나 타인을 사랑하고 누구보다 고결하고자 했던 아버지와 어머니의 말이 제동을 걸었다. 두 사람의 마음을 저버려서는 안 된다고……

그 감정의 기복을 완벽하게 이해한 허상은 입을 일그러뜨리며 마치 마무리를 지으려는 듯 살며시 브레스를 쏘지 않는 반대쪽 손을 내밀었다.

『내 손을 잡아라. 그러면 내가 그 복수를 이루어주마. 이제 속에서 타오르는 불을 억지로 억누르지 않아도 된다. 양심의 가책 때문에 복수의 칼이 무뎌질 일은 없어. 내가 나구모 하지메를 잘 유도해주마. 걱정 마라, 그 사내도 나를 마음에 두고 있다. 구슬릴 방법이야 얼마든지 있어.』

그건 유혹이었다. 티오의 가장 깊은 곳에 가두어 놓았던 복수의 불을 겁화로 바꿀 기름.

티오의 마음을 상처 주고 꺾어 티오 본인을 죽이기 위한 행

위가 아닌, 유혹으로 정신의 변질을 노린 공격. 류타로에게
썼던 시련과 같은 방법이었다. 그 손을 잡았을 때 과연 그것
은 지금까지와 같은 티오라고 할 수 있을까……

적어도 신을 죽이려고 동료를 이용하는 티오와 인간적인 관
계를 유지하기는 불가능에 가까울 것이다.

순백색 브레스는 점점 기세를 더했고 이미 검은 브레스는
밀려서 삼켜지기 직전이었다.

그 광경이 그대로 티오의 심경을 대변해주는 것 같았다.

"티오 씨! 들으면 안 돼!"

"평소의 티오 씨로 돌아와!"

위기감과 초조함이 뒤섞인 고함이 퍼졌다. 스즈와 류타로가
급박한 얼굴로 티오의 마음을 받쳐주려고 악을 썼다.

순백색 섬광이 코앞까지 다가왔다. 그대로 증발하는가, 아
니면 허상의 손을 잡아 자기 욕망대로 동료까지 이용하는 티
오로 변하는가.

후자라면 목격자인 스즈와 류타로를 티오는 어떻게 할까.
적어도 아무 짓도 하지 않고 그대로 둘 리는 없었다.

하지만 지금 스즈와 류타로는 자기들이 위험하다는 사실을
조금도 의식하지 않았다.

그보다 남몰래 자신들을 지켜봐 주고 필요할 때 등을 밀어
주는 믿음직한 누나, 언니인 티오가 타락하는 모습을 보고
싶지 않다는 마음뿐이었다.

이런 무표정한 티오보다 하지메에게 달라붙어 벌을 받고 기

뻐하는 티오가 보고 싶었다. 티오가 돌아봐주지 않아도 함께 허상에게 달려들어 싸우겠다고 결의할 만큼……

그렇게 막 뛰어들려는 순간, 스즈와 류타로는 깨달았다.

티오가 어느새 자신들을 보고 있다는 것을……. 눈을 부드럽게 뜨고 입이 살며시 호를 그리고 있었다.

말은 없어도 전해졌다. 걱정할 필요 없다고. 거기서 가만히 보고 있으라고.

그 직후 그것이 틀리지 않았다고 증명하듯 시선을 돌린 티오가 말문을 열었다.

"우리는 우리의 존재 이유를 모른다."

조용한 음성이었다. 말을 건다기보다도 마치 자기 마음속에서 뭔가를 확인하는 독백 같았다.

"이 몸은 짐승인가 사람인가. 세상 모든 것에 의미가 있다면 그 답은 어디에 있는가."

『그 말은…….』

허상이 눈을 크게 떴다. 동시에 자신이 쏘는 브레스가 더 이상 나아가지 못하는 사실에 동요했다.

"답을 찾지 못한 채 누거만년. 그렇기에, 사람인가 짐승인가, 우리는 결의하여 혼으로서 증명한다."

『윽, 힘이…… 말도 안 돼. 대체 무엇을 계기로―.』

한순간 입회인 두 사람인가 하고 눈을 돌렸지만 그 직후 자신의 브레스가 밀리는 것을 느끼고 퍼뜩 의식을 되돌렸다.

그 짧은 순간에도 검은 섬광이 순백의 빛을 물들이고 있었다. 가차 없이, 너무나도 간단하게 허상의 브레스가 밀려난다!

이해할 수 없었다. 분명히 마음에 틈이 있었다. 부정적 감정에 굴복하기 직전이었다. 실제로 허상이 강화된 것이 증거였다.

그런데 왜! 허상이 혼란에 빠진 가운데 브레스의 굉음에 아랑곳하지 않고 마치 노래하듯 낭랑한 말소리가 울려 퍼졌다.

"용의 눈은 한 줄기 진실을 찾아내고 기만과 시기와 의심을 간파한다."

짐승의 눈이라도 사람을 공포에 빠뜨리는 것이 전부는 아니다.

그 눈은 지성의 상징. 사람들을 현혹하는 안개를 걷고 구원으로 이끌어주기 위해 존재한다.

"용의 발톱은 강철 성벽을 찢고 그 속에 들어찬 악의를 타파한다."

어떠한 적도 무찌르겠다. 지켜야 할 자가 그곳에 있는 한······.

용의 발톱은 오로지 악의를 물리치기 위해서만 휘두른다.

"용의 이빨은 자신의 나약함을 깨부수고 악의와 분노를 흘려보낸다."

강대하고 사람과는 동떨어진 모습이기에 자신을 엄하게 다스리겠다.

흔들렸다면 자신의 영혼에 이빨을 세우겠다.

악의, 분노에 마음을 허락하고 이성을 잃는다면 용인의 긍지가 용납하지 않는다.

"인(仁)을 잃었을 때 우리는 한낱 짐승에 불과하다."

단순히 감정대로 힘을 휘두르며 무고한 이를 해하는 자로 전락했다면…… 인정하겠다.

용인은 그저 짐승에 불과하다고…….

"하지만 이성의 검을 휘두르는 한―."

고요한 눈동자가 세로로 갈라졌다.

찬란한 빛을 띤 황금색― 용안. 그 눈이 허상을 쏘아봤다.

그리고―.

"우리는 용인이다!"

티오 클라루스란 누구인가. 그 대답을 드높이 긍지를 가지고 선언했다.

동시에 거대한 폭포수에 비견될 보이지 않는 압박감이 쏟아졌다.

단순한 마력 방출이 아니었다. 하지메 같은 폭력적인 살의도 아니었다.

그것은 사람이 아득히 높은 영봉(靈峯)을 우러러봤을 때 자연스레 마음을 파고드는 위압.

굳이 말하자면 패기. 왕의 기운이었다.

『……설마, 제어했었나?』

숨을 멈추고 쥐어짜는 목소리로, 믿을 수 없다는 표정으로 허상이 물었다.

계기도 없이, 마치 정해진 수순을 따라가듯 쉽사리 형세를 뒤집었다. 그것이 의미하는 바는 하나밖에 생각할 수 없었다.

―티오는 정신의 강약조차 완벽하게 제어한다.

티오는 허상에게 감정이 읽힌 것이 아니었다.

읽게 한 것이었다.

대미궁의 시련조차 속이는 정신 제어를 누가 상상이나 했으랴.

하지메 일행의 무력이 괴물 같다면 티오는 정신력이 괴물이었다.

"대미궁의 의지야, 고맙다. 신대의 힘 앞에서도 나는 내 마음을 장악할 수 있구나. 그렇다면 신을 상대로도 헤쳐 나갈 수 있을 테지."

『시련 자체를 이용한 게냐…… 자신이 신의 유혹에 저항할 수 있는지, 아니, 그것만이 아니지. 신을 속일 수 있는지, 시험했나…….』

"물론 내 본심을 객관적으로 듣고 싶기도 했지. 마음이란 광대한 바다와 같으니 나 자신이 눈치채지 못하는 사이 허점이 생길지도 모르니까. 참으로 유익한 시련이었어."

처음부터 티오의 손바닥 위에서 놀아났다…….

그 말에 허상은 말도 안 된다고 고개를 흔들었다. 자기도 모르게 한발 물러나 자신의 브레스가 빠르게 삼켜지는 광경에 당황하며 태세를 재정비했다.

『……허나 내가 한 말에 거짓은 없었다. 증오도 분노도 분명히 있어. 그만큼 강한 감정을 품었으면서 왜냐? 어떻게 그럴 수 있느냐…….』

허상의 말에 티오는 눈을 가늘게 떴다. 검은 기모노 소매와 허리까지 내려오는 윤기 흐르는 흑발이 마력에 나부끼고 위풍당당하게 선 자태는 이루 말할 수 없이 아름다웠다.

이곳에 하지메가 있었으면 유에가 옆에 있어도 무심결에 눈길을 빼앗겼을 정도였다.

위대한 왕과 같은 위용으로 티오는 말에 혼을 실어 말했다.

"우습게 보지 마라. 내가 누구인 줄 아느냐?"

—네 안에 태어난 검은 불꽃과 태어났을 때부터 가진 클라루스의 용맹한 불꽃을 가슴에 품고.

—잘 살아라.

일찍이 아버지 하르가 클라루스가 한 말.

티오에게 남긴 마지막 말이었다.

티오는 그 말대로 살아왔다. 악한 감정도 추한 감정도, 그리고 양심과 긍지도 모두 가슴에 품고 무엇 하나 버리지 않고. 용인의 맹세를 버팀목 삼아서 살았다.

맡겨진 것. 이어받은 것. 그 모든 것이 여기 있었다. 절대로 부서지지 않는 절대적 중심이 있었다.

그렇기에 가슴을 펴고 선언했다.

"명예로운 용인, 클라루스 족의 후예— 티오 클라루스다!"

용인 티오 클라루스니까.

그러니까 꺾이지 않는다. 마음을 검은 불꽃으로만 물들이지 않는다.

단지 그뿐이었다.

허상은 말이 없었다. 그 표정은 어쩐지 이해한 것 같은, 졌다고 말하고 싶은 것 같은 모호한 미소를 짓고 있었다.

그런 또 한 명의 자신에게 티오는 태연하게 마지막 말을 건

넸다.

"복수의 이빨 따위 하등 의미도 없다. 진실로 강인한 건 용의 이빨이지. 그 몸으로 직접 맛보아라."

그 직후 티오의 브레스가 두근 맥동했다. 그러더니 지금까지 쓰던 브레스가 이쑤시개처럼 느껴질 만큼 굵어졌다.

순백색 브레스가 저항조차 하지 못하고 먹히는 모습에서 거대하고 웅장한 용이 입을 벌리고 물어뜯는 광경이 겹쳐 보인 것은 과연 단순한 착각이었을까.

검은 브레스가 허공으로 녹아들어 사라진 뒤에는 당연히 아무것도 남지 않았다.

그 압도적인 광경에 스즈와 류타로는 숨을 쉬는 것도 잊고 멍하게 서 있었다.

티오가 몸을 휙 돌려 옷이 스치는 소리가 나고서야 겨우 정신을 차렸다.

티오가 앞으로 내려온 머리를 한 손으로 우아하게 걷었다. 흑발이 비단처럼 펼쳐지고 검정 바탕의 옷소매도 바람과 장난치듯 나부꼈다.

그 표정은 고요했다. 기뻐하지도 감개에 빠지지도 않았다.

할 일을 했을 뿐.

그렇게 말하듯 차분한 분위기로 사뿐사뿐 걸어왔다. 단순히 걷는 모습조차 기품이 흐르고 아름다웠다. 흔들리지 않는 압도적 힘까지 겸비해 절세의 미녀라는 말이 자연스럽게 떠올랐다.

"어, 어쩌지…… 나한테 제2의 언니가 생길 것 같아."

"난 아무 생각도 안 들어. 아무튼 안 들어. 젠장."

스즈와 류타로가 가벼운 패닉에 빠졌다. 수해 미궁에서 시아와 카오리를 공포에 빠뜨린 평범한 전설의 용인족 모드 『슈퍼 티오 씨』.

너무 멋있어서 기분 나쁜 티오 & 너무 누님 같아서 무서운 티오— 가 강림해 있었다.

아니, 그때 이상일지도 몰랐다. 스즈도 류타로도 방심하면 그만 마음을 빼앗길 것 같았다. 『기분 나쁘다』거나 『무섭다』는 느낌이 아니었다.

즉, 『슈퍼 티오 씨 용인 **왕족** 모드』라고 해야 할까? 효과는 아마 『사람 홀리기』인 것이 틀림없었다.

그런 스즈와 류타로의 대화가 들렸는지 티오가 두 사람을 보고 포근하게 미소 지었다. 그 웃음에도 두 사람은 일일이 가슴이 콩닥거렸다.

"너희에게는 미안하구나. 예정대로였지만, 내가 큰 걱정을 끼쳤어. 하지만 성원은 기뻤다. 고맙구나."

"아, 아뇨, 뭘 그런 걸…… 에헤헤헤."

"그, 그래. 아, 아무것도 아니, 아닙니다."

수상할 정도로 긴장하는 스즈와 류타로를 보고 티오는 고개를 갸웃거렸다.

그런 몸짓도 지금 두 사람에게는 심장에 좋지 않았다. 평소에는 극도로 심각한 변태인 주제에 이 갭은 너무하잖아! 라고 목청껏 소리치고 싶었다. 특히 류타로가…….

그런 두 사람의 반응을 의문시하면서도 티오는 그들이 지나온 뒤쪽 통로를 봤다.

"흠. 시련의 방은 연결되어 있었나? 합류한 건 너희뿐이냐?"

"으. 응. 다른 사람은 못 봤어."

"그래?"

티오는 스즈의 말에 고개를 끄덕이고 조금 아쉬워했다.

어쩐지 이상하게 애절한 분위기가 흘렀다. 성인 여성의 요염함이 철철 넘쳤다.

청소년의 체온에 좋지 않은 광경이었다. 몸에서 열이 수직 상승 중이다.

그러나 여기서도 드러나는 티오의 수준.

"주인님이 있었으면 살짝 타산적인 생각을 가지고 있던 나를 바로 벌줬을 텐데……. 그것도 아주 따끔하게…… 안타깝구먼."

""안타까운 건 당신이야.""

스즈와 류타로가 무심결에 완벽히 싱크로하며 태클을 걸었다.

정말로, 저어엉말로! 안타까웠다. 다양한 의미로…….

다만 역시 변태스러운 티오를 보고 조금 안심했다고는, 어쩐지 굴욕감이 들어 절대로 말하지 않았다.

그로부터 얼마 후.

이번에는 티오를 선두로 스즈와 류타로 세 사람이 새로운 길을 걸어갔다.

티오가 사용한 재생 마법의 빛이 스즈와 류타로를 감싸고 통로를 아련히 비추었다.

"괜히 나 때문에 미안하구먼. 진지한 장면이 이어진 반동으로 살~짝 내 감성적인 면이 새어 나오고 말았어."

""……살짝?""

스즈와 류타로의 호흡이 척척 맞았다. 물끄러미 바라보는 눈길마저 똑같았다.

애초에 반동은 두 사람에게도 있었다. 평소 보지 못한 티오의 고결함과 왕의 위엄, 그리고 넘쳐흐르는 기품에 실컷 가슴 설렌 직후라서 티오를 보는 눈빛이 평소 이상으로 차가웠다.

특히 류타로는 어쩐지 자신의 순정을 짓밟힌 기분이 들어 엄한 화풀이임을 알면서도 눈빛의 온도를 극저온까지 내리지 않고는 견딜 수 없었다.

썰렁한 분위기가 흐르는 가운데, 두 사람을 감싸던 치유의 빛이 사라졌다. 몸속에 남아 있던 통증도 말끔히 가셔서 컨디션은 완전히 회복됐다. 티오가 재생 마법을 구사한 지 불과 몇 초밖에 지나지 않았는데도 몸이 아주 가벼웠다.

"대단해…… 대단한데…… 솔직히 칭찬을 못 하겠어. 그래도 고마워, 티오 씨."

"나도 왜 이런 변태가, 라고 생각했지만…… 고마워."

"별거 아니다. 그리고 류타로. 네가 매도한다고 내가 기뻐하리라 생각하지 말거라. 난 주인님이 아니면 꼬리를 흔들지 않아. 미안하구나."

류타로의 이마에 핏줄이 섰다. 이러면 꼭 내가 관심 끌려다가 차인 것 같잖아, 라며 속으로 투덜댔다. 입 밖으로 꺼내지 않는 이유는 무한 반복될 것 같아서.

새삼스럽지만 조금 전 위풍당당한 아름다움과 모든 공격을 자기 형편에 맞춰 쾌락으로 바꾸는 변태성— 상반된 양면성을 자연스럽게 나눠 사용하는 티오에게 형언할 수 없는 분노와 전율이 밀려왔다. 동시에—.

"……나구모가 대단하긴 대단해."

"그런 칭찬은 안 해도 될걸? 나구모는 그냥 사디스트라서 그러는 걸 테니까."

류타로가 싫은 척하면서도 티오를 받아주는 하지메를 남자로서, 아니, 인간으로서 도량이 넓다고 느끼며 칭찬했지만…….

아마 스즈가 말한 대로 단순히 하지메의 『변태의 주인님 적성』이 높을 뿐일 것이다.

그렇게 자연스럽게 흘러나오는 티오의 변태성에 스즈와 류타로가 진저리를 치는데 전방에 막다른 길이 보였다. 다음 방에 도착한 모양이었다.

"흠, 건너편에 여러 기운이 느껴지는구나. 아무래도 이미 합류한 인원이 있나 보구먼."

"나구모, 제발 여기 있어라. 슬슬 패스하지 않으면 내가 못 버티겠어."

"고삐 잡을 사람이 있어야 할 텐데……."

류타로와 스즈가 똑같이 두 손을 모았다. 기도하고 싶을 만큼 주인님을 찾고 싶은 듯했다.

하지만 당연하게도 기도가 항상 통할 리는 없었다.

세 사람이 다가가자 벽이 녹아서 사라졌고, 그 너머에는—.

"으이이익, 유에 이 멍청이이이이!"

"……히끄러워. 자기는 순 본태면허!"

"아이참! 두 사람 다 그만하시라구요~!"

바닥에 쓰러진 유에 위에 올라타서 볼을 쭈우우우욱 잡아당기는 카오리와, 그런 카오리의 볼을 쭈우우우욱 잡아당기는 유에, 그리고 그런 두 사람을 말리려고 안절부절못하는 시아가 있었다.

"뭐 하는 거야……."

"그러게 말이야……."

"맨날 하는 싸움이야. 사이도 좋지."

티오는 흐뭇해 보이지만 스즈와 류타로는 대번에 피로가 몰려온 표정이었다.

어릴 때부터 알고 지낸 친한 친구와 존경, 혹은 잠깐 사랑을 느꼈던 사람이거늘, 어렵게 재회하고 보니 캣파이트를 벌이고 있었다. 진심으로 싸운다면 서둘러 말리겠지만 눈물을 머금고 볼을 꼬집거나 주먹으로 투닥투닥 두드리는 모습은 오히려 힘만 빠졌다. 방금 회복했던 피로가 다시 확 밀려왔다.

참고로 두 사람이 어린애 수준의 싸움을 벌이는 이유는 조금 전까지 전력으로 싸운 탓에 마력이 고갈되어 더 할 수 있는 일이 없기 때문이었다.

그런 상황에서 시아가 세 사람을 알아차렸다.

"어라? 티오 씨? 두 분도 계시네요. 무사히 시련을 공략한 거군요? 다행이에요! 유에 씨, 카오리 씨, 저기 좀 보세요! 티오 씨가 합류했어요! 이제 그만 끝내요! 자, 볼에서 손 떼시고, 주먹질도 그만하시고! 아, 다리 뻗어서 찌르지 마세요! 얌전히—."

투닥투닥. 쭈욱쭈욱. 꾸우우욱.

뭔가 뚝 끊어지는 소리가 났다.

"그만 싸우라는 말 안 들려요!"

시아의 인내심이 끊어지는 소리였다.

강화한 더블 꿀밤이 유에와 카오리의 정수리에 꽂혔다. 쿵, 하고 머리에서 나서는 안 될 소리가 울렸다. 카오리와 유에의 입에서 동시에 「음밋?!」하는 기성이 튀어나오고 사이좋게 정수리를 붙잡은 채 몸부림쳤다.

"으음, 이 미궁에 온 뒤로 유에와 시아의 입장이 역전된 기분이 들어. 유에가 대미궁의 영향을 받았다……기보다는 시아가 성장한 결과겠구먼."

유에와 카오리의 목깃을 잡고 질질 끌고 오는 시아를 보고 티오는 어색하게 웃으며 중얼거렸다.

실제로 그 말이 옳았다. 원래 시아의 성장은 현저했다. 정신, 실력 양면으로. 특히 하지메가 연인으로 인정한 다음부터는 정말로 여유가 생겼다. 더 이상은 손이 많이 가는 아우가 아니라 믿음직한 파트너였다. 자연스럽게 유에는 하지메에게 하는 것처럼 시아에게도 아이 같은 모습을 보여주게 된 것 같았다.

"후, 죄송해요. 기다리셨죠? 새 통로는 저쪽이에요. 바로 앞으로 가요."

"허, 정말로 믿음직하구먼."

"시아시아, 멋있어……."

"시아 씨, 진짜 똑 부러지네."

티오, 스즈, 류타로가 삼인삼색으로 칭찬했다.

시아는 물음표를 띄우고 토끼 귀를 갸웃거리면서도 유에와 카오리를 두 팔로 안아 들었다. 팔다리를 축 늘어뜨리고 가만히 들려 있는 두 사람의 모습은 말로 형용하기 힘들었다.

그대로 시아를 선두로 내세워 새로운 길을 걸어갔다.

"이제 합류하지 않은 사람은 하지메, 시즈쿠, 코우키 세 명이지?"

"……응. 다음에야말로 하지메와 만나기를. 더는 『꽝』이 아니기를……."

"유에? 그거 내가 『꽝』이란 뜻이야? 응?"

시아에게 안겨 팔다리가 대롱대롱 흔들리는 상태로 유에와 카오리가 평범하게 대화했다.

잠깐 노려보다가 서로 팔을 뻗어 또 투닥대기 시작했다.

"유에 씨? 카오리 씨?"

그 직후 시아에게서 박력 있는 낮은 목소리가 들리자 또 얌전히 대롱대롱 상태로 돌아갔다.

"아니, 직접 걸으면 되잖아……."

류타로의 지적에 스즈와 티오가 피식 웃으면서 동의한 직후, 통로 앞으로 벽이 보였다.

그러나 기쁨에 발걸음이 빨라지는 일은 없었다. 오히려 일행은 걸음을 멈추고 말았다.

시아가 복잡한 표정으로 토끼 귀를 까딱까딱 움직이더니 잠시 후 놀라서 눈을 크게 떴다.

"어……저, 저 두 명도?"

조금 늦게 빙벽 너머의 상황이 이상하다고 파악한 유에, 카오리, 티오의 표정이 진지해졌다. 유에와 카오리가 시아의 팔에서 빠져나왔다. 예사롭지 않은 분위기에 스즈와 류타로는 서로를 돌아봤다.

"이러고 있어도 소용없지. 직접 상황을 보자꾸나."

"우리와 똑같이 싸움은…… 아니겠지?"

"……응. 하지메의 적이라면, 두들겨 팰 거야."

"아무튼 가자."

시아와 티오가 눈을 가늘게 하며 선두에 섰다. 유에는 험악한 표정을 보였고 카오리는 자기가 부정했으면서 『단순한 싸움』이길 빈다는 표정을 지었다.

그러나 그 기도는 이루어지지 않았다.

문이 열린 빙벽 앞에는 살의와 증오가 폭풍처럼 휘몰아치고 있었다.

하지메와 코우키가 서로를 죽이려 하고 있었다.

아마노가와 코우키.

일반적인 가정에서 태어난 그에게는 지금도 진심으로 존경하고 동경하는 인물이 있다.

그 사람은 코우키의 할아버지였다.

이름은 아마노가와 칸지. 업계에서는 실력 있기로 유명한 변호사였다.

장기 휴가에는 가족이 모여 할아버지 댁에 놀러 가는 것이 연례행사였으며 칸지의 처— 할머니가 일찍 세상을 떠서 독수공방하던 할아버지는 손자인 코우키를 대단히 귀여워했다.

코우키도 그런 할아버지를 잘 따르는 아이였다.

특히 코우키는 칸지가 들려주는 경험담을 좋아했다.

칸지는 오랜 세월 변호사로 활동하면서 얻은 경험을 그림책 읽는 것처럼 들려줬다.

비밀 유지 의무 때문에 꽤 각색한 이야기이긴 했지만, 말솜씨가 좋은 할아버지의 이야기는 어린 코우키도 이해하기 쉬웠고 인간 드라마로 가득해 코우키는 매번 가슴이 두근거렸다.

약자를 돕고 강자에게 맞서라. 곤란한 사람에게는 망설임 없이 손을 내밀어라. 옳은 일을 하면서 언제나 공평하라. 이상과 정의를 구현하는 일종의 영웅담.

칸지가 들려주는 『이야기』는 결국 그런 교훈을 담은 내용이었다. 실제 경험을 바탕으로 했으나 어린아이가 으레 듣는 흔한 이야기였다.

코우키에게 있어 칸지는 영웅이었다.

또래 아이들이 가면을 쓴 라이더나 인스턴트 라면이 익기도 전에 우주 괴수를 무찌르는 우주인을 동경하듯이 칸지를 동경했다. 가까운 곳에 있었기에 그 동경은 다른 아이들보다 더 강했다.

『언젠가 나도 할아버지처럼 되겠다.』

그러나 세상은 칸지의 『이야기』처럼 정의와 공평함으로 악과 부조리를 벌하고 이상적 가치관을 계속 실현하기란 불가능한 곳이다. 정의와 공평함을 모토로 내세우는 변호사라도 가장 큰 사명은 진실 추구와 악인 규탄이 아니라 의뢰인의 이익 보호였다.

『실력 있는 변호사』라고 불리는 이유는 칸지가 그만큼 청탁(清濁)을 불문하고 현실적 사고가 가능한 인물이었다는 뜻이며 세상의 더러운 부분도, 이상과 정의만으로 부족하다는 사실도 잘 알기 때문이었다.

어린아이에게는 아직 옳고 깨끗한 것만 가르쳐도 좋다는 생각은 아주 당연했다. 언젠가 코우키가 크면 아름답지만은 않은 현실을 포함해 고배를 마신 경험담도 들려줬을 것이다.

하지만 그 일은 실현되지 않았다. 코우키가 크기 전에 칸지가 세상을 떴기 때문이었다. 코우키가 초등학교에 입학하기도 전이었다.

칸지의 죽음은 코우키에게 큰 영향을 남겼다.

동경하는 영웅의 죽음은 코우키에게 충격이었다. 좋아하던 할아버지를 생각하며 추억에 잠기면 잠길수록 칸지라는 영웅상은 미화되었고 어린 코우키의 마음 깊은 곳에『이상적인 올바름』이 뿌리내렸다.

그 올바름이란 어린아이의 귀에 아름답게 들리던 이야기에서 기인했다. 동시에 소수파나 청탁 중『탁』을 일절 인정하지 않는 올바름이었다. 더 나아가 대다수 인간이 옳다고 생각하는 가치가 무조건 옳다고 생각하기에 이르렀다.

물론 그것이 딱히 특별한 사고방식은 아니었다. TV나 책에 등장하는 영웅을 보고 이상적 올바름을 가지는 아이는 어디에나 있었다.

그리고 그런 아이들은 나날이 생활해 가면서 현실의 벽에 직면해 실패를 반복하고 때로 좌절하며 포기하는 법을 알고 타협을 배운다. 그렇게 현실이라는 파도를 넘는 법을 자연스럽게 배우며 큰다.

동경은 동경으로.

이상은 이상으로.

보물 상자에 넣어두듯 마음 한쪽에 두고 현실을 보게 된다. 그것이 누구든 경험하는 자연스러운 인생이다.

코우키도 그랬어야 했다. 그랬다면 아무런 문제도 없었을 것이다.

그러나 아마노가와 코우키라는 인간은 너무나도 비범했다.

너무 뛰어난 능력이 현실의 벽을 이상대로 극복하게 해줬다. 실패도 좌절도 없이 어떠한 국면도 자신의 힘으로 이겨낼 수 있었다.

아이의 이상이 그대로 세상에 통용되고 말았다.

그 결과 코우키는 언제인가부터 자신이 올바르다는 생각을 의심하지 않게 됐다.

그 위태로운 생각을 부모님이나 시즈쿠를 비롯한 친한 사람들이 몇 번이나 지적했지만 코우키는 웃으며 들을 뿐 진지하게 생각하거나 태도를 고치려고 하지 않았다.

원래 카리스마가 있고 언제나 선의를 가지고 행동하므로 일부를 제외한 모든 사람이 코우키를 지지한 것도 원인 중 하나일 것이다.

물론 모든 일이 마음대로 풀리지는 않았다. 코우키가 의식하지 못하는 곳에서는 많은 문제가 발생했었다. 시즈쿠를 향한 질투도 그중 하나였다.

그러나 본인의 올바름을 의심하지 않는 코우키는 매사를 자기에게 유리하게 해석하며 자신의 가치관을 유지했다. 그것도 코우키를 맹목적으로 따르는 사람들에게 지지받아 그대로 통용되었고 코우키는 자기가 좋게만 해석한다는 사실을 눈치채지 못했다.

충고받아도 눈치챌 기미조차 없어졌다.

그러나 선의로 가득하지만 비뚤어진 코우키의 『이상적 올바름』은 이세계 소환이라는 이례적인 사태로 붕괴하기 시작했다.

평화로운 일본과 달리 살의와 증오, 초현실적, 비상식적 존재가 득실거리는 이세계에서는 자신의 능력과 편의주의적 해석만으로는 해결되지 않는 일이 너무 많았다.

가장 좋은 예가 【오르크스 대미궁】 하층에서 싸운 마인족 여자와 변심한 하지메였다.

코우키는 처음으로 현실의 벽에 맞닥뜨렸다.

뼈아픈 실패를 겪고 자기 안에 있는 『어린애』가 적나라하게 노출됐다.

그리고―.

『빼앗겼어. 그렇지?』

"아니야! 빼앗기긴 뭘……."

회색 머리에 검은 갑옷을 입은 코우키의 허상이 검붉은 눈동자를 가늘게 뜨고 웃었다.

전투가 시작되고 30분 정도가 지났다.

코우키의 호흡은 이미 흐트러졌고 이마에서는 땀이 뻘뻘 흘러내렸다. 반론하지 못하고 말문이 막힌 이유도 비단 피로 때문만은 아니란 건 누가 봐도 알 수 있었다.

"시즈쿠가 말한 대로 카오리는 처음부터 나구모를…… 그러니까 나는……."

『변명할 필요 없어. 나는 너야. 누구보다 잘 알아. 시즈쿠가 한 말도 알아들은 척했을 뿐이고 마음속으로는 빼앗겼다고 생각하지. 아직 카오리는 나와 함께 있어야 한다고 생각해. 초등학생 때부터 쭉 함께 있었어. 중학생 때 만났는지 뭔지 모르지만 내가 더 오래 함께 있었는데, 앞으로도 쭉 함께할 거라고 믿었는데, 카오리는 히어로인 나의 히로인인데······.』

"닥쳐! 나는, 나는 그렇게 생각한 적 없어! 알지도 못하면서 떠들지 마! 대미궁 마물 주제에······. 내가 현혹될 것 같아?!"

코우키는 충혈된 눈으로 허상을 노려보더니 힘껏 광인을 날렸다. 몇 줄기 빛의 참격이 허상을 향해 쇄도했다.

하지만 허상은 완벽히 똑같은 궤도로 어둠의 검을 날려 모두 상쇄해 버렸다. 그것도 모자라 그중 몇 개는 그대로 직진해 코우키를 덮쳤다.

『그렇게 말하는 것치고는 심하게 동요하네? 나구모가 힘들게 정비해준 성검도 이래서는 돼지 목에 진주야. 아니면 나구모가 밉고 질투 나서 제대로 써주기 싫어?』

"그런 건 상관없어! 내가, 나구모를 미워할 리······."

『하하. 그렇게 바로 현실을 외면하니까······ 또 내가 강화돼 버렸잖아!』

비웃음과 함께 허상에서 특대형 『천상섬 진』이 날아들었다.

명백히 위력이 올라가 있었다. 본능이 신호했다. 저건 상쇄하지 못한다고. 코우키는 전율하며 퍼뜩 옆으로 뛰어 회피했다.

피한 직후 코우키에게 검은 빛의 참격이 연달아 덮쳐들었다.

공격 속도는 시시각각 빨라졌다. 코우키는 초조해하며 회피에 전념할 수밖에 없었다.

그에 비해 허상은 여유로운 표정으로 코우키의 마음을 폭로해 나갔다.

『그녀들이 나구모를 좋아하는 것도 마음에 들지 않지? 그렇게 귀엽고 강하고 매력적인 여자들은 히어로인 나와 함께 있어야 어울리는데 말이야. 사람을 쉽게 저버리는 나구모 따위를 좋아한다니, 인정할 수 없지?』

"그만해! 그 사람들은 진심으로 나구모를……. 그건 본인들이 정한 일이고…… 그러니까."

『나구모의 힘도 마음에 안 들어. 그 힘은 원래 내 것이어야 했어, 그렇지? 사실 나구모의 모든 게 마음에 안 들잖아?』

"아니야! 확실히 나구모는 자기 맘대로 굴지만, 나는 몇 번이나 도움을 받았어……. 그런데 내가 마음에 안 든다고 생각할 리가……!"

『무슨 소리야? 도움을 받았을 때도 감사보다 질투를 느꼈잖아? 바람처럼 등장해 사람을 구하는 건 내 역할이라고 질투했었잖아.』

"그럴 리가 없잖아?! 그런 건, 옳지 않아."

『옳지 않아? 하하, 그럼 왜 내 힘이 강해지지?』

자신의 영웅 심리와 하지메를 향한 증오에 가까운 질투, 그리고 카오리를 독점하고 싶은 욕망과 타인의 호감을 사고 싶은 욕구…….

허상이 사실을 들이밀어도 코우키는 본심이라고 **믿는** 말로 반론했다. 무의식중에 인정하기를 거부하니 허상의 힘은 무한히 강화되어 갔다.

헤어 나올 수 없는 악감정의 순환을 증명하듯 허상의 검은 성검— 마검이라는 말이 어울리는 검에 야음 같은 빛이 모여들었다.

입꼬리를 씩 끌어올린 허상이 마검을 하늘로 치켜들었다. 여파만으로 대기가 진동하는 검은 빛이 치솟고 곧 천장 부근에서 깨지듯 갈라졌다.

무수한 검은 광탄의 유성이 되어 코우키를 폭격한다.

그것을 『축지』로 피하며 반격할 기회를 노렸지만 얼굴에 눌어붙은 초조함은 떨어질 줄 몰랐다. 반격의 실마리조차 보이지 않는 허상의 압도적 힘 앞에 식은땀이 멈추지 않았다.

게다가 검은 빛의 유성우는 하지메가 부가한 약한 유도 기능과 충격 변환 기능 때문에 성가시기 짝이 없었다. 아슬아슬하게 끌어들여 단숨에 회피했지만 조금이라도 타이밍이 늦으면 충격파가 몸을 물어뜯었다.

'나구모가 건드리는 바람에— 아, 아니야. 놈이 강할 뿐이야.'

코우키는 한순간 머리를 스친 생각을 서둘러 떨쳐냈다.

그런 생각은 도와준 사람에 대한 『올바른』 생각이 아니니까.

그 흐트러진 생각이 치명적인 허점을 낳았다.

차마 피할 수 없는 타이밍에 유성이 날아왔다.

코우키는 각오하고 배에 힘을 줬다. 성개(聖鎧)의 방어력을 믿고 직격당하면서 무리하게 반격에 나섰다.

"크윽, 휘, 휘돌아라—『천상섬 람(嵐)』!"

빛의 참격에 눈에 보이지 않는 바람의 칼날이 더해진 기술. 빛에 감추어진 참격의 수는 여유롭게 두 자릿수에 달했다.

그야말로 참격의 폭풍. 하지만……

『소용없어. 모여라—『천조류 우(雨)·진(震)』.』

검은 빛의 유성우가 아무 감흥도 없어 보이는 허상에게로 모였다. 큰 힘도 주지 않고 내민 마검이 강렬한 빛을 띤 찰나, 유성우는 탁류로 변했다.

도망칠 필요도 없다. 정면에서 깨부순다.

그렇게 말하는 것처럼 공격은 너무나도 간단하게 이루어졌다. 코우키의 『천상섬 람』은 검은 빛의 탁류에 휩쓸려 사라지고 말았다.

"윽?! 저지하라—『광개(光鎧)』!"

코우키가 두른 성개가 순백색 빛을 띠고 부풀어 올라 코우키를 감쌌다. 코우키 자신도 성검을 방패처럼 들었다.

다음 순간, 검은 빛의 탁류가 코우키를 삼켰다.

"큭, 으, 으윽!"

어마어마한 압력이 코우키를 덮쳤다. 탁류 속에서 필사적으로 버텼지만 빛의 방벽이 벌써 점멸하기 시작했다. 원래 『천조류 우』는 양을 중시하는 저위력 공격이다. 하지메가 정비해 성검이 본래 힘을 되찾고 허상의 마검도 위력이 올랐다고는 하나 성개의 방어를 뚫을 정도는 아니었다.

그러나 그 말도 안 되는 현실이 눈앞에 있었다.

"크아?!"

성개의 빛이 터지듯이 소실됐다. 동시에 코우키도 검은 광탄에 난사당하며 날아갔다.

"커헉!"

헤비급 복서의 샌드백이 된 기분이었다. 바닥을 구르고 네 발로 엎어진 순간, 코우키의 입에서 피가 역류했다.

『나구모를 압도하고 싶지? 그 녀석을 무릎 꿇리고 싹싹 빌게 하고 싶을 거야. 그리고 카오리를 되찾고, 다른 사람의 호감을 사고, 세상을 구하고, 모두를 데리고 돌아가고, 찬사를 한 몸에 받고…….』

"닥쳐어어어어!"

코우키는 몸에 남은 고통도 무시하고 절규했다.

마음속 깊은 곳에서 끌려 나온 검은 감정에 몸을 맡겨 격정대로 돌진했다.

그 몸에서 나선을 그리는 막대한 마력이 분출했다. 시련의 방 전체를 순백으로 물들이는 어마어마한 격류―『한계 돌파』였다.

사용할 타이밍을 계산할 마음의 여유는 없었다.

그저 허상의 말을 더 들어줄 수 없었다.

올바른 자신이 품을 리 없는 감정을 품었다. 그 사실을 깨닫기 싫은 마음뿐이었다.

용사의 스펙이 코우키를 한 줄기 빛으로 만들었다. 초고속으로 허상에게 육박한 코우키는 순백으로 빛나는 성검을 힘에 맡겨 내려쳤다.

『아니, 못 닥쳐.』

허상은 코웃음 치며 마검으로 싱겁게 방어했다.

굉음이 울리고 충격이 주변 바닥을 날려 버렸다. 하지만 허상은 미동도 하지 않았다. 어느샌가 검은 마력 오라를 두른 것을 보아 이쪽도 『한계 돌파』를 쓴 것 같았다.

순백으로 빛나는 성검과 어둠을 응축한 것 같은 오라를 내는 불길한 마검이 불똥을 튀겼다.

바로 앞에서 눈이 맞았다. 허상의 눈동자에서 질렸다는 감정이 보인 순간, 코우키는 이를 갈면서 손목을 뒤집었다. 수직으로 내려찍는 내려베기가 환상처럼 목을 노리는 횡 베기로 바뀌었다.

하지만 그 섬광 같은 일격도 코우키의 허상은 여유로운 표정으로 받아 냈다.

『주저 없이 목을 노리는군. 살인은 『악』 아니었어?』

"넌 사람이 아냐!"

더는 봐줄 수 없었다. 코우키의 검이 적을 치고자 더욱 가속했다. 빛이 꼬리를 끌고 성검의 궤적에 따라 무수한 잔상을 남겼다.

단순한 일격이 마치 난격처럼 보이는 검속이었다.

원을 그리듯, 끊임없이 날아드는 가공할 검격의 폭풍은 과연 용사라고 할 만했다. 이 세계에서도 위에서 세는 편이 빠를 정도라고 누구나 인정할 수준이었다.

그러나 눈앞에 있는 적은 아직 여유로운 표정을 유지한 채 똑같이 잔상을 만드는 검으로 완벽히 맞받아치고 있었다. 마치 검격으로 이루어진 결계라도 있는 것처럼 코우키의 검은 모조리 튕겨 나갔다. 심지어는 카운터로 조그만 틈을 찔려 작은 상처가 계속해서 늘어나는 형국이었다.

"우오오오오오오오오!"

『왜 그래? 누굴 죽이고 싶어 안달 난 것처럼…… 응? 히어로?』

빈정대는 허상의 말에 코우키는 격앙했다.

비례해서 허상의 힘은 강해져 갔다.

『한계 돌파』의 시간제한이 머리를 스쳤다. 제어하기 힘든 분노에 조급함까지 더해지자 코우키의 검은 그저 힘에 의존해 휘두르는 꼴사나운 모습으로 전락했다.

무수한 검격이 수없이 불똥을 튀기는 가운데, 아득바득 기를 쓰는 코우키를 보고 허상은 차갑게 식은 눈길을 보냈다. 마치 죽어 가는 사냥감의 숨통을 끊기 위한 사냥꾼 같은 눈길을…….

언어의 칼날이 날아들었다.

지금 코우키가 가장 두려워하고 가장 눈을 돌리고 싶은 사실.

『그래서는 또 빼앗길지도 몰라.』

"큭, 뭘!"

『모르는 척하지 마. 내가 안다는 건 너도 안다는 거니까.』

"이제 됐어, 닥쳐!"

막아야 한다.

허상의 입을 잡아 찢어서라도 말을 못 하게 막아야 한다.

꾸역꾸역 올라오는 시커먼 감정대로 살의를 품은 성검을 내지르지만—

『시즈쿠는, 누굴 보고 있지?』

"……!"

코우키의 온몸에서 피가 끓는 착각이 들었다.

머릿속이 새하얗게 물들고 소리마저 사라지는 느낌이었다.

무의식중에 몸이 움직였고 자신까지 휘말릴 『광폭(光爆)』 마법으로 주변 모든 것을 날려 버리려 했다.

그것을 『축지』로 이탈해 쉽사리 피한 허상은 필사적으로 구는 코우키를 비웃는 것처럼 무자비하게 마음에 칼을 꽂았다.

『생각하기도 싫어? 카오리를 빼앗기고 시즈쿠까지…….』

"죽어어어어어어!"

『야, 용사가 그런 말을 하면 되겠어? 그리고 아무리 소리 질러 봤자 시즈쿠의 마음이 나구모에게 기운 건 사실이야. 그럴 만도 하지. 몇 번이나 구해주기도 했고, 시즈쿠는 의외로 순진한 소녀 같은 구석이 있으니까.』

"하아아아아아압!"

코우키는 절규하면서 오싹할 정도로 검게 흐려진 눈으로 성검을 휘둘렀다.

그럴 리 없다.

절대로 그럴 리가 없다.

허상의 입에서 나온 시즈쿠의 마음을 철저하게 부정하며 현실을 잘라 버렸다.

비례해서 허상의 힘은 한없이 강해졌다. 마검에서 피어오르는 어둠의 오라는 이제 필설로 형용하기 어려운 불길한 기운을 발했다. 맞서는 성검의 빛이 등잔불로 보일 정도였다.

화가 난 어린애처럼 막무가내로 휘두른 일격은 허무하게 정면에서 튕겨 나왔고 덤으로 배에 돌려차기가 꽂혔다.

"아악?!"

코우키가 비명을 지르고 다시 벽까지 날아갔다. 성개의 마력 집속 능력으로『한계 돌파』지속 시간은 늘어났어도 앞뒤 생각 없이 소비하면 밑 빠진 독에 불과했다.

코우키에게 남은 시간은 이제 얼마 되지 않았다.

『들을 생각도 없나? 시즈쿠의 마음도 부정한다 이거지?』

뚜벅뚜벅, 발소리를 내며 다가오는 허상이 고개를 저으면서 냉랭한 눈빛을 보냈다.

코우키는 충격 때문에 숨이 막혔지만 성검을 짚고 간신히 무릎으로 섰다. 그리고 평소 인상 좋은 청년과는 동떨어진 흉악한 얼굴로 허상을 보았다.

"그럴 리가, 없어……. 절대로, 그럴 리 없어."

짐승이 으르렁거리는 것 같은 낮은 목소리였다. 그에 비해 허상의 목소리는 여전히 가볍고 덤덤했다. 말이 밧줄이 되어 코우키의 마음을 천천히 옭아맸다.

『화풀이하거나, 삐치거나, 진심으로 웃는 얼굴을 보여주거나…… 다 알잖아?』

"……누구에게나 하는 일이야."

『유에나 시아와 있는 나구모를 보고 표정이 안 좋아지는데도?』

"……불쾌하니까……. 때와 장소를 안 가리는 하지메의 비상식적인 행동이……."

『카오리를 보고 가끔 어색한 표정을 짓는 건?』

"……카오리를 걱정하는 것뿐이야……."

『크크. 나도 참 극성이군. 그렇게 믿기 싫어?』

코우키의 눈앞에 허상의 마검이 다가왔다.

코우키는 눈빛만으로 죽이려는 것처럼 쏘아봤지만 허상에게는 당연히 아무런 위협도 되지 못했다. 오히려 실소를 살 뿐이었다.

그런 그때, 허상이 문득 중얼거렸다.

『왔나.』

그러고는 아무것도 없는 빙벽 쪽을 돌아봤다. 그 입이 밤하늘에 뜬 초승달처럼 찢어졌다.

『마침 잘됐군.』

"어디서 여유를 부려!"

코우키가 틈을 발견하고 성검을 올려 쳤다.

그것을 보지도 않고 마검으로 막은 허상은 칼을 맞댄 채 코우키에게 눈길을 돌리고 사형 선고 같은 말을 건넸다.

『잘 봐, 현실이 찾아올 거야.』

"무슨 소리야!"

그 직후, 빙벽 일부가 녹아 새로운 통로가 출현했다.

공략하지도 않는데 새로운 길이 나타날 이유는 하나밖에 없었다.

그러나 그 연유를 모르는 코우키는 아무런 마음의 준비도 되지 않은 상태에서 눈을 돌렸고, 보고 말았다.

"아직 시련 중이군⋯⋯."

거기서 들린 소리는 익숙하지만 가장 듣고 싶지 않았던 목소리.

그리고 눈에 들어온 것은 가장 보고 싶지 않던 광경.

그곳에는 하지메가 있었다. 시즈쿠를 업고 있었다.

시선이 자연스레 돌아갔다. 시즈쿠의 표정이 불로 지진 듯 뇌리에 박혔다.

하지메의 어깨에 뺨을 기대고 진심으로 안심하여 잠든— 행복한 표정.

코우키의 안에서 무언가가 깨졌다.

순백색 빛이 폭포가 되어 머리 위로 쏟아졌다.

앞에는 익숙한 얼굴이 있었다. 그러나 처음 보는 얼굴이었다.

격한 빛을 두른 성검과 악귀 같은 얼굴이 된 코우키가 머리를 둘로 쪼개려고 도약했다. 하지메를 향해서⋯⋯.

찰나의 순간, 혹시 마물로 착각해 반사적으로 뛰어들었나 싶었다. 그렇다면 야에가시 실드를 쓰면 코우키도 죽을 둥 살 둥 멈출 거라고 생각했으나—.

'제정신이 아니군.'

흉악한 얼굴도 그렇지만 무엇보다 눈이었다. 광기마저 엿보이는 탁한 눈을 보면 코우키의 정신 상태가 정상이 아닌 것은 일목요연했다.

위험하다고 판단한 하지메는 크게 뒤로 뛰어 피했다.

그 직후, 조금 전까지 하지메가 있던 곳을 굉음과 섬광이 덮쳤다. 얼음 바닥에 믿기지 않는 깊숙한 균열이 생겼다. 순식간에 복원되어 가지만 그 파괴의 흔적을 보면 코우키가 하지메를 죽일 작정으로 공격한 것은 분명했다.

하지메는 조금 떨어진 곳에서 비릿하게 웃는 허상을 힐끔 봤다.

그리고 굉음과 급격한 회피 행동 뒤에도 잠꼬대처럼 웅얼대고 깨어나지 않는 시즈쿠를 돌아본 뒤 기막힘과 동시에 불길한 예감을 느꼈다.

그래도 우선 본인에게 묻는 것이 먼저였다. 하지메는 코우키를 수상쩍게 바라봤다.

"……그래서 이건 무슨 짓이지? 아마노가와."

코우키는 바닥에 반쯤 묻힌 성검을 강하게 쥐며 입속말처럼 뭐라고 중얼거렸다.

고개를 숙이고 앞머리가 눈을 가려 표정이 제대로 보이지 않았다.

"……가 ……야. ……고, 우…….."

"엉? 안 들려, 인마. 일단 적은 우리가 아니고 저쪽—."

"우리?"

코우키가 소름 돋는 움직임으로 하지메를 휙 올려다봤다. 앞머리 사이로 보이는 눈동자가 기괴하고 수상한 광채를 띠고 있었다.

"누구 마음대로 나랑 너희를 나눠? 시즈쿠는 네 것이 아니야. 장난쳐?"

"……헛소리하지 말고 네 할 일이나 얼른 끝내. 적은 저쪽에 있어."

하지메는 조용하고 냉정하게 답했지만 코우키는 성검을 끌면서 흐느적흐느적 다가왔다. 불길한 예감이 더욱 부풀어 올랐다.

아니나 다를까, 말이 통하지 않았다. 코우키에게서 적의와 마력이 분출했다.

"……그래, 끝내야지. 네가 일일이 말하지 않아도 전부 끝낼 거야."

코우키가 번쩍 눈을 떴다. 최대로 열린 동공에서는 조금의 이성도 느껴지지 않았다.

살벌한 살의와 진흙 같은 증오를 흘리며 코우키가 돌진했다. 성검에 빛의 칼날을 두르고 주저 없이 하지메의 목을 노리며 옆으로 베었다.

"쯧, 넘어갔나? 멍청한 놈."

"닥쳐! 네가 없어지면 전부 제자리로 돌아와! 빨리 사라져어어!"

불길한 예감은 확신으로 변했다.

허상에게 정신적으로 내몰린 코우키는 자기 자신에게 패배했다.

하지메는 빛이 꼬리를 물고 날아드는 성검을 몸을 돌려 피했다. 앞머리에 틱 소리를 내면서 스친 칼날을 냉정하게 바라보며 등에 실린 무게를 의식했다.

조금 전 언동으로 보아 자기가 쐐기를 박은 것 같았다. 속으로 거지같은 타이밍에 왔다고 욕을 뱉었다.

"―『천상섬 팔익』!"

"어이쿠."

최소한의 동작으로 호를 그리고 날아든 빛의 참격을 빠져나갔다.

"진정해, 아마노가와. 야에가시가 죽어도 상관없어?"

해석하기에 따라서는 인질을 잡은 극악 범죄자 같은 대사지만 사실은 사실이었다.

그러나 지금 코우키에게서 정상적인 대화는 기대할 수 없었다.

"이 비겁한 자식이. 시즈쿠를 풀어줘!"

자기가 치사성 공격을 퍼부었으면서 하지메의 말을 액면대로 해석하고 격앙해 더 가열한 참격을 날려 댔다.

그제야 겨우 잠자는 공주님이 눈을 떴다. 피로가 극에 달했다지만 너무 방심한 것 같기도 하고 신경이 너무 굵은 것 같기도 했다.

"으, 으응, 뭐야~? 조금만 더 잘래……."

"이 상황에서 잠꼬대하는 너도 대단하다. 지금 당장 안 일어나면 인간 대포로 써 버린다?"

잠에 취한 얼굴로 떼쓰는 어린애처럼 꿍얼대는 시즈쿠에게 하지메도 짜증이 났다.

이마에 핏줄을 세우고 시즈쿠의 허벅지를 세게 꼬집었다. 이래도 깨지 않으면 정말로 인간 대포로 쓸 생각이었다. 충격적 광경에 코우키도 제정신으로 돌아올지 모른다는 계산도 포함해서…….

그러나 기대(?)에 반해 시즈쿠는 아야 소리를 내며 눈을 떴다. 동시에 하지메는 크로스 비트를 소환해 사점 결계를 펼쳤다. 보이지 않는 공간 차단 장벽 너머로 빛의 참격이 흩어짐과 동시에 강렬한 섬광이 휘몰아쳤다.

그 굉음과 마력 파문을 감지하고 겨우 전투를 깨달은 시즈쿠는 허둥지둥 하지메의 등에서 뛰어내렸다.

"다른 사람이 업어 가도 모르겠더라. 둔해 빠져서는."

"두, 둔하긴 누가 둔해. 그냥 나구모 등에 있으니까 편해서 우물우물……."

"뭐, 네 사정이야 알 바 아니고, 그보다 저거 좀 어떻게 해 봐."

그렇게 말한 하지메는 크로스 비트 두 기로 작렬 슬러그 탄을 쐈다. 미친 듯이 날아드는 빛의 참격이 멎었다. 미묘한 각도를 두고 날아든 탄환이 코우키의 코앞에서 사선이 겹치는 십자포화가 되어 공중에서 충격파를 뿌린 탓이었다.

"아, 알 바 아니라니……. 그리고 이 상황은 뭐가 어떻게 된…… 어?"

시즈쿠는 하지메의 말에 살짝 충격을 받아 눈물을 머금었지만 빛이 잦아들고 보인 광경에 얼빠진 소리를 낸 뒤 그 자리에 우뚝 멈춰 섰다.

믿어지지 않는다는 눈빛을 보냈다.

자신들을 공격하던— 코우키에게.

무리도 아니었다. 척 보기에도 살상력 높은 공격을 퍼붓던 상대가 어릴 적부터 친했던 친구였으니까.

"아무래도 넘어갔나 본데? 내가 모든 악의 근원이란다."

"어떻게 이런……."

하지메가 바라보는 곳에는 코우키의 허상이 있었다. 허상 쪽도 유쾌하게 입을 찢고 그들을 보고 있었다.

그것을 보고 사정을 대충 파악한 시즈쿠는 잠깐 침묵하고 눈에 힘을 넣었다. 그리고 막 빛의 포격을 쏘려던 코우키에게 소리쳤다.

"코우키! 안 돼! 또 다른 자신에게 지지 마! 제정신으로 돌아와! 자신에게 이겨!"

깊은 우려에 잠긴 시즈쿠의 눈빛이 코우키를 바라보았다.

이런저런 문제는 있었어도 정의감으로 뭉친 심성 착한 친구였다. 야에가시의 문하생이며 어릴 적부터 가족 단위로 친하게 지낸 사이였다.

그랬던 친구가 지금까지 본 적도 없는 살의와 증오에 일그러진 표정을 짓고 있었다. 보고 있기 힘들었다. 필사적으로 소리쳐서 코우키의 마음에 힘이 되어주려고 했다.

하지만 그런 시즈쿠에게 코우키는 탁한 눈동자와 살의로 점철된 분위기로 싱긋이 웃으며 엉뚱한 말을 꺼냈다.

"……괜찮아. 시즈쿠는 내가 반드시 구해 낼게."

"코우키? 무슨 말을……."

"나구모에게 세뇌된 거지? 괜찮아. 나구모를 해치우면 풀릴 거야."

코우키는 할 말을 잃은 시즈쿠에게서 눈을 돌려 이번에는 하지메를 봤다.

"……나구모, 한때는 같은 반 친구였어도 넌 내 소중한 친구를 다치게 했어. 곱게 넘어갈 생각은 버려. 널 해치우고 카오리와 다른 여자애들에게 걸린 세뇌도 전부 풀어주겠어! 그리고 그녀들과 함께 나는 세상을 구할 거야!"

더는 할 말도 없었다.

지금 코우키는, 비유하자면 카오리가 하지메 일행과 떠나던 밤【호르아드 마을】에서 시즈쿠와 이야기를 나누지 않은 코우키일지도 몰랐다.

그날 밤, 시즈쿠의 말에 실린 무게가 코우키의 폭주를 막고 잡아 두었다.

바로는 생각을 고치지 못했고 하지메에 관해서도 생각하는 바가 많았다. 그래서 여행 도중에도 종종 트집을 잡고는 했다. 그래도 시즈쿠의 말이 있었기에 하지메와 완전히 결별하지도 않았고 카오리에 관해서도 왈가왈부하지 않았다.

그렇지만 바꿔 말하자면『시즈쿠가 곁에 있으니까』그랬다고도 할 수 있었다.

코우키의 가치관이나 사고방식에는 다분히 어린애 같은 유치함이 포함되어 있었다. 어린 시절 뿌리내린 『이상적 올바름』이 현실의 벽에 부딪히지 않고 계속 유지되어 이 나이까지 와 버렸으니까 어찌 보면 당연했다.

그런 어린애 같은 코우키에게서 독점욕을 가진 마지막 소꿉친구 소녀를 빼앗으면 이 또한 당연하게 『생떼』를 부린다.

허상에게 인정하기 힘든 사실을 들어도 악을 쓰며 부정하고, 애써 외면하고, 아슬아슬하게 버티고 있었거늘…….

마지막 정신의 보루였던 시즈쿠가 하필이면 하지메에게 행복한 표정으로 몸을 맡기고 있었다. 정말로 현실이 찾아왔다. 아무리 코우키라도 이제는 인정할 수밖에 없었다.

그렇게 한 번 인정하기 힘든 현실을 인정해 버리면 그 후에는 내리막길을 구르는 돌멩이처럼 굴러떨어진다.

무게 추를 잃은 마음은 현실을 자기 편의에 맞춘 망상으로 쉽사리 바꾸어 버린다. 그것밖에 고통에서 벗어날 방법이 없으니까.

그 망상이란, 나구모 하지메는 자신의 친구들과 여러 여자를 세뇌해 세상을 구하려는 자신을 방해하는 악의 근원이라는 것.

도저히 이해할 수 없는 코우키의 주장에 말을 잃은 시즈쿠는 이를 악물면서도 간신히 말을 짜냈다.

"코우키! 정신 차려! 현혹되지 마!"

"시즈쿠…….."

조용하게, 상냥하게, 손이 많이 가는 동생을 설득하듯 시즈쿠는 신중하게 말을 골라 이야기했다. 여기서 물러나면 코우키가 돌이킬 수 없는 곳으로 추락하리란 것을 알기에…….

"들어 봐, 코우키. 자신이 싫어하는 부분과 마주하는 건 정말로 괴로워. 나도 하마터면 죽을 뻔했으니까 잘 알아. 그래도 받아들이고 극복하지 않으면 앞으로 갈 수 없어. 많은 사람을 구하고 싶다면 지금 현실에서 눈을 돌리고 망상에 매달리면 안 돼. 네 적은 너 자신이야. 저기서 널 비웃는 또 하나의 너라고! 눈을 떠!"

시즈쿠의 필사적인 설득이 시련의 방에 메아리쳤다.

허상은 움직이지 않았다. 이것도 시련으로 간주하는 것일까? 비웃음 속에서도 시험하려는 의지가 느껴지는 눈으로 코우키를 빤히 바라보고 있었다.

하지메도 시즈쿠 뒤에 대기한 채 말이 없었다. 살의를 보내자마자 죽이지 않은 이유는 시즈쿠에 대한 배려일 것이다.

세 쌍의 시선이 모인 가운데, 과연 코우키는…….

미소를 지었다. 그것은 원래 세계에 있을 때 많은 여자를 매료한 미소……처럼 보였으나 어딘지 모르게 비뚤어진 표정이었다.

"고마워, 시즈쿠. 시즈쿠는 언제나 나에 관해 진지하게 생각해줘."

"코우키……."

시즈쿠의 표정에 어렴풋한 기대와 비통한 감정이 떠올랐다.

"정말로 기뻐. 세뇌됐어도 너는 나를 생각해주니까."

"……코우키?"

"괜찮아. 저기 나랑 똑같은 얼굴을 한 마물은 내가 쓰러뜨릴 거고 너도 나구모한테서 구할 거야. 더는 좋아하지도 않는 남자 곁에 있을 필요는 없어. 내가 시즈쿠를 있어야 할 곳으로 되돌려줄게."

"……."

코우키의 말에 시즈쿠는 뭔가를 참는 것처럼 두 주먹을 꽉 쥐었다. 그리고 감정이 빠져나간 것 같은 표정으로 조용히 물었다.

"……내가 있어야 할 곳? 그게 어딘데?"

"아, 그런 것도 모르게 됐구나. 불쌍하게. 나구모는 절대로 용서 못 해."

"코우키. 대답해."

"물론 내 옆이지. 지금까지 쭉 그랬고 앞으로도 그럴 거야."

고개를 뒤로 젖히지 않고는 견딜 수 없었다. 시꺼먼 먹구름이 가슴속으로 퍼져 나가는 기분이었다. 시즈쿠는 무거운 한숨을 쉬었다.

"……코우키. 그 날 밤, 기억해? 카오리가 떠나던 날, 다리 위에서 내가 했던 말."

"그래. 물론 기억해. 뭐가 올바른지 의심하라는 얘기 말이지? 괜찮아. 처음부터 나구모는 위험한 녀석이라고 생각했지만, 시즈쿠의 말을 듣고 지금까지 계속 지켜보기만 했어. 하지만 역시 더러운 배신자에 불과했어."

"그게 아니잖아, 코우키! 내가 하고 싶었던 말은—."

"더 말할 필요는 없어, 시즈쿠. 세뇌된 상태에서는 모르겠지만, 이게『올바른』거야."

코우키는 더 물고 늘어지려는 시즈쿠의 말을 끊었다.

모두『세뇌당했기 때문』이라고 자의적으로 해석하며 자기에게 가장 유리한 미래를 만들기 위해서…….

동시에 그 진흙처럼 탁한 눈동자를 하지메에게 돌리고 무릎을 살짝 꺾었다. 시즈쿠와 이야기하는 동안 의도적으로 약하게 해 둔『한계 돌파』의 빛이 다시 살아나며 찬란하게 빛났다.

"코우키, 그만해!"

초조함과 비통함이 섞인 소꿉친구의 목소리는…… 마지막까지 닿지 않았다.

코우키가 빛 꼬리를 물며 사나운 기세로 돌진했다. 그 눈동자에는 이미 시즈쿠의 모습이 전혀 비치지 않았다.

설득— 실패.

허상이 비웃고 하지메가 귀찮게 혀를 찼다. 동시에 하지메의 눈에서 열기가 사라지고 대신 냉철한 빛이 깃들었다.

시즈쿠의 얼굴에서 핏기가 가셨다. 하지메와 코우키가 서로를 죽이려고 달려들었다. 악몽 중의 악몽이었다.

"기다려, 내가 말릴게!"

『한계 돌파』를 발동 중인 코우키는 능력 면에서 시즈쿠를 가뿐히 능가했다. 말릴 수 있을 가능성은 낮고 지금 코우키와 싸워 무사하리라는 보장도 없었다. 그래도 악몽만은 보고 싶지 않은 시즈쿠는 피로가 다 풀리지 않은 몸을 채찍질해 두 사람 사이에 끼어들었고—.

"야에가시, 오른쪽."

"응? 으?!"

당황하는 목소리와 달리 몸은 반사적으로 움직였다.

흑도를 오른쪽으로 든 순간, 시야 한쪽에서 냉소 짓는 허상이 뛰어들었다. 등이 오싹해지고 충격에 대비했지만 그 사이로 익숙한 병기가 끼어들었다.

붉은 마력을 두른 십자가. 『금강』을 발동한 크로스 비트였다.

그것이 직격을 막아 충격을 완화하는 쿠션이 되어줬다. 그러나 극한까지 강화된 허상의 공격은 이미 그녀가 알던 위력이 아니었다.

"윽!"

신음을 흘린 시즈쿠는 허상에게 잡혀가다시피 엉뚱한 곳으로 밀려났다.

충돌하려는 코우키와 하지메에게 가지 못하도록 어둠의 마력 잔재가 길게 뻗은 구름처럼 떠돌았다.

바위조차 가볍게 양단하는 성검이 하지메의 머리 위로 떨어졌다. 하지메는 그것을 아잔티움으로 코팅한 돈나로 막았다.

시끄러운 소리가 울려 퍼지는 가운데, 조금 떨어진 곳에서 허상이 즐거워하는 목소리가 들렸다.

『시즈쿠는 내가 상대할게. 너는 증오스러운 적과 실컷 싸우도록 해.』

시즈쿠가 험악한 표정으로 고함쳤다.

"큭, 이게! 놔! 이러고 있을 때가 아냐!"

『포기해. 이미 저 녀석 눈에는 나구모 하지메밖에 안 보여. 시련의 역할은 나구모 하지메에게로 넘어갔어. 손대지 말아줘.』

"누구 마음대로!"

허상은 코우키의 시련에 하지메를 이용하려는 것 같았다. 코우키가 타오르는 증오의 불을 가라앉힐 수 있을까. 현실을 받아들이고 제정신으로 돌아올 수 있을까. 하지메와 싸우고 어떤 미래에 도달할 것인가. 그것을 지켜볼 생각 같았다.

뜬금없이 시험관 역할을 떠맡은 하지메는 허상과 칼을 맞댄 시즈쿠를 무시하고 코우키에게 냉정하게 물었다.

"괜찮겠어? 네 소중한 친구가 공격받잖아?"

"……저건 나이기도 해. 시즈쿠를 죽이진 않아. 다소의 상처는 바보 같이 너 같은 남자한테 세뇌된 벌이자 교훈이 될 거야."

"방금 저건 마물이라며?"

"내 감정을 복사해서 변신한 마물이지. 그럼 마물이라도 시즈쿠를 죽이지는 않아."

"지리멸렬하군."

편의주의 해석이 극에 달했다. 자신과는 관계없는 마물이라고 단정해 놓고 자신을 복사했으니까 시즈쿠에게 위험은 없다고 말한다. 이미 논리가 파탄하든 말든 신경도 쓰지 않는 모양이었다. 아니, 그래도 코우키 속에서는 진실이 되어 있는지도 몰랐다.

코우키는 돈나와 함께 하지메를 양단하려고 검에 힘을 실었다. 그러나 『한계 돌파』 상태에서도 하지메는 마치 거대한 쇳덩이리처럼 밀리지 않았고 참다못한 코우키가 불시에 반대로 힘을 뺐다.

"각오해. 이제는 네 마음대로 되지 않아. 시즈쿠도 카오리도, 유에와 다른 사람들도 모두 해방하겠어!"

그 선언과 동시에 손목을 뒤집어 횡 베기. 주저 없이 목을 노리는 일격이 다시 날아들었다.

그러나 역시 하지메는 어려움 없이 그것을 막았다.

그것도 돈나의 총구에 딱 맞춰서.

"뭣?!"

경악한 나머지 자기도 모르게 소리친 코우키에게 하지메는 눈 속을 들여다보듯 얼굴을 들이댔다. 눈이 가늘어지고 소름이 끼칠 정도로 싸늘한 목소리가 코우키의 귀를 찔렀다.

"진짜 바보에게 바보라고 욕먹는 것만큼 무의미한 것도 없지. 하지만 이 말은 해야겠다. ……이 자식이 누구 허락 맡고 내 여자 이름을 함부로 불러? 엉?"

"윽?!"

그 순간 흘러넘치는 살의의 격류. 거대한 폭포수 같은 위압감. 인간이라고 부르기에는 너무 강대하고 끔찍한 압도적『힘』의 기운.

지근거리에서 괴물의 진심이 담긴 위압에 노출된 코우키는 의도치 않게 몸이 굳었다.

작렬음.

전자 가속된 총알이 총구에 닿은 성검을 마치 돌멩이를 차 버리듯 튕겨 냈다. 손목이 통째로 날아갔다는 착각이 드는 무서운 충격에 견디지 못하고 코우키의 손에서 빠져나간 성검이 공중에서 빙글빙글 돌았다.

그리고 한 손만 강제로 들려 올라간 코우키에게 아래쪽에서 검은 그림자가— 하지메의 필살 밀어차기가 꽂혔다.

"크헉?!"

인체에서 나왔다고는 생각하기 힘든 소리가 나고 코우키의 몸이 기역 자로 꺾인 뒤 공중으로 떴다. 거기에 자비 없는 추가타, 돌려차기가 작렬했다.

원심력이 듬뿍 실린 발차기는 무서운 위력을 자랑했다. 코우키는 마치 대형 트럭에라도 치인 것처럼 맹렬하게 날아갔다.

궤도가 땅과 수평이었다. 말 그대로 인간 대포였다. 멈추기란 당연히 불가능했고 기껏해야 뒤통수를 손으로 감싸는 게 고작이었다.

그러나 그 무의식 수준의 충격 대비 덕분일까? 빙벽이 거미줄처럼 깨져버릴 기세로 등을 부딪쳤으나 코우키는 가까스로 기절을 면했다.

그러나 분명히 피해는 컸다. 바닥에 떨어져 손으로 땅을 짚고 엎드린 코우키의 입에서는 피가 뚝뚝 떨어졌다.

코우키처럼 『한계 돌파』를 발동하지 않고 무기조차 쓰지 않은 단순한 발차기로 국보급 아티팩트 갑옷을 입은 코우키의 내장에 피해를 준다…….

그 사실에 코우키는 괴롭게 신음하면서 이를 갈았다.

하지만 물론 느긋하게 울분을 느끼게 둘 하지메가 아니었다.

작렬음이 연속해서 메아리쳤다.

엎드린 코우키에게로 두 줄기 붉은 섬광이 내달렸다. 하지메의 살기를 느꼈는지, 코우키는 방아쇠가 당겨진 것과 거의 동시에 옆으로 뛰어 공격을 피했다.

하지만, 그마저도 소용없었다.

회피 방향조차 예측했는지 착지한 순간 세 발째 총알이 어깨에 바람구멍을 뚫었다. 뇌를 줄칼로 문지르는 것 같은 격통에 휩싸였지만 그 와중에도 코우키는 다른 이유로 머리가 멍해졌다.

'탄속이, 달라—.'

처음 회피한 두 발과 어깨를 꿰뚫은 마지막 발의 탄속이 너무 달랐다. 이유는 간단했다. 첫 두 발은 마력을 둘러 레일건처럼 보이게 했을 뿐인 **통상탄**이었으니까.

그리고 통상탄을 쏜 이유는—.

"끄악?!"

도탄을 위해서. 울퉁불퉁한 바닥에 있는 미세한 각도를 이용해 튕긴 총알이 악몽처럼 방어구 틈새를 통해 코우키의 무릎 관절을 관통했다.

"큭, 으…… 와라, 성검!"

바닥을 데굴데굴 굴러 어깨와 다리에서 피를 흘리며 엎드린 코우키는 다른 곳에 떨어진 성검으로 손을 뻗었다.

코우키의 부름에 응하여 성검은 똑바로 날아왔다.

아주 정직한 궤도였다. 그래서 코우키의 손에 들어가기 직전 하지메에게 밟혀 버렸다.

충성인가, 기능인가. 성검이 주인에게 돌아가려고 날뛰었다. 그러나 저항 따위 무의미하다는 듯 하지메가 밟은 발은 미동도 하지 않았다.

"꼴사납군. 왜 부가 기능을 안 쓰지? 조금은 더 싸울 맛이 날 줄 알았는데."

하지메의 목소리에는 어이없는 감정도 모욕도 섞여 있지 않았다. 단지 현실을 말했을 뿐이었다.

그것이 오히려 코우키의 신경을 건드리고 증오의 불에 기름을 부었다. 하지메를 노려보는 눈동자에서는 이미 소환되기 전 코우키의 모습은 찾아볼 수 없었다. 누구보다 부정하던 살인을 미친 듯이 갈망하는 욕망으로 흐려졌다.

그런 코우키의 이마에 돈나가 닿았다.

하지메도 보통 사람이라면 그것만으로 심장이 멎을 것 같은 살의를 내고 있었다.

누가 봐도 『체크메이트』인 상황이었다. 남은 건 손가락 하나를 당기는 것뿐.

그렇기에 필사적인 목소리가 울려 퍼졌다.

"나구모! 부탁이니까 그만해! 코우키는 내가 설득할 테니까!"

시즈쿠였다. 허상과 칼싸움을 벌이면서 초조한 표정으로 애원했다.

그러나 그것은 허상이 바라는 바가 아니었다.

『시즈쿠는 잠깐 퇴장해줄래?』

"아윽?!"

필사적인 애원 때문에 치명적인 허점이 드러났다. 그곳을 가차 없이 파고든 허상의『광폭』이 시즈쿠의 전신을 강타했다.

휘청거리며 뒷걸음친 시즈쿠에게 추가로『천상섬 진』이 날아들었다. 이쪽은 하지메가 달아준 부가 능력을 쓰는 데 주저가 없었다.

흑도를 방패로…… 쓰는 것보다 빠르게 크로스 비트가 끼어들었다.

그 덕분에 가까스로 중상을 입는 사태는 면했다.

아마 허상도 흑도에 막힐 것을 계산해 어느 정도 조절했겠지만『천상섬』부분은 크로스 비트가 막았고 시즈쿠는『진』의 충격파에 뇌진탕을 일으켜 의식을 잃는 데 그쳤다.

튕겨 날아간 시즈쿠가 빙벽에 격돌하기 전에도 크로스 비트가 끼어들었다. 부드럽게 받아내기 위해 감속하고 리클라이너처럼 시즈쿠를 벽 쪽에 눕혔다. 그리고 그대로 결계를 펼쳐 시즈쿠를 보호하는 절대 방벽이 되었다.

허상은 어깨를 으쓱하고 웃었다. 그러더니 빙글 돌아 하지메를 향해 아주 자연스러운 동작으로 마검을 뻗었다. 그 즉시 흑광 포격이 발사됐다.

나선을 그리며 날아오는 섬광의 궤도는 확실하게 코우키까지 말려드는 코스였다. 한꺼번에 없애 버릴 작정일까…….

하지메는 순간 시즈쿠에게 시선을 돌리고 귀찮다는 분위기로 인상을 쓰며 그곳에서 멀찍이 이탈했다. 당연히 남은 것은 코우키뿐이었지만―.

"으아아아아아악!"

한쪽 무릎에 총을 맞은 코우키는 마음대로 일어나지도 못했다.

도저히 회피할 여유는 없어 보였다. 코우키는 얼결에 비명을 지르고 방어 자세를 취했다. 하지만 직격하기 직전에 흑광 포격은 크게 진로를 꺾었다. 목표는 하지메였다. 유도 미사일처럼 사냥감을 물어뜯으려고 쫓아왔다.

하지메는 안대 뒤쪽의 마안석에 의식을 집중했다.

그러자 마법의 핵이 보였다. 바늘구멍보다 작은 그것을 절묘하고도 정확한『정밀 사격』으로 꿰뚫어 허무하게 무산시켰다.

그러나 허상의 목적은 처음부터 하지메를 떨어뜨려 놓는 것이었나 보다.

하지메에게는 신경도 쓰지 않고 순식간에 코우키에게로 접근했다.

코우키는 무릎을 잡고 사력을 다해 성검을 휘둘렀지만 허상은 가볍게 튕겨 내고 코우키의 귓가에 입을 가져갔다. 달콤한 말을 속삭이는 악마처럼 눈동자 깊은 곳에 사악함을 숨기고…….

무슨 말을 들었는지 코우키는 충혈된 눈으로 허상과 하지메를 번갈아 봤다. 그리고 잠시 후 내키지 않는 태도로 고개를 끄덕였다.

그러자 허상에게 이변이 발생했다. 안개처럼 윤곽이 흐려지더니 존재가 옅게 변해 갔다. 그러나 대신 검은 빛 입자가 소용돌이치기 시작했다.

『자, 히어로 타임이다. 악당에게서 히로인들을 구해 보자!』

"시끄러워. 네 지시는 안 받아! 사용하는 건 지금뿐이야! 나구모를 해치운 뒤에는 네 차례라는 거 잊지 마!"

허상이 씩 웃었다. 그 직후 허상이 변한 검은 입자가 코우키의 몸속으로 들어갔다.

그러자 코우키의 몸이 맥동하기 시작했다. 쿵쿵 울리는 고동소리가 시련의 방에 메아리쳤고 코우키가 두른 순백색 빛속에 검은 빛이 혼입됐다. 마치 우유 속에 피를 섞은 것 같은 역겨운 색이 시련의 방을 퍼져 나갔다.

코우키가 느릿하게 일어났다. 어깨와 무릎 쪽 상처도 사라져 있었다.

"얼마나 기다려줄까?"

웬일로 히어로와 대치한 악역처럼 변신 신을 기다려준 하지메가 지겹다는 기색으로 총격을 개시했다.

그러나 공격 자체는 제법 격렬했다. 총격과 동시에 슬쩍 수류탄까지 던졌다.

코우키는 회피하지도 않고 붉은 섬광에 어깨와 발이 뚫려 휘청거렸다. 거기에 데굴데굴 굴러온 수류탄이 폭염을 터뜨려 코우키를 휩쌌다.

"소용없어."

하지만 폭염 속에서 나온 것은 엉망이 된 코우키가 아니라 그런 말소리였다.

희열을 품은 듯한, 환희에 떨리는 듯한 목소리였다. 대단한 피해도 없었는지 순백에 검정이 섞인 마력을 방출해 폭염을 떨쳐냈다.

그곳에는 한쪽 눈이 검붉게 물들어 오드아이가 된 코우키가 있었다. 조금 전 총격으로 받은 상처도 이미 거의 치유된 것처럼 보였다.

아마 용사가 가진 기능『물리 내성』[+치유력 상승], [+충격 완화]가 폭발적으로 상승한 마력처럼 현저하게 강화됐기 때문이 아닐까.

그밖에도 본래 갈색 머리에 흰색 브릿지가 들어가거나 성개에 검붉은 혈관 같은 선이 여기저기 들어가는 변화도 보였다. 무엇보다 손에는 두 자루 검— 성검과 마검이 쥐어져 있었다.

"융합이라도 했나?"

"바라던 바는 아니지만. 너를 쓰러뜨리기 위해서라면 감수해야지. 물론 나중에 이 녀석도 해치우겠지만."

"멍청하긴. 그냥 유혹에 넘어간 것뿐이면서."

"마음대로 떠들어. 무슨 소리를 하든 너는 이미 나한테 못 이겨. 이 끓어오르는 힘이 있으면 나는 모든 걸 되찾을 수 있어!"

"그 모양이니까 이 지경이 됐다는 걸 왜 모를까."

"말은 필요 없어. 각오해, 나구모! —『패궤』!"

코우키에게서 몇 배는 더 큰 규모로 마력이 솟구쳤다. 모든 능력치를 다섯 배로 끌어올리는 『한계 돌파』최종 파생 『패궤』. 허상을 받아들인 코우키의 힘은 이미 능력치로 환산하면 1만을 뛰어넘었다. 말 그대로 괴물 같은 상승률이었다.

코우키가 쌍검을 든 찰나— 모습이 흐려졌다.

"하압!"

기합성이 들린 건 하지메의 뒤쪽이었다. 그 한순간에 뒤로 돌아간 것이다. 교차하듯 휘두른 성검과 마검이 하지메에게 십자를 새기려고 했다.

하지메는 아직 돌아보지도 않았다.

'죽였다!'

어두컴컴한 기쁨과 함께 코우키가 확신한 그 순간— 익숙한 작렬음이 세 발 울렸다.

동시에 쌍검이 핀 볼처럼 튕겨 나가고 방어 없이 노출된 코우키의 배에 충격이 퍼졌다.

헤비급 복서가 진심으로 보디 블로를 먹인 것 같은 충격에 코우키는 숨이 턱 막혔다.

후방으로 튕겨 날아가면서도 간신히 공중에서 자세를 잡아 착지했다.

'반응하지 못했을 텐데?!'

몸속까지 울리는 둔중한 통증을 견디며 머릿속이 의문으로 가득 찼다.

그 해답은 눈앞에 있었다. 돈나의 총구가 거꾸로 뒤집힌 상태로 후방을, 코우키를 향해 있었다. 하지메는 손목만 뒤집어 코우키를 노린 것이었다.

반응하지 못한 게 아니었다.

돌아볼 필요도 없었던 것이었다.

"날 갖고 놀아?!"

격정이 치밀었다. 굴욕으로 미칠 것 같았다. 그 모든 것을 살의로 바꿔 다시 쌍검을 휘둘렀다.

"―『천상섬 람』!"

드디어 부가 능력을 사용했다. 이제는 오기도 자존심도 없이 그저 증오와 살의에만 몸을 맡겼다. 광범위로 확산되며 적을 덮치는 수백의 바람의 칼날, 눈에 보이지 않는 참격은 흡사 검격의 산탄이었다.

폭발적인 능력 상승에 힘입어 그 규모와 위력은 이미 섬멸 마법 수준이었다.

하지만 하지메는 수백 개의 참격 폭풍을 바람에 흔들리는 나뭇잎처럼 피하고, 피하지 못하는 공격은 쏘아 맞히거나 튕겨 냈다.

보이지 않아도 마법인 이상, 하지메의 마안에서 벗어날 수 없었다. 그리고 『순광』을 통한 지각 능력 확대는 폭풍 속에서도 활로를 찾아냈다.

거기에 수많은 경험과 끝없는 단련으로 합리성의 극치에 달한 동작이 더해지면 자신의 레일건마저 피할 수 있는데 보이지 않을 뿐인 바람의 칼날 정도야……

여유가 있으면 당연히 반격도 가능하다. 회피 행동과 완전히 연동한 총격은 호흡에 가까운 자연스러움으로 목표를 조준했다.

언뜻 대중없이 쏜 것 같은 총알은 바람의 칼날의 틈새를 기적적으로 빠져나가 코우키의 발치에 꽂혔다. 빗나간 것이 아니란 것은 찰나의 현상이 증명했다.

"우왁?!"

붉은 충격파가 터졌다. 충격이 지면을 파내고 코우키를 아래에서 쳐올렸다. 성검으로 땅을 짚어 뒤로 나자빠지지는 않았지만 틈이 생기는 것까지는 어쩔 수 없었다.

정신을 차리자 코앞에 하지메가 있었다. 동시에 밀어차기가 재래한다.

빡! 등줄기가 오싹해지는 소리와 함께 코우키의 몸이 축구공처럼 날아갔다.

"제기—?!"

채 욕을 뱉을 시간도 없었다. 공중에 던져진 코우키에게는 이미 돈나 & 슈라크의 시커먼 아가리가 향해 있었다.

코우키는 퍼뜩 『공력』으로 허공을 차서 사선에서 벗어나려고 했으나 두 리볼버의 총구는 코우키에게서 살짝 어긋한 미래 위치를 노리고 있었다. 코우키의 표정이 굳었다.

코우키와 하지메의 감각이 길게 늘어진 것처럼 느려졌다. 색 바랜 세상 속에서 하지메는 찰나의 순간 망설임을 보였다.

조준을 **본래 위치로** 돌릴지 말지.

솔직한 마음으로는 여기서 귀찮은 사태를 끝내고 싶었다. 다시 말하면, 치명상을 주고 싶었다.

하지만 방금 시즈쿠가 했던 필사적인 애원, 필사적으로 친구를 살리려고 설득하는 모습이 뇌리를 스쳤다.

그리고 그 소원이 이루어지지 않았을 미래에 상처 입은 시즈쿠 곁에 있는 카오리의 모습도…….

나 참.

그건 누구에게 하는 말이었을까.

하지메는 살짝 쓴웃음을 짓고는 **그대로** 방아쇠를 당겼다.

발사된 총알은 돈나 & 슈라크에서 각각 세 발씩.

허공을 가르는 붉은 섬광이 코우키를 공중에서 몰아쳤다.

아이가 조종하는 어설픈 마리오네트처럼 코우키가 덜렁덜렁 흔들리며 포물선으로 날아갔다. 첫 발이 직격한 다음 자세까지 계산한 정밀 사격이 차례대로 치명상이 되지 않는 곳을 꿰뚫었다.

일순간 후.

코우키는 피를 뿌리며 조금 떨어진 곳에 끔찍한 소리를 내면서 떨어졌다.

다른 사람이 본다면 총알 세례를 받은 시체처럼 보일 것이다. 그러나 죽지 않았다는 건 곧 증명됐다. 코우키가 쌍검을 짚고 바로 일어났다.

양어깨, 양팔, 양다리에서 피가 철철 흘렀지만 그것도 순식간에 나았다.

"봐주는 거냐? 내가 우스워?"

총알이 명중한 곳은 모두 급소를 벗어나 있었다. 무력화를 노린 공격이 확실했다.

코우키는 굴욕으로 인상을 찌푸렸다. 자신은 이렇게 죽자고 달려드는데 하지메는 자기를 상대조차 안 해준다. 그렇게 생각하자 새까만 감정이 마그마처럼 끓었다.

그런 코우키에게 하지메는 돈나로 어깨를 툭툭 두드리고 귀찮아 죽겠다는 투로 대답했다.

"널 죽이면 야에가시도 카오리도 다른 녀석들도 침울해질 거 아냐? 죽이지 않아서 귀찮은 것보다 죽인 뒤가 더 귀찮아. 적당히 두들겨 패고 나중에 소꿉친구들에게 맡기는 게 최선이야."

"크, 헛소리 집어쳐! 그 여유를 당장 없애주겠어!"

코우키는 불쾌감에 휩싸여 충동대로 하지메에게 뛰어들었다.

마치 하지메가 자신보다 동료들을 더 생각하는 것처럼 느껴서였다.

그것을 부정하듯 폭풍 같은 검격이 하지메를 덮쳤다.

그러나 통하지 않았다.

아무리 힘을 실어도, 아무리 속도와 근력을 높여도 하지메의 차가운 표정은 눈 하나 깜빡하지 않았다.

몸이 불타듯 뜨거웠다. 몸 안에 있는 검은 격정이 가슴을 찢고 튀어나올 듯한 기분마저 들었다. 태풍 같은 크기의 감정에 결국 견디지 못하고 코우키는 막무가내로 검을 휘두르며 고함쳤다.

"네가! 너 같은 놈이! 뭘 안다고 떠들어! 시즈쿠와 카오리를 정말로 이해하는 건 나야! 두 사람을 누구보다 소중하게 생각하는 건 나야! 그 둘과 정말로 함께 있어야 하는 건 나였어. 네가 아냐! 절대로 너 같은 놈이 아니야!"

"⋯⋯떼쓰는 애가 따로 없군."

쌍검을 피한 뒤 파고들어 돈나가 영거리 사격으로 코우키의 몸을 꿰뚫었다. 급소는 피했지만 지금까지 맞춘 사지와 어깨와 달리 몸통에 가한 공격이었다.

하지만 지금 코우키는 그래도 멈추지 않았다. 몸에 구멍이 나도 말 그대로 한계를 넘은 힘으로 치유하고 다치거나 말거나 무시하며 달려들었다.

그 모습은 하지메 말마따나 자기 뜻대로 되지 않아 떼쓰는 애와 다를 바 없었다.

코우키의 부정적 감정에 호응하는 것처럼 진작에 뛰어넘은 육체 한계를 억지로 더 끌어올려 능력을 상승시켰다. 아마도 빙의한 허상이 강화하는데 비례해 코우키 본인도 강해지는 구조 같았다.

단순한 능력 면에서 봤을 때는 하지메도 『한계 돌파』를 쓰지 않으면 힘든 수준까지 왔다. 몰아치는 검의 폭풍은 전에 싸웠던 『신의 사도』 노인트를 방불케 하는 속도와 위력을 가졌고 그럼에도 아직 부족하다는 양 한없이 힘이 상승했다.

"우오오오오오오!"

"……."

코우키의 입에서 귀를 찢는 기합이 터졌다.

그에 반해 하지메는…… 무언.

코우키의 능력이 『신의 사도』에 뒤지지 않을 만큼 상승해도 하지메의 입에서는 일찍이 노인트를 향해 부르짖던 기백 어린 포효는 끝내 나오지 않았다.

그리고 『한계 돌파』 역시 발동하지 않았다.

닿지 않았으니까. 코우키의 공격은 닿지 않았다. 아무리 빨라져도, 아무리 강해져도 하지메에게 스치지도 않았다.

이유는 단순했다. 사용자의 정신이 바다폭풍 속 쪽배처럼 흔들리고 있었기 때문이었다. 분노하여 냉정함을 잃고 그저 상대를 때려눕혀 희열에 잠길 뿐인 공격이었다.

그걸로는 분명 누구에게도, 어떤 곳에도 닿지 않으리라.

그런 그때, 코우키 뒤쪽에서 빙벽 일부가 녹아 통로가 열렸다.

하지메가 코우키의 검을 막고 함성과 폭언을 흘려들으며 시선을 돌리자 통로를 통해 나온 일행의 딱딱한 표정이 눈에 들어왔다. 그리고 싸우는 두 사람을 보고 왜 이런 일이 벌어졌냐는 의문과 놀라움이 섞인 표정으로 서 있었다.

코우키도 평소 같았으면 그들을 알아차렸겠지만 지금은 하염없이 살의와 증오를 흩뿌리고만 있었다.

"너만, 너만 없으면 전부 잘 풀렸을 거야! 카오리도 시즈쿠도 계속 내 거였어! 용사로서 세상을 구했을 거야! 그걸 전부, 네가 망쳐 놨어!"

"……."

"살인자 주제에. 쉽게 내버리는 주제에. 그런 쓰레기 같은 네가, 사람에게 사랑받을 리 없어!"

"……그래서 세뇌라고?"

"그거 말고 뭐가 있어?! 카오리도 시즈쿠도, 유에도 시아도 티오도, 전부 세뇌해서 가지고 놀고 있어. 보나 마나 류타로와 스즈도 노리고 있겠지?! 그렇게는 안 돼. 내가 용사야! 모두 네 손아귀에서 구출한 뒤 전부, 전부 되찾을 거야. 넌 이제 필요 없다고!"

절규 같은 마음의 소리가 귀에 거슬리게 쩌렁쩌렁 울렸다.

안 들릴 리가 없었다. 유에와 시아의 눈이 가늘어지고 티오는 미간을 좁혔다. 카오리는 충격을 받아 입을 양손으로 가렸고 류타로와 스즈는 할 말을 잃은 채 눈을 크게 뜨고 있었다.

한숨을 한 번 쉰 하지메는 동료들에게 『염화』를 날렸다.

『유에, 너희도 무사해?』

『……응, 괜찮아. 그보다 그 바보는 뭐야?』

『무슨 말을 저렇게 해요?』

유에와 시아의 목소리에 분노가 서려 있었다. 사랑하는 사람을 욕하고 필요 없다고 쏘아붙이면 당연한 반응이었다. 더불어 이름을 함부로 부르는 것도 은근히 신경에 거슬렸다.

하지메는 그런 두 사람에게 살짝 웃음을 흘렸다.

『쉽게 설명하면 자기 허상에게 져서 제멋대로 나한테 화풀이 중이야. 허상을 흡수하고 힘이 증폭됐어. 제정신을 찾으면

시련은 통과되겠지만…… 무리겠지. 야에가시도 설득하려다가
저 꼴이고.』

코우키에게 무릎을 꽂아 경직시키고 시선을 시즈쿠 쪽으로
힐끔 돌렸다.

하지메에게 주목하던 일행이 덩달아 눈길을 돌리고 쓰러진
시즈쿠를 발견했다.

『시즈쿠!』

『직격은 내가 막았어. 크게 다치지는 않았겠지만 일단 봐
줘, 카오리.』

『무, 물론이지! 나한테 맡겨!』

굳어 있던 카오리도 친구를 보고 정신을 되찾았는지 서둘
러 시즈쿠에게 달려갔다.

그런 카오리를 보고 코우키도 마침내 일행을 깨달은 모양이
었다. 하지메에게서 거리를 두며 시선을 돌리더니 눈을 동그
랗게 떴다. 이어서 머리의 나사가 풀린 것처럼 기괴한 미소를
지었다.

"다들 왔구나? 조금만 기다려줘. 지금 이 녀석을 해치우고
너희를 해방할 테니까."

코우키의 말에 유에와 시아, 그리고 티오는 불쾌함을 넘어
불쌍하다는 눈빛을 보냈다. 대신 류타로와 스즈가 제정신으
로 돌아오라고 목청껏 외쳤다.

"무슨 소리야, 코우키! 어떻게 된 거야! 정신 차려!"

"코우키, 정신 차려! 쓰러뜨려야 할 건 나구모가 아니라 너

자신이야!"

두 사람의 마음에서 우러나온 외침에 코우키는 기쁨은커녕 분노한 표정을 지었다. 그리고 그 화살은 당연히 하지메에게 돌아갔다.

"……나구모. 설마 이미 류타로와 스즈까지 세뇌했을 줄이야. 얼마나 썩어 빠진 거냐? 얼마나 나한테서 빼앗아야 만족할 거냐?! ……아, 그래. 지금 이해했어. 에리가 그렇게 된 것도 네 짓이지? 그런 식으로 사람이 바뀌는 게 이상하다고 생각했어. 하지만 네가 세뇌했다면 앞뒤가 모두 맞아."

"안 맞아. 멍청아."

"이제 와서 추하게 변명하지 마. 반드시 죗값을 치르게 해주마."

"네 멍청함도 충분히 중죄 같은데……."

코우키가 포효하며 쌍검을 들었다. 마력이 격렬하게 소용돌이쳤다. 그 여파만으로 주위 바닥이 날아가고 천장이 소멸해간다. 방대한 마력으로 밀어붙여 필살기인 빛 속성 최상급 공격 마법 『카무이』를 발동할 생각 같았다.

"매번 기다려줄 리가 없잖아?"

하지메는 질렸다는 표정으로 보물고에서 양쪽에 광석 추가 달린 와이어― 공간 고정형 구속구 『볼라』를 꺼내 투척했다.

『카무이』의 주문을 읊다가 회피가 늦은 코우키는 볼라에 단단히 묶여 공간 자체에 고정, 구속됐다. 상단으로 쳐든 쌍검을 내리치지 못하고 코우키가 욕을 퍼부었다.

"젠장! 이 비겁한 자식!"

일일이 기다려주지 않으면 비겁한 자식인가 보다. 코우키는 하지메를 욕하면서 마력을 더욱 끌어올려 볼라 구속에서 벗어나려고 했다. 그러나 『신의 사도』라도 아닌 한 몇 초 안에 벗어날 수 있을 리 없었고, 그사이 하지메가 충전을 완료했다.

그렇다. 하지메의 손에는 어느샌가 대형 병기가 쥐어져 있었다.

검은 바탕에 붉은 선이 들어간 외관은 슈라겐을 닮았다. 하지만 구경이 너무나 달랐다. 총구로 농구공이 무리 없이 들어갈 크기다.

그 거대한 발사구에 눈부시게 빛나는 붉은 마력 덩어리가 형성되어 있었다. 압축된 마력 덩어리가 임계점 도달을 알리듯 스파크를 일으켰다. 마치 붉은 항성 같았다. 전해지는 거대한 힘에는 코우키뿐 아니라 유에와 다른 일행까지 등줄기가 서늘해질 정도였다.

"자기 말은 부정해도, 적어도 야에가시 말은 들었어야 했어."

마치 영정에 꽃을 바치듯 건넨 말이었다.

"기다려! 나구모!"

"나구모, 그만해!"

"나구모!"

카오리가 간호해 눈을 뜬 시즈쿠를 필두로 류타로와 스즈가 소리쳤고— 방아쇠가 당겨졌다.

쿵, 대기를 뒤흔들며 시련의 방을 진홍색으로 물들이는 광선. 그것은 흡사 SF에 나오는 우주 전함의 주포 같았다.

마치 붉은 벽이 다가오는 듯한 그것에 코우키는 증오로 탁해진 눈을 크게 떴고—.

"너만, 너만 없었으면, 내가……."

먹혔다.

시즈쿠와 카오리, 류타로와 스즈가 멍하게, 그저 눈앞에서 일어나는 사건을 바라봤다.

무척 조용했다.

생김새부터 흉악한 병기가 불을 뿜었다고는 생각하기 어려울 만큼.

굉음도 파괴도 일어나지 않는 조용한 공격이었다. 그것은 그저 시련의 방을 선명한 붉은색으로 물들이고 빙벽을 가넷처럼 빛나게 했다. 환상적이고 신비로워 지금 막 친구 한 명이 사라졌다는 사실이 현실로 와닿지 않을 만큼 아름다운 광경이었다.

물론 그럴 만도 했다.

"으, 아……."

신음이 들렸다. 조금 전까지 어린애처럼 욕하던 목소리가…….

아이들이 의아해하는 목소리도 흘러나왔다.

안개가 걷히듯 광선이 흩어져 사라졌다.

그곳에는 전혀 다치지 않은 코우키가 있었다.

볼라에 구속되지 않았다면 그대로 바닥에 쓰러졌을 것이다. 몸은 축 늘어졌고 조금 전까지 몰아치던 마력도 지금은 전혀 느껴지지 않았다.

"뭐가 어떻게 된 거야?"

경악해 말도 꺼내지 못하는 아이들을 대표해 류타로가 의문을 던졌다.

그 대답은— 마력포 글렌첸.

실탄을 사용하지 않는 순수 마력 공격용 아티팩트였다.

예전 【메르지네 해저 유적】에서 마력 공격 외에는 통하지 않는 과거의 환영과 싸운 경험을 통해 만약을 위해 제작한 물건이며, 지금까지 사용할 기회가 없어 쓸쓸하게 창고를 지키고 있었다.

여기에 혼백 마법과 승화 마법이 들어가 타인의 체내 마력을 증발시켜 강제로 마력 고갈에 빠뜨리는 기능이 부가됐다.

요컨대 지금 코우키는 흡수한 허상과 함께 마력이 모조리 증발한 상태였다.

정확한 생각까지는 몰라도 하지메가 코우키를 죽이지 않고 무력화하려 했다는 의도는 전해졌다. 스즈는 안도의 한숨을 쉬었고 류타로는 눈빛으로 감사를, 카오리는 기뻐하며 웃음을, 시즈쿠는 젖은 눈망울과 가슴 안쪽에 담긴 따뜻한 마음을 하지메에게 보냈다.

그곳으로 코우키의 쉰 목소리가 작게 들렸다.

"히, 힘이 사라져……. 왜? 아직 나는, 아무것도 되찾지 못했는데."

철그렁 소리가 울렸다.

성검과 마검이 코우키의 손에서 떨어진 소리였다. 떨리는 손을 보면 이미 검을 쥘 악력도 남지 않은 것 같았다.

마검이 소리도 없이 가물거리며 사라졌다. 그것이 허상의 소멸을 보여주는 것 같았다.

　코우키의 눈과 머리도 원래 색으로 돌아왔다.

　그것을 본 하지메는 볼라 구속을 풀었다.

　"전부 원래대로 되돌릴 거야……."

　털썩 쓰러진 코우키가 잠꼬대처럼 중얼거리면서 손을 허공으로 뻗었다. 성검을 찾는 것일까?

　끊어지려는 의식을 억지로 붙잡은 탓인지 눈의 초점은 묘하게 어긋나 있었다.

　그러나 그 눈동자에 깃든 증오는 여전했다. 질투와 굴욕, 그리고 모든 것이 뜻대로 되던 소환 전 시절에 대한 망집에 씐 표정은 악귀나 망령 같았다.

　하지메가 글렌첸을 보물고에 집어넣은 뒤 그곳으로 다가갔다.

　눈앞에서 바닥을 밟는 신발을 보고 코우키의 움직임이 멎었다. 유령처럼 얼굴을 들어 저주 같은 말을 뱉었다.

　"제발. 나구모. 전부. 돌려줘. 부탁이야, 죽어줘."

　멀리서 친구들이 슬픔인지 분노인지 모를 복잡한 표정으로 바라보는 줄도 몰랐다.

　"아니잖아. 그게 아니잖아. 코우키. 왜 그렇게 된 거야?"

　류타로가 꽉 쥔 주먹에서 피가 맺혀 떨어졌다. 그 입에서 작게 흘러나온 말이 그들 모두의 심정을 대변했다.

　하지메가 말없이 코우키의 멱살을 잡아 들어 올렸다.

　힘없이 저항하는 코우키를 무시하고 함께 있는 카오리와 시즈쿠에게로 의식을 돌렸다.

시즈쿠가 조용히 눈을 감았다. 믿고 맡긴다는 무언의 의지가 전해졌다. 미안한 마음에 눈썹을 내리뜬 것이 정말로 시즈쿠다웠다. 결국 귀찮은 역할을 떠넘겼다고 생각하고 있을 것이다. 카오리는 그냥 똑바로 하지메를 바라볼 뿐이었다. 전폭적인 신뢰를 눈빛에 담아서……

하지메는 한숨 쉬고 싱겁게 웃었다. 어쩔 수 없군, 이라는 말이 들릴 것만 같았다.

하지메가 코우키에게 다시 시선을 돌렸다.

그리고 오른손— 사람의 몸인 손을 꽉 쥐고—.

"인생 처음부터 다시 시작해라, 멍청아."

코우키의 안면을 갈겼다.

아무런 강화도 없는 순수한 라이트 스트레이트.

그건 어쩌면 총탄보다도 더 깊이 코우키에게 박혔는지도 몰랐다.

날아가 바닥에 나뒹군 코우키는 정신을 잃기 직전 마음이 꺾인 것처럼 눈이 흐릿해지더니 의식의 끈에서 손을 놓았다.

하지메는 쓰러진 코우키를 보고 한숨 쉬면서 머리를 긁었다.

설마 『만에 하나 노인트가 잔뜩 있을 때를 대비한 고기 방패 늘리기 작전☆』 같은 생각을 해서 벌을 받은 건가, 생각하며……

싸움이 결판나자 일행이 달려왔다.

아니, 유에는 정말로 날아왔다. 중력 마법으로 수평 낙하하며 품으로 뛰어드는 유에에게 하지메는 순간 눈을 동그랗게 떴지만 곧 조금 전까지와는 천양지차인 다정한 표정으로 받아줬다.

"……으응, 하지메~."

"그래, 나야. 갑자기 왜 이래, 유에? 시련이 힘들었어?"

바로 그랬다. 보자마자 알아봐 줬다는 사실에 기쁨이 치밀었다.

정확하게 말하면 힘들다기보다 미래에 대한 불안, 더 나아가 불안에 흔들린 자신에 대한 수치심 때문이었지만 하지메가 그 모든 걸 포용하듯 안아주자 유에의 표정은 헤실헤실 풀어졌다.

사정을 아는 시아와 카오리(싸우는 중에 대충 들었다. 그리고 그걸로 실컷 놀려 대다가 오천룡을 맞았다)는 못 말린다는 표정이었으나 스즈와 류타로, 그리고 티오와 시즈쿠는 어리광쟁이로 변한 유에를 놀란 눈으로 보고 있었다.

하지메는 그런 일행을 한번 둘러보고 고개를 끄덕였다.

"다 무사히 살아남았군. 그럼 갈까?"

"잠깐, 잠깐! 코우키를 치료해야지!"

눈을 뒤집고 대자로 뻗어 기절한 코우키를 슬쩍 무시하려는 하지메를 카오리가 서둘러 붙잡았다. 거기에 동조해 다른 아이들도 고개를 끄덕끄덕했다.

"……안 하면 안 돼?"

"그렇게 나올 줄은 몰랐어!"

카오리의 태클이 작렬했다. 역시 아이들이 *끄덕끄덕끄덕끄덕* 고개를 끄덕였다.

하지메는 떨떠름하게 난색을 표했다. 카오리는 코우키 옆에 꿇어앉아 진찰하면서 말했다.

"허상을 받아들였다고 했지? 그 때문이라고 생각하지만, 혼백도 많이 상한 거 같아. 조금 시간을 들여서 고쳐야겠어."

당연히 육체 한계를 뛰어넘는 강화를 억지로 사용했으니까 몸도 구석구석 엉망이었다.

물론 육체적 손상은 재생 마법으로 바로 고칠 수 있으나 혼은 그렇게 쉽지 않았다. 인간의 가장 섬세한 부분이고 허상과 융합하는 미지의 현상이 원인이라서 더욱 그랬다.

행여 치료에 실패해 「여어! 모두 안녕! 상쾌한 아침이야! HA—HAHAHAHA!」라고 유쾌하게 웃는 코우키가 탄생하면 솔직히 큰일이다.

그런 카오리의 설명에 하지메는 점점 더 질색팔색했다. 유에를 끌어안은 팔에 자기도 모르게 힘을 넣을 정도로. 유에는 오히려 기뻐 보였지만…….

"……완전히 치료하지는 마. 죽지 않을 정도면 되잖아? 적어도 깨어나게는 하지 마."

"응? 왜…… 아, 응, 그러는 편이 낫겠지?"

카오리는 한순간 의아하게 고개를 갸웃거렸으나 곧 하지메의 생각을 파악한 듯했다. 난감하게 눈썹을 팔자로 뜨면서도 힘 조절을 하며 치료했다.

"나구모, 코우키가 피해를 준 건 알지만 말이야…… 그게 좀……."

"나구모……."

카오리와 달리 상황을 파악하지 못한 류타로와 스즈가 눈치를 보며 항의했다.

하지메가 코우키를 좋지 않게 생각하기 때문에 그런다고 생각하는 모양이었다. 그러나 실제로 피해를 줬기 때문에 강하게 나오지 못해 난처하다는 표정이었다.

시즈쿠는 처음부터 쭉 슬픈 눈으로 코우키를 바라볼 뿐이었다. 가장 오래 알고 지낸 사이고 가족이나 다름없으니 마음이 심란할 것이다.

하지메는 코우키를 가리켰다. 그 표정에 적개심은 전혀 없고 오직 귀찮다는 분위기뿐이었다.

"야, 이걸 완전히 치유하면 얼마나 귀찮아질지 생각해 봐."

"귀찮아? ……아."

"타니구치는 알았나 보네. 잘 들어, 아마노가와는 이 시련을 통과하지 못했어. 자기 자신에게서 눈을 돌리더니 그 결과를 나한테 뒤집어씌웠다고. 이 녀석은 눈을 떠봤자 안 변해. 이해하겠어?"

"아까처럼 된다는 거구나……."

"맞아. 뭐, 방금 그건 허상의 영향으로 편의주의 해석에 박차가 더해져서 그런 건지도 모르지만……."

하지메는 옷에서 나침반을 꺼내 보면서 말을 이었다.

"최심부까지 얼마 안 남았어. 아마 이게 마지막 시련이었겠지만, 이 앞에 아무것도 없다는 보장도 없어. 무슨 일이 있을 때 뒤통수를 맞으면 나도 귀찮아."

"……후. 목숨이 붙어 있는 것만 해도 감지덕지인가……."

류타로도 한숨 쉬고 하지메의 말에 어쩔 수 없다며 납득했다. 그리고 역시 시즈쿠와 똑같이 그저 슬픈 눈으로 코우키를 봤다.

그런 가운데 분위기를 무시하고 세상 행복한 표정으로 껴안겨 있는 유에 님이 한마디를 툭 흘렸다.

"……그냥 이대로 두고 가지."

"아뇨, 유에 씨. 그냥 숨통을 끊어 버리죠."

시아가 편승했다. 드뤼켄, 스텐바이~!

"너희…… 마음은 모르는 바가 아니지만, 진정하거라. 살기를 핀포인트로 뒤집어서서 코우키가 악몽에 시달리지 않느냐."

그 위험한 전투 망치 넣어! 유에도 한 손으로 리틀 뇌룡 만들지 말고!

그렇게 티오가 웬일로 연장자다운 면모를 보여줬다.

아무래도 유에와 시아는 아직 화가 식지 않은 것 같았다. 이름을 막 부르고 하지메를 욕한 것도 문제지만 소중한 사람의 죽음을 바라는 그에게 쉽게 분노를 삭이기는 어려웠다.

코우키에게서 으으, 하고 신음이 흘러나왔다. 미간에는 주름이 잡혔고 식은땀은 폭포처럼 흘렀다. 꿈을 꾸는 건지도 모르겠다. 흡혈귀와 폭력 토끼에게 습격당하는 악몽을……

그런 유에와 시아에게 하지메는 어이없으면서도 내심 기쁜지 표정을 풀었다.

그러나 이러다가 코우키가 악몽으로 정신 붕괴를 일으키면 무엇을 위해 귀찮은 싸움을 했는지 알 수 없게 된다.

"티오 말대로 참아. 아니면 살려준 의미가 없어."

"……으음. 하지메가 그렇게 말한다면."

"목숨 건졌네요, 용사 자식."

시아는 당장 침이라도 퉤 뱉을 분위기였다. 하지메가 너 그런 성격이었냐는 눈으로 쳐다볼 정도로 지금 시아는 살짝 다크했다.

유에를 끌어안은 채 다크 시아를 달래려고 토끼 귀를 쓰다듬었다.

그 순간 시아의 분위기가 봄날 눈처럼 사르르 녹아내렸다. 유에가 어서 옆으로 오라고 자리를 양보하자 야후, 하고 환호하며 냉큼 뛰어들어 안겼다.

유에가 하지메의 배에 얼굴을 문질문질 비볐다.

시아가 하지메의 가슴에 얼굴을 묻고 편안하게 눈을 감았다. 토끼 귀도 하지메의 목에 감으면서 매달렸다. 꼬리가 요람처럼 살랑살랑 기분 좋게 흔들렸다.

첫 싸움을 겪고 우애가 더 돈독해지더니 어리광도 두 배로 강해진 것 같았다.

하지메는 역시 무슨 일이 있었나 보다, 하고 짐작한 뒤 애정이 느껴지는 표정으로 두 사람을 끌어안았다.

자연히 더블 핑크빛 공간이 발동했다. 시련의 방에 하트 모양 거품이 흘러넘치는 것 같았다.

그 뜨거운 공간에 기분이 동했는지 티오가 살금살금 다가왔다.

그리고 잠깐 생각하는 모습을 보이더니—.

"주인님, 고백하마."

"……? 뭐야?"

"사실 나는! 신에게 복수하려고 주인님을 이용하려고 했다!"

스즈와 류타로가 눈을 번쩍 떴다. 「뭐?! 그걸 말해?!」라는 느낌으로.

"……? 알고 있는데?"

스즈와 류타로가 눈을 번쩍 떴다. 「뭐?! 알고 있었어?!」라는 느낌으로.

찬물을 끼얹은 듯 조용한 분위기에서 하지메와 티오는 서로를 물끄러미 바라봤다.

한 10초를 그렇게 있다가 티오가 진지한 표정으로 물었다.

"벌은?"

"없어."

티오가 털썩 무릎 꿇었다. 절망했나 보다.

스즈와 류타로도 털썩 무릎 꿇었다. 「물을 건 그게 아니잖아……」라고 말하고픈 눈치였다.

그래서 스즈가 대신 물었다.

"저, 저기, 나구모. 정말로 알고 있었어? 티오 씨 생각 말이야."

"엉? 당연하지."

하지메는 티오의 과거— 대박해 당시의 이야기는 이미 어느 정도 들었고 용사 소환에 관해 조사하러 온 점이나 용사보다 강해 보이는 하지메를 따라온 점 등 여행 과정에서 얻은 정보를 종합하면 아주 자연스러운 귀결이었다.

무엇보다—.

"이래 봬도 티오가 어떤 사람인지는 나름대로 이해하고 있어."

하지메 또한 티오 클라루스라는 동료를 계속 봐 왔다.

그래서 알았다.

티오 안에서 타오르는 검은 불꽃도, 동료를 위해서라면 주저 없이 방패가 되는 뜨거운 불꽃도 있다는 것을…….

"꼭 그래서만은 아니지만, 노인트와 싸울 때도 티오 너를 골랐잖아?"

해발 고도 8천 미터 상공. 상대는 『신의 사도』. 정말로 신속하게 아이코를 보호하고 싶었다면 『게이트』로 유에를 부르는 편이 빨랐다.

그래도 티오를 고른 주된 이유는 물론 감시병이라 다른 일이 없었거니와 왕궁 사람들이 위험하여 대항 능력이 강한 유에를 남겨 두는 편이 나았기 때문이지만, 교회와 싸우는 건 티오의 역할이라는 생각도 한몫했다.

"주인님…….."

티오가 웬일로 얌전했다. 표현하지 못할 감정을 어떻게든 말로 하려고 했으나 그러지 못한 감정이 당장에라도 흘러넘칠 것 같았다.

스즈가 우와, 하고 볼을 물들일 정도로 귀여운 티오가 그곳에 있었다. 류타로가 자기 볼을 때리는 것은 애교로 봐주자. 변태에게 두 번이나 마음이 끌릴 수는 없다는 질타일 테니까.

"주인님. 그쪽으로 가도 되겠느냐?"

답은 유에와 시아가 대신했다. 웰컴이라고 말하듯 두 사람은 좌우로 나뉘어 한 손을 벌렸다.

시련 내용이 내용이다 보니 하지메도 굉장히 특이하게 신랄한 발언을 삼가고 어깨만 으쓱이고 말았다. 티오가 해죽이 미소 지으며 유에와 시아 사이, 하지메의 가슴에 몸을 기댔다. 달콤한 분위기가 1.3배로 늘어나 뭉게뭉게 피어올랐다.

류타로가 당장에라도 설탕을 뿜는 머라이언이 될 판이었다.

그리고 그런 하지메 일행을 보고 참지 못하게 된 아이가 한 명 있었다.

"으으, 늦었어. 치료는…… 에잇, 이쯤 하면 되겠지! 하지메~!"

"응? 잠깐, 카오리! 마지막이 너무 건성인데……."

코우키의 목숨에 지장이 없을 정도로 치료를 끝낸 카오리는 마지막에 치유의 빛을 휙 던지고 곧장 하지메가 있는 핑크빛 공간으로 뛰어들었다.

대충 던진 마지막 치유를 받고 코우키가 움찔 떨었다. 혼백은 섬세하니까 시간이 걸린다고 한 사람은 카오리가 아니었던가…….

시즈쿠가 안절부절못하며 카오리와 코우키를 번갈아봤다.

하지메 곁으로 후다닥 달려간 카오리가 뛰어 안기려는데 유에가 은근슬쩍 방해에 나섰다. 신속으로 발사된 바람 총알로 카오리의 이마를 저격했다.

하지만 카오리는 머리만 가볍게 흔들어 회피, 유에가 안긴 쪽으로 가서 하지메의 팔을 끌어안았다.

필연적으로 유에를 안았던 팔의 감촉이 사라졌다.

유에가 웃음기 없는 웃는 얼굴을 카오리에게 돌렸다. 카오리도 뭐 할 말 있냐는 식으로 미소 지었다. 평소처럼 유에의 등에 환상의 뇌룡이, 카오리 등에 한냐 환영이 출현했다. 양쪽 모두 뇌운과 눈 폭풍을 등지고 노려봤다.

뜨거운 핑크빛 공간과 함께 극저온 공간이 형성되자 류타로와 스즈는 함께 눈을 돌려 버렸다.

그런 혼란한 분위기 속에서도 시즈쿠는 혼자 코우키의 낯빛과 호흡이 정상으로 돌아오고 맥박도 안정된 것을 확인한 뒤 안도의 한숨을 쉬었다.

"류타로. 코우키를 업어줄래?"

"그래. ……실패한 건 코우키뿐인가? 낙심하겠군."

류타로가 코우키를 업으면서 착잡한 표정을 지었다. 스즈가 복잡한 표정으로 코우키를 봤다.

"그러게……. 하지만 우리도 아직 모르는 거잖아……. 게다가! 살아 있으면 몇 번이든 도전할 수 있어!"

분위기 메이커의 건재함을 알려주는 밝은 말에 류타로도

덩달아 씩 웃으며 스즈에게 동조했다.

"그것도 그래. 멍청한 짓을 하긴 했지만, 살아 있지 않으면 한 대 패줄 수도 없으니까. 이 녀석이 한 번 더 도전하겠다고 한다면 끝까지 따라가 주면 되지. 언제나 그랬듯이."

"응, 맞아!"

침울한 분위기를 털어낸 두 사람을 시즈쿠가 부드럽게 미소 지으며 지켜봤다.

그 시선을 알아챈 스즈와 류타로는 함께 생각했다. 동급생이 할 표정이 아니다. 그러니까 애 엄마라고 불리는…… 살기!

두 사람은 생각을 순간적으로 차단했다. 옳은 판단이었다.

시즈쿠는 친구 두 명에게 한숨을 쉬면서 하지메 일행을 힐끔 보고 기분을 전환했다.

주위에만 마음을 쓰고 자신을 억누르기만 했던 시즈쿠는 이제 없었다. 자기 자신조차 잃어버릴 것 같은 삶은 그만두기로 마음먹었다.

그래서 좋아하는 이에게 숨기지 않고 뜨겁게 열을 품은 눈빛을 보냈다.

그 시선을 처음 눈치챈 사람은 티오였다. 의아하게 고개를 갸웃거린 뒤 시즈쿠를 관찰했다. 유에와 카오리는 서로를 견제하고 시아는 두 사람을 말리느라 정신이 없어 아직 눈치챌 기미가 없었다.

시즈쿠는 시련으로 자각하고 인정한 마음과 새로운 결의를 확인하듯 가슴에 손을 얹었다. 그리고 소중한 무언가를 붙잡

듯이 꽉 주먹을 쥐었다.

그 행동으로 티오는 시즈쿠의 마음을 알게 된 것 같았다.

"허어, 이건…… 후후. 힘내라는 말을 해주고 싶구먼."

"엉? 뭐라고?"

"아니다. 고생 많은 소녀를 소소하게 응원한 게야."

귓가를 간지럽히는 티오의 말소리에 하지메가 미심쩍게 묻자 그런 대답이 돌아왔다.

한순간 무슨 소리인가 눈을 찌푸렸지만 어깨 너머로 뭔가를 돌아보는 티오의 시선을 좇았고…… 그 시선 끝에서 용기를 끌어모으고 있는 시즈쿠를 보고 이해했다. 하지메는 시즈쿠가 지나가는 투로 말한 고백을 들었다. 모를 리가 없었다.

"……잠깐, 설마."

하지메와 시즈쿠의 눈이 맞았다. 그 순간, 시즈쿠의 볼이 가을 단풍보다 선명하게 붉어졌다. 그러더니 곧 결연한 표정으로 걸어왔다.

시즈쿠의 속마음을 알 리 없는 스즈, 그리고 코우키를 업은 류타로가 뒤따랐다.

그리고 시아가 안긴 쪽— 카오리와 반대편 위치에서 시즈쿠는 걸음을 멈췄다.

하지메와 이상하게 거리가 가까웠다. 시아의 허리에 감긴 하지메의 왼팔에 거의 밀착할 위치였다.

거기까지 시즈쿠가 접근하자 티오 말고 다른 멤버도 눈치챘다. 유에가 의아한 눈빛을 보내고 시아가 어리둥절하게 눈을 깜빡였다.

시즈쿠는 카오리와 눈길을 맞췄다.

그 순간, 카오리도 전부 깨달았다. 놀라서 눈이 동그랗게 변했지만 그건 시즈쿠의 마음을 알았기 때문이 아니었다. 자기 마음을 숨기려고 하지 않는 시즈쿠의 태도에 놀란 것 같았다.

그 증거로 카오리는 곧 활짝 웃어 보였다. 기쁨과 다정함, 거기에 도달한 시즈쿠를 축복하는 마음과 그 외에도 지금까지 시즈쿠에게 느꼈던 모든 마음이 포화되어 흘러나온 것 같은, 빛으로 가득한 웃음이었다.

입술이 달싹였다. 소리는 없어도 시즈쿠는 알 수 있었다. 둘도 없는 친구가 힘내라고 응원해줬다는 것을…….

고개를 작게 끄덕이고 미소를 돌려줬다. 이유도 없이 눈물이 날 것 같았지만 애써 참았다.

카오리의 응원이 통한 것처럼 시즈쿠는 긴장해 떨리는 목소리로 조용히 하지메에게 말을 꺼냈다.

"나구모, 고마워. 코우키를 구해줘서."

"두들겨 팼을 뿐인데?"

하지메의 목소리가 쌀쌀맞았다. 이게 어떤 상황인지 알기에 표정도 복잡했다.

그러나 지금 시즈쿠는 이 정도로 멈추지 않았다. 긴장해 떨면서도 작은 웃음까지 섞어 말을 이었다.

"안 죽었잖아. 카오리랑, 조금은 나를 생각해서. 5분의 1 정도?"

"……뭐, 그렇긴 하지."

자기가 한 말이라서 부인할 수 없었다. 하지메는 왠지 퉁명스럽게 대답했다.

그 모습을 보고 조금 긴장이 풀렸는지 시즈쿠는 또 작게 후후 웃었다.

무언가 통하는 것이 있어 보이는 두 사람에게 유에가 심상치 않게 신음하고 시아가 「아, 마침내」라며 깨달았다는 듯 중얼거렸다.

"지킨다고 하면 정말로 마음까지 지켜주는구나."

"나도 지키는 선이 있어. 뭐든 들어주지는 않아."

"알아. 그래도 덕분에 나는, 우리는 친구를 잃지 않았어. 정말로 문제가 많은 애고 그런 추태까지 보인 바보천치지만……그래도, 그래도 가족이나 마찬가지니까."

근심과 감사가 섞인 눈빛을 보이는 시즈쿠에게 하지메는 뭐라고 표현하기 어려운 표정으로 어깨를 으쓱했다.

본심을 말하자면 후환을(후환이 될지는 의문이지만) 없애기 위해서도 그냥 죽이고 싶었던 것은 사실이었다. 그러나 지금 시즈쿠와 카오리의 표정을 보면 살려 두는 게 정답이었다고 생각했다.

적어도 이 머나먼 곳에서 함께 자란 친구가 반한 사람에게 죽는 악몽을 눈앞에서 심어주는 것에 비하면 코우키가 가져올지 모를 귀찮은 사태는 아무것도 아니라는 생각이 들었다.

동시에 소꿉친구의 그런 모습을 보고도 변함없이 걱정해주는 시즈쿠의 다정다감함에는 「역시 사서 고생하는 모두의 엄마」라며 감탄 반, 어이없음 반으로 묘한 감정을 품어야 했다.

류타로와 스즈도 환멸보다 오히려 슬픔이 더 컸던 것은 그만큼 그들 사이에 쌓아 온 것이 크다는 뜻이리라.

만약 코우키와 이만큼 강한 관계를 맺지 않은 사람— 예컨대 지금도 【하일리히 왕국】에 있는 반 아이들이나 코우키에게 호의를 가진 귀족 아가씨들이었다면 바로 환멸감을 느끼고 등을 돌렸을 것이다.

어릴 때부터 함께 지낸 그들의 관계는 단순한 말 이상으로 깊고 강하게 이어진 것이 분명했다. 누구의 말마따나 『가족이나 마찬가지』라고 할 수 있을 정도로…….

'야에가시가 엄마라면 아마노가와는 손이 많이 가는 아들인가?'

상당히 실례되는 감상을 품었지만 지금 시즈쿠는 그런 걸 신경 쓸 상황이 아니었다.

두 차례 심호흡했다.

그리고 보는 사람에게 화상을 입힐 것 같은 뜨거운 눈길을 하지메의 눈동자에 보냈다.

"분명히 그런 식으로 업힌 건 처음이지만, 무척 마음이 편안했어. 그것도 고마워."

"……반쯤 협박했던 주제에."

"윽, 그건…… 그치만 그렇게라도 안 하면 안 업어줄 것 같아서……."

시즈쿠의 볼이 더 붉어졌다. 이제는 귀와 목까지 빨갰다. 마치 큰 북을 쿵쿵 두드리는 것처럼 심장이 벌렁거렸다.

평소 당당한 분위기와는 너무나 다른 모습이었다. 어느새 한 손을 하지메의 왼팔에 살며시 대고 있었다. 잡지도 않았다. 정말로 살짝 닿아 있을 뿐. 하지만 그것이 오히려 하지메에게 조금이라도 닿고 싶지만 부끄러워서 이렇게밖에 하지 못한다는 마음을 보여주는 것 같아 애틋함을 자극했다.

시즈쿠는 집중되는 이목과 자신의 감정 때문에 심장이 터질 것 같다고 생각하면서, 그래도 눈에 결의를 품고 떨리는 입술로 간절히 마음을 전달했다.

"아, 아무튼, 엄청 고마워. 이건 감사 표시야. 그, 그리고 그때 한 말이 노, 농담이 아니었다는 증거야!"

시즈쿠가 발꿈치를 획 들었다. 까치발을 하고 하지메의 팔에 댄 손을 꽉 쥐었다.

움직이지 못하는 하지메에게 치밀하게도 『무박자』로 다가온 시즈쿠는 누구에게도 허락한 적 없는 그 조그만 입술을 하지메의…… 뺨에 맞췄다.

현실감 없이 부드러운 감촉이 하지메의 뺨으로 전해졌다. 촉촉한 물기와 불타듯 뜨거운 숨결이 뺨에서 그치지 않고 하지메의 마음까지 간지럽혔다. 닿은 것은 짧은 순간이었다. 하지만 시즈쿠의 불타는 마음이 확실하게 전해진 입맞춤이었다.

쿵. 시즈쿠 뒤쪽에서 뭔가 무거운 것이 떨어지는 소리가 났다.

범인은 류타로였다. 경악한 나머지 업고 있던 코우키를 떨어

뜨린 것 같았다. 모두 얼마나 놀랐는지 아무도 눈길조차 주지 않았다.

불안한 발걸음으로 살며시 물러난 시즈쿠가 김이 날 것 같은 얼굴을 숙였다.

수치심이 한계를 넘어선 것 같았다.

자신의 뺨을 양손으로 찰싹찰싹 때려 다시 마음을 다잡았다.

그 모습을 보면서 하지메는 어떻게 해야 할지 머리를 쥐어뜯고 싶은 기분이었다. 해야 할 말은 정해져 있었다. 카오리의 마음조차 받아들이지 않았는데 시즈쿠의 마음에 응해줄 수는 없는 노릇이었다. 그러나 말은 어느 정도 신중하게 골라야 했다. 카오리가 불안한 표정이라면 딱 잘라 거절했겠지만 오히려 웃고 있었다. 시즈쿠의 마음을 바로 내친다면 그건 그거대로 귀찮아질 게 불 보듯 뻔했다.

그러나 잠깐 생각에 빠진 사이, 하지메의 생각을 알고 그런 건 아니겠지만 시즈쿠는 틈을 발견한 검사처럼 마음을 바로 잡고 파고들었다.

"유에, 시아, 티오…… 카오리. 나, 이번 시련에서 깨달은 게 많아. 내 나쁜 버릇, 그리고 지금 느끼는 감정. 이미 나구모한테는 너희가 있고, 무엇보다 친구가 좋아하는 사람에게 이러면 안 된다는 거 알아. 하지만……."

한순간 결의를 다지기 위해서 말을 멈춘 시즈쿠에게 카오리가 자애로운 표정으로 등을 밀어줬다.

"시즈쿠. 괜찮아. 안 될 거 없어. 마음의 문제인걸. 어쩔 수 없는 거야. 그보다 언제나 자기보다 남을 우선하는 시즈쿠가 자기주장을 밀어붙이게 된 쪽이 난 기뻐."

"카오리……."

어쩌면 카오리의 마음을 상하게 할지도 모른다. 어쩌면 슬프게 할지도 모른다. 그 성격을 잘 알면서도 걱정하지 않을 수 없던 시즈쿠는 그 티 없이 상냥한 말에 굳은 어깨에서 힘을 뺄 수 있었다.

유에는 어깨를 으쓱이고 호전적으로 웃어 보였다. 카오리가 그랬을 때와 똑같이 받아주겠다는 뜻 같았다.

시아도 못 이기는 척 토끼 귀를 흔들고 티오는 윙크로 답했다.

저절로 미소가 떠올랐다. 시즈쿠는 쓸데없이 들어간 힘을 완전히 빼고 자연스러운 자세로 자기 마음을 당당하게, 가슴을 펴고, 결의를 담아 선언했다.

"나 나구모를 좋아해. 그러니까 나를 위해서 더 노력해 볼래."

그렇게 말하고 미소 짓는 시즈쿠의 표정은…… 폭풍이 갠 하늘처럼 맑아서 그곳에 있는 모든 이를 매료할 정도로 귀여웠다. 이름과 같이 햇빛을 쬔 아침이슬의 물방울(雫, 시즈쿠)처럼, 혹은 과일을 타고 흐르는 물방울처럼 반짝이며 달콤한 향기를 품은 웃음이었다.

"시즈쿠, 엄청 귀여워! 좋아! 이제부터는 유에, 시아 페어에게 이길 수 있게 소꿉친구 페어로 대항하자! 우리라면 이길 수 있어!"

"뭐? 카오리도 참……. 그래도, 후훗, 괜찮을지도 모르겠네.

카오리랑 둘이서 나구모를 좌우로 독점해 보고 싶어."

"……시즈쿠, 언젠가 이렇게 될 줄 알았어. 카오리랑 같이 묻어주겠어."

"유에 씨, 묻으면 안 돼요. 그래도 독점하고 싶다면 물러날 수 없죠! 도전을 받아줄게요, 시즈쿠 씨!"

유에, 시아 페어와 카오리, 시즈쿠 페어가 와자지껄 떠들기 시작했다.

아직 그녀들에게 매달려 움직이지 못하는 하지메는 먼 곳만 바라봤다. 자신의 『대답』은 들을 생각도 없어 보였다. 「야, 나는……」이라며 억지로 끼어들려고 해 봤지만 그 순간 카오리가 「각오해! 하지메!」라며 말을 끊어 버렸다.

난감하게도 시아와 티오도 「어차피 거절할 거죠? 다 아니까 지금은 보고나 있으세요」라는 눈빛을 보냈다.

대체 왜…… 하지메는 석연찮은 태도로 눈살을 찌푸렸다. 물론 이들을 모두 설득하면서까지 의견을 고수할 생각도 없으므로 바로 생각을 바꿨지만…….

"……주인님, 페어 대결로 분위기가 무르익었는데…… 은근슬쩍 따돌림받은 나는 어찌하면 좋겠느냐?"

"평소대로 헉헉대면 되잖아?"

티오는 헉헉댔다.

아무튼 하지메는 생각했다. 제발 자신을 끼고 『하지메를 얼마나 좋아하느냐』로 설전을 벌이지 말았으면 좋겠다고…….

그런 하지메 일행을 보고 류타로가 반쯤 기가 막히고 반쯤 감탄하며 한숨 쉬었다.

"······시즈쿠까지? 나구모 저 녀석은 대체 뭐야? 정말 세상 일은 모르겠어."

"와, 시즈시즈까지 넘어갔어. 나구모, 완전 카사노바야! 어떡해, 나까지 모르는 사이에 넘어가는 거 아니야?! 그럼 언니랑 같이 그, 그런 짓까지! ······흠? 나쁘지 않은데?"

"야, 정신 차려, 스즈. 이 이공간에 날 혼자 두지 마."

턱에 손을 대고 골몰하는 스즈에게 류타로가 제발 그러지 말라면서 다시 한숨 쉬었다.

그러고는 이제야 등에서 무게가 느껴지지 않는 것을 깨닫고 서둘러 코우키를 다시 업었다. 그리고 친구와 하지메 일행 사이를 번갈아 본 뒤 쓴웃음 섞어 중얼거렸다.

"코우키, 네 기분을 모르는 건 아니야. 하지만 지금 넌 이렇게 돼도 할 말 없는 처지야."

친구의 귀에는 들리지 않는 줄 알면서도 말하지 않을 수 없었다.

과연 코우키가 눈을 뜨면 어떤 행동을 보일까······.

만약 상상하는 상황이 벌어진다면 류타로는 친구로서 이번에야말로 자기 주먹으로 정신을 차리게 해주겠노라 다짐했다.

"그래? 유에, 너…… 옛날에는 그렇게 다소곳한 말투였어?"

"……?!"

시련의 방 얼음 나무 기둥에 지하로 내려가는 계단이 출현했다. 그곳으로 내려가 외길을 따라가며 유에가 과거 이야기나 시아와 싸운 이야기를 한 후, 하지메가 처음으로 돌려준 말이 그거였다.

유에 님은 「어, 그쪽?!」이라는 얼굴이었다.

"그보다 유에 옛날 이름, 너무 길지 않아?"

"……?!"

유에 님, 「어, 그쪽?!」이라는 얼굴 제2탄.

함께 유에의 이야기를 들으며 뒤따르던 시아와 일행도 똑같은 얼굴로 하지메를 보고 있었다.

그러거나 말거나 전혀 신경 쓰지 않는 게 하지메였다.

"유에. 잠깐 옛날 말투로 말해 봐."

"……왜, 왜?"

"공주님처럼 말하는 유에를 보고 싶어."

아주 직설적인 소원이었다.

"여왕님 말투도 괜찮아. 예를 들면 「여러분의 노고를 위로하지요」 같은 말을 해 봐."

"……으응. 창피해서 싫어."

왠지 무지막지 창피하다는 모양이었다.

"「하지메 씨, 훌륭히 시련을 이겨내셨군요. 믿고 있었지만, 기쁘게 생각합니다. 그 공로를 높이 평가해 소원을 들어드리겠습니다. 말해 보십시오」라도 괜찮아."

"……너무 길어. 그리고 절대로 안 해."

유에 님이 고개를 홱 돌렸다. 얼마나 부끄러우면 유에가 하지메의 부탁을 거절하는 진귀한 사태가 벌어졌을까.

어쩌면 하지메 입장에서는 『중2병 시절 말투로 사랑하는 사람과 대화하라』에 가까운 느낌인지도 모르겠다.

그렇다면 확실히 힘들다. 정신이 붕괴한다. 그렇게 생각한 하지메는 어색하게 웃으며 미안하다는 뜻으로 유에의 머리를 쓰다듬었다.

카오리가 유에의 등 뒤로 다가왔다.

"유에, 유에♪ 뭐 어때! 여왕님처럼 말해 봐! 응? 응?"

"……죽어, 카오리."

"헤윽."

유에 혼신의 공격. 황금의 점핑 회전 라이트 스트레이트가 카오리의 볼을 후렸다. 카오리는 회전하며 날아가다가 인간에겐 불가능한 동작으로 자세를 바로잡고 무슨 짓이냐면서 버럭 항의했다.

유에는 무시하고 삐친 것처럼 하지메에게 고개를 돌렸다.

"……진지한 이야기 중이었는데. 하지메, 너무해."

어쩌면 생각 이상으로 자신은 특이한 존재일지도 모르고

앞으로 자신이 봉인된 이유가 다시 발생할지도 모른다.

시아 덕분에 이미 불안은 없었지만 그래도 진지하게 이야기했는데…….

삐친 유에에게 하지메는 겸연쩍게 웃었다.

"미안. 그래도 너무 새삼스러워서. 여왕 시절 유에 이야기가 더 궁금했어."

유에의 표정이 일변했다. 눈을 깜빡거리고 낯빛을 살피듯 물었다.

"……혹시 하지메는 알고 있었어?"

"그야 그렇지. 자동 재생은 연인의 생사와 연관된 가장 중요한 사항이야. 마력을 고갈시킬 방법은 얼마든지 있을 텐데 왜 유에를 봉인할 수밖에 없었는지 의문을 가지는 게 당연하지. 유에의 불사성이 절대적이라면 더 안심했을 텐데."

하지메는 그러면서 한숨을 쉬었다. 유에는 뜨거운 마음이 밀려 올라오고 눈이 촉촉해지는 것을 자각했다.

"나락에 있을 때 들은 바로는, 유에는 그 부분을 잘 기억하지 못하는 눈치였어. 갑작스러운 배신에 경황이 없었고 정신을 차리니까 봉인돼 있었다고 했지."

"……응."

"그렇다면 괴로워서 지웠을지도 모를 기억을 파헤쳐서 의문을 해소하는 것보다 단순히 내가 어떻게든 하는 게 낫다고 생각했어. 결국 유에가 어떤 존재든 내 결론은 변하지 않으니까."

유에는 누구에게도 넘기지 않는다. 그러기 위해서라면 뭐든지 한다.

설사 세상이, 혹은 신이 유에를 용서하지 않고 거기에 어떤 사정이 있든 하지메는 당당히 선언할 것이다.

유에가 괴로워해야 하는 세상은 존재할 가치도 없다. 그런 세상은 그 사정인지 뭔지와 함께 전부 부숴 버리겠다.

똑바로 정면을 보고 말하는 하지메의 눈에는 짐승처럼 번들거리는 흉포함이 깃들어 있었다. 세상 모든 것을 희생하더라도 하지메는 망설이지 않고 유에를 우선할 것이다. 그렇게 생각하기에 충분한 기백이었다.

하지메의 강렬하고 무거운 사랑을 느낀 유에는 더는 참을 수 없다는 양 뜨거운 숨을 토했다. 눈동자는 열을 머금었고 볼은 장밋빛으로 물들었다.

가슴속에서 올라오는 충동에 몸을 내주어 하지메의 목에 와락 안겼다. 그리고 그대로 입술을 탐하려고 얼굴을 가져가고—.

"……시즈쿠. 뭐 하자는 거야?"

검게 칠한 칼집이었다. 그것이 하지메와 유에의 얼굴 사이로 끼어들어 유에의 키스를 막았다.

흑도를 따라서 냉랭한 시선을 돌린 유에가 이 사태의 원인인 시즈쿠에게 물었다.

정작 시즈쿠는 의도했다기보다 자기도 모르게 그런 것처럼 당황해서 눈을 두리번두리번 돌렸다.

"그, 그게…… 아니, 아직 대미궁 시련이 다 끝났다는 보장은 없잖아? 그러니까 그, 그런 건 나중에 하는 게 좋지 않을까, 싶어서?"

"……본심은?"

"부럽……이 아니고, 나도……도 아니고. 때와 장소를 가리자는 거지. 응."

시즈쿠의 시선이 회유어보다 열심히 허공을 헤엄쳤다. 변명 아닌 변명이었다. 옆에 있는 카오리가 「유에의 습격을 막았어……. 역시 우리 시즈쿠!」라며 칭찬을 아끼지 않았다.

"그렇게 말하면서도 방금 아무렇지 않게 키스하지 않았나?"

하지메가 고개만 돌려 비아냥거리듯 시즈쿠에게 말했다.

그 순간, 시즈쿠의 볼이 선명한 단풍 색깔로 물들었다.

"으, 그야, 나만 한 적 없으면…… 소외감 드는 걸 어떡해."

그렇게 변명 같은 말도 흘러나왔다.

티오가 놀리는 투로 말꼬리를 물었다.

"그래 봤자 뺨에 뽀뽀한 게 아니냐? 검사라면 대담하게 파고들어야지. 그만큼 강하게 나가지 않으면 주인님의 입술은 못 빼앗아."

"빼, 빼앗는다니…… 경박하잖아. 그런 건 제대로 상황을 갖추고 서로 합의하에 해야 한다고 생각하고…… 그리고 가능하면 나구모 쪽에서 해주면…… 기쁠 텐데."

시즈쿠가 뺨을 물들이고 고개를 살짝 숙여 부끄러워하며 말했다. 그 가슴에는 이미 되돌린 흑도— 하지메에게 받은 선물이 꼭 안겨 있었다. 마치 본인에게 그러고 싶은 시즈쿠의 심정을 대변하는 듯했다.

그리고 시즈쿠는 노린 것처럼 하지메의 비스듬히 세 걸음 뒤를 걷고 있었다. 조신하게 남자를 뒤따르는 요조숙녀의 표본이었다. 하지메의 두 번째 선물인 머리장식이 트레이드마크인 포니테일에 묶여 반짝였다.

"……."

하지메가 무슨 이상한 거라도 본 것처럼 시즈쿠를 빤히 봤다.

기본적으로 하지메를 둘러싼 여자는 적극성 면에서 육식녀. 하지메를 잡아먹지 못해 안달 난 여자들이었다. 그래서 키스 하나로 경박하다는 단어가 튀어나오자 하지메는 무심코 눈을 크게 떴다. 유에를 비롯한 동료들이 얼마나 육식인지 새삼 알 수 있었다.

그런 하지메를 보고 유에가 전율해 떨리는 목소리로 말했다.

"……놀라운 소녀력(力). 야에가시 시즈쿠는 괴물인가."

유에가 본 시즈쿠의 소녀력은 사기급이었다.

왠지 카오리가 엄청나게 우쭐한 얼굴로 유에를 보고 있었다. 그리고 시선 집중포화를 받고 허둥대는, 평소 늠름한 분위기와 너무 큰 차이를 보이는 시즈쿠를 내세우듯 앞으로 확 밀었다.

유에는 끙 소리를 내고 대항마로 시아를 내밀었다. 「엥? 뭐, 뭐예요?」라며 당황하는 시아의 토끼 귀를 바람 마법으로 파닥여 어필 포인트를 더욱 강조해 카오리에게 자랑스레 웃어 보였다.

아무래도 파트너 대결을 하는 것 같았다. 「내 친구가 훨씬 더 귀여워!」라고 주장하는 무언의 대결이 펼쳐지고 있었다.

정말로 변한 게 없다고 난감하게 웃으면서 시아가 카오리와 유에를 달랬다.

달래지만, 달랜다고 달래질 리 없는 두 사람은 숨을 쉬는 것처럼 자연스럽게 불똥을 튀겨 댔다.

그래서 시아가 드뤼켄을 꺼내 어깨를 톡톡 두드렸다. 빙그레 웃으면서…….

유에와 카오리가 굳었다. 그리고 살며~시 원래 위치로 돌아가서 똑바로 앞만 봤다.

그 모습을 본 전원이 시아에게 존경의 눈빛을 보냈다.

하지메가 감탄한 표정으로 문득 떠오른 것처럼 조금 전에 나왔던 이야기를 다시 꺼냈다.

"그나저나 유에와 진심으로 붙어서 비겼단 말이지? 유에를 혼내준 것도 그렇고, 시아에게는 뭔가 상을 줘야겠군."

"네? 괘, 괜찮아요?"

오늘의 MVP를 뽑는다면 틀림없이 시아였다. 약한 소리를 하는 유에를 실력으로 꺾었다. 유에 본인도 이의가 없는지 평소처럼 반쯤 감긴 눈으로 시아를 봤다.

"……응. 부모님한테도 맞은 적 없는 내 뺨을 시아가 때렸어. 뺨으로 느낀 그 고통은 못 잊어. 소원이 있으면 뭐든 말해."

"……유에 씨, 살짝 감정 있으시죠? 뭐, 딱히 특별한 소원은 없어요. 이미 전부 이뤘는걸요. 하지메 씨 수제 선물 같은 거면 돼요. 유에 씨와 싸운 건 제가 하고 싶어서 한 일인데요, 뭘."

옛날이라면 데이트를 하자느니 첫 경험을 바란다느니 시끄럽게 떠들었겠지만 이제는 크게 들뜨지도 않았다. 쿨하게 미소 짓는 모습에서는 관록마저 느껴졌다.

이번에는 카오리가 전율했다.

"저 여유 좀 봐······. 시아는 이미 유에에 필적하는, 아니, 어쩌면 그 이상의 강적이 된 거야. 내가 경솔했어."

"저, 저기, 카오리? 얼굴이 극화체로 변했는데?"

"시즈쿠. 우리가 저런 여유를 얻으려면 도전자로 만족해서는 안 돼."

"응······?"

카오리가 시아의 초연한 태도에 초조함을 드러냈다. 팔짱을 끼며 한 손을 턱에 대고 골몰하는 모습은 진리를 추구하는 학자 같기도 했다. 당연히 친구의 기행에 시즈쿠는 당황스러울 따름이었다.

그런 시즈쿠에게 카오리가 눈을 번쩍 뜨고 선언했다.

"그래, 우리는 도전자가 아니라 습격자여야 해!"

"······카오리. 너, 피곤해서 그래. 조금만 진정하자?"

"시즈쿠, 대미궁 공략이 끝나면 같이 하지메의 잠자리를 덮치자."

"정말로 얘가 왜 이래?!"

"괜찮아. 이번 시련으로 이 몸을 거의 장악했어. 우리가 함께하면 어떻게든 될 거야."

"어떻게든 해야 하는 건 네 머리야. 재생 마법을 걸어. 지금 당장 신속 정확하게."

"서, 서로 처음이지만…… 둘이 함께라면 괜찮아!"

"……나도 시아처럼 뺨이라도 한 대 때려야 하나?"

볼을 붉히면서 양손으로 주먹을 쥐고 콧김을 내뿜어 다짐하는 카오리에게 시즈쿠는 피곤한 표정을 보였다. 시아를 보고 배워야 할까? 카오리의 돌격 버릇을 고치려면 고생깨나 할 것 같았다.

"……로맨틱 코미디 찍지 말고 빨리 가자."

"왜 합류한 뒤가 더 피곤하냐."

가장 뒤에서 걷던 스즈와 류타로가 지겹다는 투로 재촉하자 일행은 겨우 이동을 재개했다.

코우키의 문제는 남았지만 특별히 새로운 시련도 없이 이대로 최심부에 도달할 것 같았기에 일행의 분위기는 밝았다.

그리고 약 10분 후 마침내 도착했다.

막다른 빙벽에 칠각형 문장이 새겨져 있었다. 꼭짓점에 각각 다른 형태의 문장이 새겨진 그것은 다른 대미궁에서도 봤던 해방자의 심벌이었다.

하지메 일행이 다가가자 약하게 빛났고, 빛나는 막이 벽 전체를 덮었다.

하지메가 가볍게 손가락으로 만지니 수면에 돌을 던진 것처럼 파문이 퍼졌다. 몇 번이나 봤던 『게이트』의 빛이었다.

하지메는 어깨 너머로 일행을 한 명씩 둘러본 후 고개를 끄덕였다. 동료들도 강한 눈빛을 보내고 고개를 끄덕였다.

각오를 다지고 일행은 빛의 벽으로 뛰어들었다.

……

……

……

"……이번에는 분단되지 않았나 보군."

"……응. 그리고 저거."

"흠, 마침내 도착한 모양이구먼."

"아름다운 곳이네요. 저건…… 궁전, 인가요?"

시야를 물들인 빛이 가라앉자 넓은 공간이 펼쳐져 있었다.

두꺼운 얼음 원기둥들이 받치는 아름다운 사각형 공간은 그 또한 모두 얼음으로 이루어졌다. 지금까지 봤던 빙벽 거울처럼 반사율이 높은 얼음이 아니라 티 없이 순수한 물로 만든 것 같은 빙벽이었다.

그리고 가장 눈을 끄는 것은 바닥이었다. 이곳으로 올 때까지 결국 찾지 못했던 물이 바닥을 채우고 있었다.

이 공간의 온도는 그렇게 낮지 않은 듯했다.

많은 용천수가 흘러드는지 넓은 호수 여기저기에 작은 분수가 솟고 있었다. 아마 어딘가에 물이 빠져나가는 구멍도 있을 것이다.

그런 호수에는 얼음으로 만든 징검다리 같은 발판과 귀여운 조각이 들어간 얼음 다리가 몇 개나 있었다. 점점이 떠 있는 작은 섬에는 얼음 꽃까지 피어 마치 정원처럼 보였다.

그리고 그것들로 장식된 공간 안쪽에는 시아가 말한 것처럼 궁전이 있었다.

장엄하고 아름다우며 꽃이나 조각이 새겨진 벽은 말 그대로 예술이었다.

얼음 정원과 어우러져 꿈속 세계라도 들어온 것 같았다.

일행은 잠시 넋을 놓고 서 있었으나 하지메가 천천히 방한용 아티팩트『에어 존』을 벗자 퍼뜩 정신을 차렸다.

"역시 안 추워. 시원하고 공기도 맑군. 쾌적한 공간이야."

그 말인즉—.

"틀림없어. 여기가 빙설 동굴 최심부, 반드르 슈네의 은신처야."

나침반으로도 확인한 하지메가 입꼬리를 끌어올리고 단언했다.

그 순간, 스즈의 눈에 물기가 올라왔다.

"……공략……했구나…… 훌쩍."

감격에 겨워 눈물이 났다. 몸도 마음도 한계에 달해 이를 악물고 여기까지 왔다. 감동은 필연이었다. 그건 시즈쿠와 류타로도 마찬가지였다.

"……해냈어."

"그래. 몇 번 죽다 살아났는지 모르지만."

"그건 네가 항상 앞뒤 생각 없이 돌격하니까 그렇지."

"그건 뭐, 하하. 그래도 결과적으로 잘 끝났으니까 넘어가자고."

시즈쿠가 류타로를 못마땅하게 쳐다봤지만 머쓱해하는 류타로와 눈길이 마주치자 곧 함께 웃음을 풋 터뜨렸다. 그러고는 쾌활하게 웃기 시작했다.

거기에 스즈까지 끼어 세 사람은 성취감이 가득한 표정으로 서로의 어깨를 두드렸다.

카오리와 시아, 티오는 당연하고 유에도 미소 지었다. 웬일로 하지메까지 눈을 감고 웃음을 머금었다.

"나구모. 함정은 없지?"

류타로가 당장 궁전으로 한 걸음 내딛다 말고 멈췄다.

"왜? 또 혼자 뛰어들어서 얼음 속에 갇힐까 봐?"

"그, 그건 그만 잊어줘. 나도 머리가 있어."

여성들에게 두 번이나 사타구니를 드러내는 추태를 보일 수는 없었다. 죽은 눈으로 학습의 성과를 보이는 류타로에게 웃음을 보이며 하지메는 만약을 위해서 마안석으로 징검돌이나 다른 다리를 확인하고 앞장서서 걸었다.

일행은 아무 일 없이 궁전이 있는 섬에 도착했다.

궁전 앞에는 정밀한 마법진이 있었다. 밟아도 아무 반응이 없거니와 위치로 보아 미궁의 빠른 탈출용 마법진이라고 잠정적 결론을 내렸다.

궁전 자체는 투명도가 없다시피 한 연푸른색 얼음으로 되어 있었다.

현관은 커다란 쌍여닫이문이었다. 눈 결정을 본뜬 것 같은 문장이 좌우 문에 걸쳐 조각되어 있었다. 해방자 『반드르 슈네』의 심벌이었다.

하지메가 문을 밀었다. 문은 큰 힘을 들이지 않아도 열렸다.

얼음 파편이 떨어지지도 않고 부드럽게 움직인 이유는 아마 프리드가 최근에 한 번 열었기 때문일 것이다.

"······응? 오스카 은신처랑 비슷해."

"그래, 닮았어. 이쪽이 더 크고 화려하지만."

구조 자체는 유에가 말한 대로 오스카의 은신처를 방불케 했다.

규모가 크고 구석구석까지 화려한— 예술적이라고도 할 수 있는 점이 차이점이었다. 얼음 샹들리에도 그렇고 계단 난간부터 방문 하나하나까지 어디에나 크고 작은 조각이 들어가 있었다.

오스카가 기능미를 사랑하는 성격이라면 반드르는 예술성을 사랑하는 성격이었을까?

반과는 죽이 맞지 않는다고 오스카가 일기에도 남겨 놓았는데, 이런 차이를 보니 사실이었다는 실감이 들었다. 티격태격하는 당시의 두 사람이 눈에 선히 보이는 것만 같았다.

하지만 그 관계는 아마······. 하지메는 넌지시 유에와 카오리를 봤다.

두 사람이 함께 고개를 갸웃거렸다.

하지메는 아무것도 아니라며 고개를 젓고 나침반을 꺼냈다.

찾는 것은 공략을 인정하고 새로운 신대 마법을 알려줄 마법진의 위치였다.

"정면인가?"

나침반은 1층 정면 통로 안쪽을 가리켰다.

앞서가는 하지메를 따라서 일행은 안쪽으로 들어갔다. 가는 길에 방이 몇 개 있어 문을 열어 봤는데 평범한 목제나 금속제 가구가 놓여 있었다. 빙벽도 만져 보니 얼음인데도 서늘할 뿐이고 차가운 정도는 아니었다. 하지메가 만든 『에어 존』처럼 모종의 방한 처리가 된 듯했다.

감탄하며 궁전 안을 돌아다니던 중 마침내 한층 중후한 문과 맞닥뜨렸다.

"여기군."

하지메는 망설이지 않고 문을 열었다. 그곳에는 찾던 마법진이 있었다.

스즈와 류타로가 밥을 앞에 둔 강아지처럼 기대에 찬 눈으로 하지메를 보았다.

시간을 끌 이유도 없어 하지메가 고개를 끄덕였고 모두 곧장 마법진 위로 올라갔다.

언제나 그렇듯 이 대미궁에서 겪은 기억을 조사하고 공략을 인정받은 사람의 머리에 직접 신대 마법이 각인되었다.

현기증과 비슷한 감각 때문에 스즈와 류타로, 그리고 시즈쿠가 약간 휘청거렸지만 마지막 신대 마법─『변성 마법』을 얻은 기쁨에 몸을 떨었다.

그리고 서로를 돌아본 뒤 환희의 목소리를 내려는 순간─.

"윽?! 으악, 크아아아아아!"

"……?! 윽, 우으으으?!"

고통스러운 비명이 울렸다.

일행이 깜짝 놀라서 돌아봤다. 그곳에는 심한 두통을 견디 듯 머리를 감싸고 무릎을 꿇은 하지메와 유에가 있었다.

"하지메 씨?! 유에 씨!?"

"뭐야?! 어떻게 된 거야?!"

시아와 시즈쿠가 놀라서 소리쳤다.

"진정해라! 카오리! 어서 살펴보아라!"

"어? 앗, 응. 바로 볼게!"

갑작스러운 사태에 당황하는 시아와 카오리에게 티오가 버 럭 일갈했다. 치료 전문가인 카오리도 질타에 정신을 차리고 자기가 할 일을 깨달았다.

그리고 급히 진찰하려던 직후.

"으."

"……응."

굵은 땀이 촘촘히 맺힌 하지메와 유에는 정체 모를 고통에 서 해방됐는지 몸에서 힘이 빠져 그대로 쓰러졌다.

시아가 얼른 하지메를, 시즈쿠가 유에를 잡아줬다.

상태를 보자 두 사람 모두 기절해 있었다.

나락의 괴물과 치트 흡혈 공주가 함께 정신을 잃을 줄은 그 누구도 상상하지 못했다.

대체 무슨 일이 벌어졌나? 정적이 감도는 방에 당혹스러운 분위기가 깔렸다.

"일단 두 사람을 쉬게 해야지……."

이럴 때 누구보다 냉정하고 믿음직한 사람은 역시 티오였다.

아이들은 당황해서 어쩔 줄 모르는 눈치였지만 서로를 바라보고 티오의 말대로 하지메와 유에가 안정을 취할 수 있는 방을 찾아 나섰다.

그로부터 얼마 후.

입술에서 느껴지는 황홀한 감촉이 하지메의 의식을 서서히 현실로 끌어올렸다.

"……뭐 하는 거야? 유에."

"……응? 굿모닝 키스."

아주 근사한 기상이었다.

하지메는 자기 위에 몸을 겹치고 누운 유에에게 가벼운 키스를 돌려주고 주변을 돌아봤다.

익숙한 빙벽과 침대가 둘, 그리고 가구가 몇 개 보였다.

변함없이 【빙설 동굴】 심층부 궁전 같았다. 하지메는 숨결이 닿는 곳에서 눈을 들여다보는 유에에게로 다시 시선을 돌렸다.

"쓰러진 우리를 다른 방으로 옮겼나? 유에, 다른 녀석들은 어디 있어?"

"……응, 미안. 나도 지금 막 깨서 몰라."

하지메는 조금 놀랐다. 먼저 일어나 상황을 파악하고 깨우러 온 줄 알았는데 예상하지 못한 대답이었다.

유에는 여전히 하지메의 가슴 위에서 턱을 괴고 하지메를 들여다봤다. 날씬한 맨다리가 귀엽게 까딱거렸다.

"……언제 일어났어?"

"응~. 한 10분 전에?"

"설마 그때부터 쭉 이러고 있었어?"

"……응. 눈 뜨니까 하지메가 있어서."

산이 거기에 있으니까. 등산가 같은 소리를 하며 유에는 하지메에게 입술을 갖다 댔다.

하지메는 방금 방을 돌아보고 침대가 하나 더 있는 것을 확인했다. 침대 시트가 흐트러져 있는 것도…….

그게 뜻하는 바는, 유에는 옆 침대에서 깬 후 상황 파악이나 동료에게 연락하는 것도 제쳐놓고 하지메 침대에 들어와 근사한 알람시계가 되어 줬다는 말이었다.

마지막 시련에서 시아에게 쓴소리를 들을 정도로 동요한 뒤 힘들게 하지메와 재회했고…….

터질 듯한 감정을 입술에 담아 표출하려고 했는데 소녀력 치트에게 방해당했고…….

시련도 끝난 참에 옆에는 무방비한 연인이 잠들어 있고…….

대충 그런 이유로 참지 못해 저질렀다고 한다.

이 얼마나, 정말로 이 얼마나…… 멋진 연인인가? 하지메의 눈이 야수로 변했다.

그런 하지메를 보고 유에 님도 후후후 요염하게 웃었다. 혀로 입술을 핥는 모습은 왜 또 이렇게 고혹적일까.

"유에. 잠에서 깨려면 아직 시간이 좀 걸리겠어."

"……응. 다른 사람들은 깬 뒤에 부르면 돼."

이미 깼으면서 무슨 소리냐고 따지는 사람은…….

"응? 두 분 다 일어났어요. 앗, 또 일어나자마자 무슨 짓이에요오!"

있었다. 귀가 밝기로 유명하신 시아였다.

옷 스치는 소리와 유에의 고혹적인 목소리를 듣고 문이 벌컥 열렸다.

그리고 생각대로 침대 위에서 몸을 맞댄 채 옷이 흐트러진 하지메와 유에를 보더니 토끼 귀가 확 부풀었다.

그 뒤로 카오리와 시즈쿠도 등장했다.

"시아? 무슨 일— 하지메? 유에? 뭐 하는 거야? 응?"

"……으."

카오리 뒤에 한냐가 스탠바이했다.

시즈쿠는 폭발할 것처럼 빨개진 얼굴을 양손으로 가렸다. 무슨 약속처럼 손가락 틈새로 훔쳐보는 것도 빼먹지 않았다.

한편, 행위에 돌입하기 직전이었던 하지메와 유에는 서로를 보며 잠깐 침묵하고는…… 짠 것처럼 이구동성으로 말했다.

""두 시간만.""

대답은 당연히—.

"정신 놓으셨어요오?!"

"될 거라고 생각해?!"

"두, 두 사람 다 상황을 생각해!"

호통이었다. 시즈쿠만 조금 약했는데 수치심에 분노가 감퇴한 것이 틀림없었다.

시아가 밥상 뒤집기가 아닌 침대 뒤집기로 하지메와 유에를 바닥에 내동댕이쳤다. 타이밍을 맞춰 카오리가 『박황쇄』로 구속, 시아와 함께 둘을 이불로 둘둘 말아 거실로 강제 연행했다.

"야, 대체 무슨 일이야?"

"아~, 나는 왠지 알 거 같아."

거실에는 커다란 목제 탁자와 그 탁자를 둘러싼 가죽 소파가 놓여 있었다.

소파에 앉아서 김이 나는 홍차를 마시던 류타로가 눈을 동그랗게 떴고, 스즈가 대충 상황을 알겠다며 메마른 웃음을 흘렸다.

시아와 카오리가 영차 소리를 내고 맞은편 소파에 하지메와 유에를 던졌다.

두 사람의 흐트러진 복장을 보고 류타로도 사정을 파악한 것 같았다. 그러나 그것도 한순간. 그 직후 무언가가 날아들었고―.

"으엑?!"

류타로의 머리가 크게 뒤로 튕겼다. 기세가 얼마나 대단한지 류타로는 소파 뒤로 벌렁 넘어가버렸다.

"흥. 한순간이라도 유에를 본 벌이다."

"너무 불합리하잖아!"

류타로가 이마를 붙잡고 몸부림쳤다.

류타로의 이마를 때린 것은 하지메의 지탄(指彈)이었다. 묶인 상태에서 손가락만으로 정확히 조준해 맞추는 쓸데없이

고도의 기술이었다. 불가항력으로 『의복이 흐트러진 유에』를 본 벌이라는 점도 포함해 분명히 불합리했다.

"……응, 질투? 하지메, 귀여워."

유에가 분위기를 무시하고 볼을 붉혔다.

토끼가 폭발했다.

"아니, 정말! 두 사람 다 반성 안 하셨죠?! 얼마나 걱정한 줄 알아요?!"

시아가 고래고래 소리쳤지만 이내 눈가에 눈물이 고였다.

이어서 은근슬쩍 『박황쇄』를 푼 두 사람 곁으로 다가가 풀 썩 쓰러지며 앉았다. 토끼 귀도 힘없이 처졌다.

영문도 알 수 없이 기절한 두 사람을 얼마나 걱정했는지 여실히 보여주는 모습이었다.

"시아 말이 맞아. ……정말로 걱정했다고."

"그래. 어서 건강한 모습을 보고 싶었어."

심정은 카오리와 시즈쿠도 같았다. 시아와 마찬가지인 조금 촉촉해진 눈으로 하지메와 유에를 보고 있었다.

제아무리 뻔뻔한 하지메와 유에라도 그런 그들을 보자 죄책 감이 몰려왔다. 둘은 어색하게 얼굴을 마주 보고 함께 머리를 숙였다.

"아~, 그게, 진짜 미안. 눈을 뜨니까 유에가 키스해주고 있어 서 이성이 마비됐거든. ……그래, 유에가 너무 귀여운 게 죄야."

"……응, 미안해. 바로 알려줬어야 했는데. 옆에 무방비한 하 지메가 있어서 참을 수 없었어. 하지메가 너무 멋있는 게 죄야."

머리를…… 숙였다? 고 볼 수도 있었다. 아니, 안 숙였다.

"두 사람 다 반성 안 했죠?"

"어휴, 이제 됐어. 더 말해 봤자 입만 아파."

"마음을 깨닫고 보니까, 기분이 조금 그러네……."

하지메는 사과하면서도 자연스럽게 염장질을 했다. 시아가 째려보고 카오리가 지친 표정을 지었다. 시즈쿠는 유에의 입지가 얼마나 굳건한지 새삼 깨닫고 표정이 복잡해졌다.

그런 그때, 이곳에 없었던 티오가 거실로 들어왔다.

"오, 주인님과 유에도 큰일은 없나 보구먼. 참으로 다행이야. 괜한 걱정으로 그쳐서."

"앗, 티오 씨. 죄송해요, 전하러 간다는 걸 깜빡했어요."

하지메와 유에를 보고 안심하는 티오에게 시아가 미안한 표정을 지었다.

티오는 하지메와 유에가 눈을 뜨지 못할 경우를 생각해 신대 마법 마법진이나 궁전 서고 등을 조사해 원인을 알아내러 갔었다.

시아는 하지메와 유에가 깨어나 기쁘기도 하고 남의 속도 모르고 농탕질을 치는 게 괘씸하기도 하여 티오에게 연락한다는 것을 깜빡 잊고 있었다.

"괜찮다, 괜찮아. 보나 마나 주인님과 유에가 깨자마자 뒹굴고 있었겠지."

"잘 아시네요……."

"암, 당연하지. 내가 유에 입장이라도 똑같이 했을 테니까!

그리고 몸이 달아오른 날 매도한 주인님이 내 몸을 막 이렇게…… 으흥, 하앙, 허억허억."

"그래서 하지메랑 유에는 왜 쓰러진 거야?"

"두 사람이 그런 식으로 괴로워하면서 기절하는 게 보통 일은 아니지?"

뭘 상상했는지 황홀한 표정으로 헉헉대기 시작한 티오를 가볍게 무시하며 카오리와 시즈쿠가 물었다.

당연히 하지메와 유에도 티오는 없는 사람 취급하고 소파에 고쳐 앉았다. 다른 인원도 자리를 잡고 앉았다.

티오가 앉을 자리는 없었다. 뺨을 붉힌 잡룡은 기쁘게 하지메 발치에 다소곳이 정좌했다.

"나랑 유에가 기절한 이유 말인데…… 쉽게 말하면 머리나 정신이 오버히트했다고 해야 할까?"

"오버히트, 요?"

하지메가 설명을 시작했지만 시아가 고개를 까딱 기울였다.

"그래. 그때 마지막 신대 마법— 변성 마법을 얻은 후, 나랑 유에에게 또 어떤 것이 강제로 주입됐어. 그 부담이 너무 커서 의식을 유지하지 못한 거야."

"흠. 주인님과 유에조차 견디지 못할 부담…… 개념 마법에 관한 정보겠구먼?"

"……응. 역시 티오야. 변태면서 이해력이 좋아. 변태면서."

중요하지는 않지만 두 번 말했다. 변태 주제에 여전히 눈치 하나는 빨랐다. 혼자 정좌하고 헤벌쭉 웃고 있다고 해도 『능력 있는 누님』이었다.

"기억하겠지만, 류티리스 하르치나의 기록 매체가 개념 마법 획득은 모든 신대 마법 보유가 절대 조건이라고 말했어. 이 중에서 모든 신대 마법을 얻은 사람은 나와 유에뿐이야."

하지메와 유에가 쓰러진 이유를 알고 일행이 고개를 끄덕였다. 일단 후유증도 없다고 하여 안도의 숨을 쉬었다.

카오리가 이야기를 돌려 가장 궁금한 점을 물었다.

"개념 마법…… 신대 마법을 뛰어넘는, 개념 자체를 발현하는 마법. 그게 있으면 원래 세계로 돌아갈 수 있지? 혹시 지금 바로 쓸 수 있어?"

"아니, 아직 안 돼. 류티리스가 『극한의 의지』라고 추상적으로 설명했듯이 지식만 있다고 되는 게 아닌가 봐. 게다가 얻은 지식도 구체적인 획득법이나 사용법이 아니라, 굳이 따지면 전제 지식 같은 거야."

"전제 지식?"

시즈쿠가 반문했다. 고향으로 돌아갈 가능성이 달린 터라 시즈쿠를 비롯한 류타로와 스즈, 카오리도 몸을 앞으로 내밀 만큼 진지했다.

"그래. 예를 들면 이번에 너희도 얻은 변성 마법. 너희는 어떤 식으로 이해했어?"

하지메의 질문에 모두 당황했으나 시즈쿠가 일단 대답했다.

"으음, 각인된 지식으로 보아 평범한 생물을 마물로 만드는 마법이야. 그리고 야생 마물도 조종할 수 있어."

"응. 나도 그렇게 이해했어. 그거 말고는 조종하는 마물을 강화할 수도 있어."

시즈쿠와 카오리가 이해한 내용은 대개 맞았다.

덧붙인다면 변성 마법에는 강화 단계라는 것이 존재한다.

생물을 마물화, 혹은 마물을 종마화하는 단계가 기초라면 신체 능력이나 고유 마법 능력 확대가 1단계. 거기서 이성과 사고력을 부여해 마법 사용자와 어느 정도 의사소통이 가능해지는 것이 2단계.

3단계가 신체 능력, 고유 마법 능력, 사고 능력 확대. 나머지는 마법 사용자의 숙련도에 맞춰 마물 강화 한계치도 늘어난다.

"그리고 의외의 사실이지만, 마석이 있어서 마물이 아니었군요?"

시아가 말한 대로 사실 마물화의 원인은 마석이 아니었다.

실제로는 반대였다. 마물화가 진행될수록 체내에 축적한 여분의 마력이 결정화한 것이 마석이었다.

한마디로 자연 마력의 결정이 신결정이라면 체내 마력의 결정이 마석인 셈이었다.

그 외로 큰 차이를 들자면 체내 마력 쪽이 결정화하기 쉬운 만큼 마력 저장 용량이 비교할 수 없을 만큼 작았다. 물론 각 생물의 성질, 환경 등 다양한 요인에 따라 결정화에 걸리는 시간 및 용량도 상이하지만…….

인간족이나 마인족에게 마석이 생기지 않는 이유는 체계화

된 『마법』이 원인이었다. 평소에도 마력을 발산하고, 마력 과잉 활성 등 체내 마력에 이상이 생겨도 금방 치료되므로 결정화가 이루어질 시간이 없었다. 마법 기술과 치료 기술 발전이 마석 생성을 막았다고 할 수 있었다.

그런 인식을 공유하면서 티오가 말했다.

"마물의 고유 마법도 어느 정도는 선택할 수 있나 보구먼. 그 생물에서 나온 힘이나 해당 생물의 본질적인 부분과 너무 동떨어진 고유 마법은 안 되나 보지만."

"프리드라는 마인족 장군이 다루는 백룡도 능력은 브레스였지? ……그 백룡, 얼마나 강화한 걸까?"

"왕도 대결계를 혼자 부순 놈이야. 더럽게 강화했겠지. 오르크스 대미궁 80층 수준 마물과 비교하면…… 대여섯 배는 강할걸?"

류타로의 추측에 하지메는 나락의 경험으로 환산해도 중층 수준은 된다고 판단하면서 이야기를 원래 궤도로 되돌렸다.

"변성 마법에 관해서는 대충 그렇지. 하지만 그래서는 조금 부족해. 변성 마법을 더 정확하게 정의하자면…… 『유기물에 간섭하는 마법』이라고 해야 할까?"

"음……?"

시아가 당황스럽게 눈을 굴렸다. 아이들은 몰라도 시아에게는 생소한 단어였나 보다. 그건 티오도 마찬가지였다. 그것을 깨닫고 하지메가 헛기침하며 고쳐 말했다.

"……정확성이 조금 떨어지지만, 쉽게 말하면 생체를 이루는 물질에 간섭하는 마법, 이라고 생각하면 편해. 즉, 마음만 먹으면 동식물뿐 아니라 음식이나 종이에도 간섭할 수 있어. 물론 사람에게도 간섭할 수 있고."

가까이 있는 것을 예로 들자면 머리나 눈 색을 바꿀 수도 있었다. 그렇게 말하기 무섭게 옆에 있는 유에가 시범을 보이듯 변성 마법을 발동했다.

아름다운 황금색 머리가 푸른빛을 띤 백발로, 홍옥색 눈동자가 창궁 같은 하늘색으로 감쪽같이 바뀌었다.

"우와, 저랑 같은 색이에요오!"

"……응."

우쭐거리는 유에에게 모두 오오, 하며 탄사를 쏟았다. 하지메가 빤히 바라봤다. 응시하고 있었다. 얼른 보물고에서 꺼낸 카메라(아티팩트)로 촬영도 해 뒀다. 셔터를 누르는 순간을 민감하게 포착해 표정을 연기하는 유에도 제법이었다.

유에는 머리와 눈동자 색을 원래대로 되돌리면서 슬슬 다리가 저려 힘들어 보이는 티오를 돌아봤다.

"……짐작이지만, 용인족의 『용화』는 기원을 거슬러 오르면 이 마법에서 유래하지 않았을까 싶어. 어떻게 종족 특성으로 계승했는지는 추측할 수밖에 없지만."

"오호. 변성 마법이 우리 종족의 기원이라……. 흠, 그렇구먼."

흥미롭게 고민하는 티오를 두고 하지메는 설명을 계속했다.

"방금 말한 전제 지식이 바로 그런 거야. 신대 마법은 『섭리』에 간섭하는 마법이지만, 우리는 힘의 근본을 정확히 이해하지 못했었지. 그래서 개념 마법을 얻는 절대 조건으로 모든 신대 마법을 완전히 이해할 필요가 있었어."

"……응. 게다가 이해하기에는 너무 심오해서 모든 시련을 공략할 수준이 아니면 심신이 부담을 견디지 못하고 망가져."

그게 개념 마법에 도달하기 위해 모든 신대 마법을 얻어야 했던 이유였다.

지금까지 얻은 신대 마법에 관한 이해도 아직 한참 부족했다는 사실을 지금 하지메와 유에는 알 수 있었다.

예를 들면 하지메가 처음으로 얻었고 지금까지 목숨을 이어 준 생성 마법.

이것은 『마법을 광물에 부여하는 마법』이 아니라 정확하게 표현하면 『무기물에 간섭하는 마법』으로 변성 마법과 짝이 되는 마법이었다.

그래서 이론상으로는 광물뿐 아니라 물이나 소금 따위에도 간섭할 수 있었다.

게다가 중력 마법은 『별의 에너지에 간섭하는 마법』이라는 표현이 어울렸다. 중력뿐 아니라 이론상으로는 지맥이나 지열, 마그마에도 직접 간섭하며 의도적으로 지진을 일으키는 것도, 화산을 분화시키는 것도 불가능은 아니었다.

공간 마법은 『경계에 간섭하는 마법』.

새로운 경계를 설정해 이계를 창조할 수도 있으며 그런 공간적 구분뿐 아니라, 예를 들면 실상과 허상의 경계에 간섭해 허상에 실체를 부여하거나, 반대로 실체를 허상으로 만들 수도 있는 것으로 보인다.

　재생 마법은『시간에 간섭하는 마법』이었다.

　재생 마법이 치유가 아닌 복원인 이유 또한 여기 있었다.

　본래대로라면 시간 자체에 간섭할 수 있을 테고 과거를 보거나 여러 갈래로 분기한 미래 세계를 엿볼 수도 있을 것이다. 시아의 고유 마법『미래시』도 아마 이 마법에서 유래했을 것으로 보인다.

　혼백 마법은『생물이 가진 비물질에 간섭하는 마법』이라고 정의하는 것이 가장 본질을 잘 나타냈다. 구체적으로 말하면 체내 마력이나 열, 전기 등 에너지와 의식, 사고, 기억, 사념 등에 간섭할 수 있는 마법이었다.

　경우에 따라서는 대상이 된 비물질을 복제할 수도 있어 다른 혼백을 만드는─ 즉, 새로운『인간』을 만드는 것도 가능했다.

　승화 마법은『정보에 간섭하는 마법』이 가장 정확한 정의일 것이다.

　능력이 한 단계 진화한다는 것은, 예컨대 레벨1인 신체 정보에 간섭해 레벨2로 끌어올리는 것. 근본에 이르면 만물의 정보를 열람하고 마력량에 따라 간섭할 수도 있었다.

　하지메 일행이 지금까지 인식하던 신대 마법의 명칭은 인간의 몸으로 간섭할 수 있는 대상의 한계를 나타낸다고 해도 좋았다.

　참고로『도월의 나침반』은 혼백 마법으로 사용자가 바라는 것을 읽은 뒤, 그 대상을 공간 마법으로 공간적 제한이나 거리를 무시하고 조사해 승화 마법으로 대상의 정보를 보충하는 구조였다. 모든 과정이 기본적인 신대 마법으로는 불가능한 일이었다.

하지메가 그 부분도 추가로 설명하자 시즈쿠가 난해한 표정을 지었다.

"정말로 광범위하면서도 근본적인 부분에 간섭하는 마법이었구나. 사람이 건드려도 될 영역을 넘어선 거 같아. ……그러면 아직 귀환하기 위한 개념 마법은 만들 수 없어? 듣기로는 상당히 어렵게 느껴지는데……."

"확실히 어렵긴 해. 누가 뭐래도 개념을 마법으로 만드는 최대 재료가 『극한의 의지』니까."

헛웃음이 나왔다. 그런 두루뭉술한 것으로 명확화, 정보화, 추출, 부족한 에너지 강화, 에너지에 견딜 사용자 강화, 현상 구현화, 고정화 등등의 복잡기괴한 과정을 거쳐야만 했다.

"……응. 나침반처럼 하지메의 생성 마법을 물건에 부여도 해야 해."

"그래. 유에의 마법 제어 능력과 내 연성…… 호흡을 맞춰 세계를 뛰어넘기 위한 개념을 부여해 아티팩트를 만들어야 해."

"불가능하지는 않다는 건가요?"

시아의 질문에 하지메는 표정을 180도 바꾸어 당당하게 웃어 보였다.

"당연하잖아? 무슨 일이 있어도 성공할 거야. 그러려고 지금까지 발버둥쳤던 거니까."

하지메의 눈동자에 타오르는 불길이 깃든 것처럼 보였다.

가혹한 환경에서 살아남고 간절히 바라던 귀향에 대한 실마리를 잡았다. 여기서 좌절할 수는 없다는 강렬한 의지가 눈에서 번득거렸다.

그것을 본 아이들은 확신했다. 아무리 어려워도 하지메는 반드시 성공한다. 그렇게 생각하자 자연스럽게 향수(鄕愁)가 피어올랐다.

원래 세계에서 보낸 나날과 이세계에서 보낸 나날. 그것들이 모두 머리를 스치고 가슴을 옥죄었다.

하지메는 유에와 마주 보고 고개를 끄덕인 후 천천히 일어났다.

"바로 도전하는 게냐?"

"그래. 설명하다 보니 머리도 정리됐어. 마치 당근이 앞에 매달린 말이 된 기분이야. 시험해 보고 싶어 근질근질해."

하지메가 손바닥에 주먹을 탁 쳤다.

그런 하지메를 진정시키듯 유에가 손을 살며시 잡았다. 작고 우아한 손의 감촉에 하지메는 마음이 금세 가라앉았다. 불필요한 힘을 빼고 적당한 긴장감만 남겼다.

서로에게 미소 짓고 또 조금 달콤한 분위기를 내는 가운데, 스즈가 거북하게 물었다.

"저기, 나구모. 일본으로 돌아가기 위한 마법이 바로 만들어져? 만약 시간이 걸리면 나는 나대로 다른 목적을 하나 이루러 가고 싶은데……."

"아니, 그렇게 오래 걸리지는 않을 거야."

이해도가 높아진 신대 마법을 연습할 시간, 개념을 부여할 대상 준비 및 조정, 의식을 집중하기 위한 시간 등, 첫 시도의 신중함을 감안해도 몇 시간 정도일 거라고 하지메는 말했다.

"준비가 끝나면 금방이고 아마 한 방에 성공할 거야. 돌아가고 싶다는 내 의지가 극한이 아니라고 감히 누가 말할 수 있겠어? 다만, 그걸로 얼마나 힘을 소모할지가 미지수야."

귀향한 뒤 또 소환되어서는 의미가 없었다. 그렇기에 그것을 방지할 개념 마법도 함께 필요했다. 하지만 소모 정도에 따라서는 바로 착수할 수 없을 가능성도 있다. 즉, 일단 시도해 보지 않으면 모른다는 것이 결론이었다.

스즈는 잠깐 고민하다가 납득하고 고개를 끄덕였다.

"그래? 알았어. 그럼 일단 귀환용 마법이 완성될 때까지는 나도 쉴게. 기껏 변성 마법을 얻었으니까 잠깐 연습하고 싶어. 마인령에는 그다음에 갈래. 시즈시즈랑 류타로는 어떻게 할 거야?"

스즈가 향후 방침을 정하고 시즈쿠와 류타로의 의사를 확인했다.

스즈 딴에는 시즈쿠도 마침내 자기 마음을 깨달았으니까 하지메를 따라가지 않을까 생각하여 물은 말이었다. 참고로 류타로에게도 정말 자기와 함께 적진 한복판으로 뛰어들 생각이냐고 다시 한 번 확인했다.

"나는 물론 스즈랑 같이 가."

"나도."

대답은 즉각 나왔다. 망설임은 전혀 없어 보였다. 스즈는 류타로에게 고맙다며 명랑한 웃음을 보인 뒤 이번에는 반대로 조심스럽게 시즈쿠를 봤다.

"시즈시즈, 정말로 괜찮아? 기껏⋯⋯."

"무슨 소리야. 그거랑 이건 별개잖아. 바보 두 명에게 스즈를 맡길 순 없지. 게다가 어차피 그렇게 오래 있지도 않을 거지? 목적을 이루면 바로 도망쳐서 나구모랑 합류할 테니까 외롭진 않아. 게다가 나도 에리에게는 한마디 해주지 않으면 성에 안 차."

시즈쿠는 아무렇지 않게 말하고 어깨를 으쓱였다.

"역시 여자가 반하는 여자! 이 시대의 사나이, 시즈시즈!"

그 말이 진심이라고 깨달은 스즈는 시즈쿠를 칭찬하며 안겼다.

그리고 사나이라는 말을 들은 뒤 이마에 핏줄을 세운 시즈쿠가 머리에 주먹을 대고 돌려서 스즈가 비명을 질렀다.

스즈는 눈물을 머금으며 화제를 돌렸다.

"나, 남은 건 코우키인데⋯⋯."

그 말에 하지메가 고개를 갸우뚱 기울였다. 그리고 방안을 돌아봤다.

"그러고 보니 그 녀석 어디 갔어?"

"방에 없다는 걸 이제 알았구나⋯⋯. 코우키라면 다른 방에서 아직 자고 있어. 눈을 뜨려면 시간이 걸릴 거 같아."

지금까지 코우키를 잊고 있던 하지메에게 아이들이 착잡한 표정을 보였다. 하지메는 물론 무시했다.

"뭐, 그 녀석이야 아무려면 어때. 나와 유에는 지금부터 신대 마법 마법진이 있는 방에 틀어박힐게. 만약 그 사이 아마노가와가 일어나도 방해하지 못하게 잘 지켜."

"……아무리 그래도 집에 돌아갈 도구를 만드는데 설마 그러기야 하겠냐?"

류타로가 당황하면서 반론했다.

하지메는 재반론하지 않고 어깨를 으쓱였다.

"그럼 좋은 거고. 작업 중에는 우리도 여유가 없을 거 같으니까 노파심에 하는 말이야."

"맡겨주세요, 하지메 씨. 도와드릴 수 없는 대신 아무도 방해하지 못하게 할게요."

"그래. 너만 믿을게, 시아."

"……시아가 있으면 괜찮아."

시아는 당당하게 가슴을 펴고 자신만만하게 선언했다. 믿음직한 말과 태도에 하지메와 유에도 전폭적인 신뢰를 보내며 미소 지었다.

일행은 다시 신대 마법 마법진이 있는 방으로 향했다.

문 앞에서 하지메와 유에는 남은 일행의 배웅을 받으며 중후한 문 안쪽으로 사라졌다.

그로부터 약 두 시간 후.

"괜찮을까?"

거실에 스즈의 걱정스러운 목소리가 울렸다. 눈은 허공을 헤맸고 주어가 빠진 말은 의미가 불분명했다.

그래서 스즈 옆에 앉은 카오리가 솔직하게 물었다.

"스즈, 뭘 걱정하는 거야?"

"음…… 전부. 또 나구모랑 언니가 쓰러지진 않을까, 정말로 집으로 돌아갈 수 있을까, 코우키는 괜찮을까……. 이제부터 갈 마인령도 걱정이고……."

쉬고만 있자니 할 일이 없어서 이런저런 생각이 드는 모양이었다.

"괜찮아. 하지메는 언제나 어떤 난관이든 극복하는 사람이고 곁에 유에가 있으면 불가능도 가능하게 만드니까."

"카오링……."

"게다가 코우키의 문제는 코우키 본인이 해결해야 해. 물론 가능한 한 범위에서 힘이 되어줄 거지만. 에리는…… 일단 돌격하고 보자! 그것 말고 방법이 없으니까 생각해도 지칠 뿐이야."

강단이 있다고 해야 할지 무식하다고 해야 할지 모를 격려에 스즈는 무심코 웃음을 터뜨렸다.

"카, 카오링…… 푸풉, 너무 저돌적이잖아. 나구모한테 완전히 옮았어."

"아니야, 스즈. 카오리는 옛날부터 한번 정하면 대개 돌격하는 성격이었어. 카오리가 뭔가를 결단하면 열에 아홉은 돌격으로 귀결돼."

"스즈도 시즈쿠도 너무해. 그럼 내가 꼭 류타로랑 똑같다는 말 같잖아……."

"야, 카오리. 왜 나랑 똑같다는 게 너무한 말이냐? 사람 은근슬쩍 깔보네, 이 녀석."

자연스럽게 욕먹고 떨떠름해 보이는 류타로를 무시한 카오리는 조금 삐쳐서 입술을 내밀었다. 그러나 바로 표정을 고치고 주먹을 강하게 쥐어 스즈를 똑바로 바라봤다.

"아무튼 에리는 어떻게 하면 될지 모르지만, 적어도 손대지 못하게 나도 따라갈게. 정 안 되면 닥치는 대로 분해해서 혼란에 빠진 틈에 도망치면 돼."

카오리가 또 무서운 소리를 했지만 아이들은 다른 말에 정신이 팔렸다. 놀라서 눈만 깜빡이던 스즈가 조심스레 확인했다.

"저, 저기, 카오링도 같이 와줄 거야?"

"물론이지. 스즈를 내버려 둘 순 없잖아."

"그래도 나구모는……"

"그 이유도 시즈쿠랑 똑같아. 잠깐 떨어져 있는 정도는 괜찮아. 게다가 재소환 방지용 아티팩트를 만들거나 뮤랑 레미아 씨를 데리러 가는데 내가 도울 일은 없으니까. 그렇다면 스즈를 지키는 게 내가 할 일이라고 봐."

"우우, 카오링…… 착혀, 젊은 애가 참 착혀. 고마우이."

"스즈, 왜 갑자기 사투리야?"

카오리의 말에 스즈는 과장되게 눈가를 훔치고 농담처럼 고마워했다. 진지하게 대답하기가 조금 쑥스러운 탓이었다.

지구의 아이들을 흐뭇하게 바라보던 티오가 말문을 열었다.

"카오리가 있으면 그쪽은 괜찮겠구먼. ……흠, 주인님이 살던 세계로 가기 전에 나도 한번 돌아갔다 와야겠구나. 임무를 띠고 나왔던 거니까."

"아, 그러고 보니 티오 씨는 일족의 밀령을 받고 왔었죠? 방금 하지메 씨가 말하기 전까지 그 설정을 아예 잊고 있었어요."

"설정이라고 하지 말거라……."

티오가 살짝 슬픈 표정을 지었다.

"시아. 너도 가족과 만나야 하지 않겠느냐?"

"그래야죠. 그래도 전 그쪽에 공간 전이용 아티팩트가 있으니까 바로 갈 수 있어요. ……그러고 보니 티오 씨 고향은 북쪽 산맥 지대를 넘어— 대륙 밖에 있는 외딴 섬 아니었나요?"

시아가 기억을 뒤지며 고개를 갸웃거렸다. 이 세계를 떠나기 전에 티오도 가족과 작별 인사를 나눌 기회가 있었으면 하지만, 너무 멀면 시간을 오래 잡아먹을 가능성도 있었다.

"분명히 그렇긴 하지……. 출발 전에 주인님에게 끝내주는 ^{사랑}벌을 받으면 어떻게든 될 게야. 속도가 배로 늘어날 테니까! 돌아올 때는 게이트를 쓰면 되고!"

"……만신창이가 돼서 돌아온 동포가 왠지 황홀한 표정을 짓고 있으면…… 충격적이겠네요. 가족분들이 놀라지 않으면 좋으련만."

티오가 하지메에게 사랑의 매를 맞을 상상을 하면서 기분 나쁘게 웃자 시아뿐 아니라 다른 사람도 살짝 거리를 뒀다.

알고는 있지만 기분 나쁜 건 어쩔 수 없다.

그런 기분 나쁜 티오를 보게 될 용인족 일동의 심경은 어떨까. 위풍당당, 봉자옥골이라는 말이 어울리던 공주님이 변태가 돼서 돌아오다니…….

"비극이야……."

"충격받아서 죽는 사람이 나올지도 몰라……."

"카오링. 나는 괜찮으니까 만약을 위해 티오 씨를 따라가는 게 좋지 않을까? 용인족 사람들을 소생시킬 수 있게……."

"나구모 녀석, 정말로 책임져야 해. 직접 사과하러 가야 된다."

"너희도 너무하지 않느냐?!"

그렇게 잡담을 나누는데 문득 방 밖에서 인기척이 났다.

천천히 열린 문으로 들어온 사람은 코우키였다.

"다들, 여기 있었어……?"

"어머, 깼어? 몸은 어때?"

시즈쿠는 한순간 코우키의 안색을 살폈다. 그러다 곧 미소 속에 경계심을 숨기고 상태를 물었다. 코우키도 똑같이 미소를 돌려줬지만 그 표정에 그늘이 진 것처럼 보이는 건 분명히 착각이 아닐 것이다.

"괜찮아. 미안, 걱정 끼쳤지?"

"이제 와서 뭘. 무사하면 됐어."

"그래. 다시 일어난 거 보니까 다행이야."

"정말로 다행이야."

아이들은 코우키가 무사하다며 기뻐했다. 코우키는 한 번 더 미소 짓고는 누구를 찾는 것처럼 방안을 둘러봤다. 긴장 때문인지 표정이 딱딱했다. 누구를 찾는지 깨달은 카오리가 애매하게 웃으며 대답했다.

"하지메라면 지금 다른 방에 있어."

"아, 그래? ……폐를 끼쳐서 사과라도 하려고 했는데……."

시련의 방에서 폭주했을 때처럼 하지메를 원망하면서 행패를 부리지는 않을 분위기였다. 정신 상태는 비교적 안정되어 있었다. 군이 말하자면 침착하다기보다 침울한 쪽에 가깝지만…….

"하지메 씨는 딱히 신경 안 쓰실걸요? 더 날뛰지 않으면 사과받을 생각도 안 하실 거예요."

"시아, 씨. ……그럴지도 모르지만, 내가 미안해서……."

코우키는 말끝을 흐렸다. 쓴 물을 억지로 삼킨 것 같은 표정이었다.

실제로 하지메는 코우키의 폭주를 귀찮게 생각했지만 그것만으로 적의를 가지거나 기피하지는 않을 것이고 사과도 바라지 않았다.

가장 우선해서 지켜야 할 것은 카오리의 마음, 둘째로는 시즈쿠의 마음이었다. 살의를 품었다고 해도 지켜야 할 것을 망가뜨리면서까지 일일이 반응할 정도로 하지메는 코우키를 중요하게 여기지 않았다.

그러나 사과가 필요 없다는 것은 자신이 안중에도 없다는 뜻임을 알기에 코우키는 마음이 복잡했다.

"제정신으로 돌아왔나 보네? 아니면 아직 나구모가 우리를 세뇌했다고 생각해?"

시즈쿠가 눈을 살짝 찌푸리고 엄한 말소리로 물었다.

코우키가 무사한 것과 폭주는 별개의 문제였다. 하지메가 살의를 보내는 코우키를 죽이지 않은 이유는 자신들을 위해서였다. 그것을 아는 시즈쿠는 두 번이나 폭주하도록 내버려둘 생각이 없었다.

시즈쿠의 엄한 목소리와 눈빛에서 코우키는 반사적으로 눈을 피했다.

그러나 시즈쿠는 그런 식으로 현실을 외면하려는 코우키를 더는 용서하지 않았다.

"코우키, 눈 돌리지 마."

"으…… 그래. 이제 그런 생각은 안 해. 그때는 정말로 내가 어떻게 됐었나 봐."

코우키는 표정에 그늘이 졌지만 똑바로 시즈쿠를 바라보고 답했다.

시즈쿠는 당분간 물끄러미 코우키를 바라봤다. 눈을 보고 본심을 헤아리려는 심산이었다. 그것은 시즈쿠뿐 아니라 다른 사람도 마찬가지였다.

이윽고, 아직 완전히 안심했다고는 말할 수 없으나 시즈쿠는 일단 이해하고 고개를 끄덕였다.

"그래. 그럼 됐어. ……코우키. 혹시 질문 있어?"

묘하게 어색한 분위기가 흐르기 시작하여 시즈쿠는 분위기를 전환하려고 목소리를 조금 밝게 띄웠다.

시즈쿠의 심정이 전해졌는지 코우키는 살짝 쓴웃음을 흘렸다. 그리고 자신이 기절한 뒤 상황을 물었다.

시즈쿠는 코우키 외 전원이 대미궁 공략에 성공한 것, 하지메와 유에가 개념 마법이라는 비기를 얻었다는 것, 현재 귀환용 아티팩트를 제작하느라 다른 방에 틀어박혔다는 것을 전했다.

소파에 끝에 걸터앉아 묵묵히 귀를 기울이는 코우키의 표정에는 특별한 변화가 보이지 않았다. 그러나 혼자만 대미궁을 공략하지 못했다는 사실에 마음이 편안할 리 없다는 것도 쉽게 상상할 수 있었다.

그리고 코우키가 가장 묻고 싶지만 물어도 될지 고민하고 있다는 것도 소꿉친구인 시즈쿠는 뻔히 알았다.

그것은 코우키가 폭주한 원인이자 코우키가 시즈쿠의 설득을 무시하고 자의적으로 해석했던 점이기도 했다.

시즈쿠는 코우키가 묻기를 기다렸지만 코우키의 태도를 보아 묻지 않고 넘어갈 공산이 크다고 보고 스스로 사실을 전했다.

"코우키. 나 나구모를 좋아하게 됐어. 걔가 날 한 명의 여자로 봐줬으면 해."

"……."

시즈쿠의 고백에 코우키의 표정이 순간 구겨졌다. 아무리 꾸미려고 해도 소용없었다. 쭉 곁에 있던 친구가 직접적으로 전한 말은 역시 코우키에게는 인정하기 힘든 현실이었다.

코우키는 시즈쿠가 하지메에게 업혀 나타났을 때가 떠올랐다. 진심으로 안심해 잠든 그 행복한 얼굴이 뇌리를 스치자 가슴을 쥐어뜯고 싶은 기분이 울컥 치밀었다.

코우키는 그 감정을 간신히 눌러 넣고 애써 냉정하게 말했다.

"그럼…… 이제부터 나구모를 따라갈 거야? 나구모는 진심으로 좋아하는 사람이 따로 있고 카오리도 있는데? ……시즈쿠, 다시 생각하는 게 낫지 않아? 다 너를 생각해서—."

시즈쿠가 조용히 고개를 젓고 코우키의 말을 잘랐다.

"코우키. 난 딱히 네 의견을 바란 적 없어. 난 그냥 보고하는 거야. 네 친구로서."

"……."

단호한 말투에 코우키는 벌레를 만 마리는 씹은 것 같은 표정으로 입을 다물었다.

은근슬쩍 동조해주길 바라며 류타로와 스즈, 그리고 친구와 연적이 될 순 없지 않느냐는 의미를 담아 카오리를 돌아봤다.

하지만 세 사람에게서 돌아온 것은 조용한 긍정의 표정이었다. 물론 긍정하는 쪽은 시즈쿠의 말과 마음이었다.

자신에게 동조해주는 사람은 없다…….

코우키의 얼굴에서 감정이 사라져 갔다.

아무리 발버둥쳐도 이 원치 않는 현실을 피할 수 없다고 이해했다. 뜻대로 되지 않는 답답함, 초조함, 질투, 증오, 분노 등의 악의가 배출구를 찾아 헤맸다.

하지만 감정대로 날뛸 수는 없었다.

날뛴 결과가 지금 이 꼴이니까.

뭔가 큰 계기라도 없는 한 당장 폭발하지는 않을 것이다.

그러나 어둡고 탁한 감정이 마음속에 고여 있는 것은 일목요연했다.

결국 코우키 본인이 극복해야만 하는 문제지만 아이들은 어떻게 할 방법이 없을까 서로를 돌아봤다.

그런 친구들의 배려조차 지금 코우키에게는 자신을 불쌍하게 여기는 것 같아 거슬렸다.

갈 곳 없는 감정은 폭발하지 않는 대신 빈정거리는 말이 되어 배출되었다.

"하하, 다 그 녀석 편이네. 사람을 쉽게 죽이고 쉽게 버리는 인간인데……."

"코우키!"

시즈쿠가 자기도 모르게 언성을 높였다. 시아와 티오의 눈이 살며시 가늘어졌다. 카오리도 걱정하던 표정이 굳었다.

그것을 눈치채지 못하고, 만약 눈치챘어도 어린아이 같은 정신을 주체하지 못했겠지만 결국 말해 버렸다.

"이럴 거면 그 때, 다리에서 내가 떨어질 걸 그랬―?!"

누구에게나 지나치게 무신경하고 분별없는 말이었다.

그래서 그 사건으로 가장 큰 마음의 상처를 얻은 소녀― 카오리에게 직접적으로 막히고 말았다.

짝! 요란한 소리를 내며 카오리의 손이 코우키의 뺨을 때렸다.

멍하게 뺨에 손을 얹는 코우키에게 카오리는 때린 손도 내리지 않은 채 분노와 슬픔이 섞인 표정으로 말했다.

"……난 코우키를 소중한 친구라고 생각해. ……그러니까…… 싫어하게 만들지 마."

"……카, 오리."

코우키는 말을 잃었다. 뺨과 함께 말까지 맞고 날아간 것처럼. 카오리의 표정이 망막에 새겨져 떨어지지 않았다. 그래도 무슨 말이든 해야 한다고 생각해 입을 열었고……

그 순간, 폭풍이 불었다는 착각이 드는 방대한 마력이 벽을 투과해 퍼졌다. 『충격 변환』도 하지 않을 텐데 몸속 마력이 반응해 충격을 느낄 정도의 압도적 마력이었다.

"이건…… 하지메 씨! 유에 씨!"

잘못 느낄 리 없는 홍색과 금색 마력. 시아가 단숨에 방을 뛰쳐나갔다.

지금까지 하지메가 아티팩트를 만들면서 이런 일은 없었다.

마력 파동은 맥동하듯 연속해서 퍼져 나갔다.

뭔가 심상치 않은 일이 일어났다고 생각하는 게 자연스러웠다. 달려 나간 시아를 보고 정신을 차린 일행도 급히 방에서 나갔다.

마법진이 있는 방으로 다가갈수록 마력 파동은 강해지고 밀도가 높아졌다.

마치 대형 태풍 한복판에 선 기분이었다. 방심하면 휘몰아치는 마력에 의식이 날아갈 것 같았다.

그래도 일행은 어떻게든 마법진이 있는 방에 도착했다.

시아가 먼저 들어갔는지 방문이 열려 있었다.

일행은 휘몰아치는 마력 때문에 얼굴을 가린 뒤 결의를 다지고 안으로 돌입했다.

그곳에 펼쳐진 것은…… 홍색과 금색의 마력이 나선이 되어 휘몰아치는 광경.

그리고 그 중앙에서 무릎을 꿇고 마주 앉은 하지메와 유에였다.

두 사람은 눈을 감고 미동도 하지 않은 채 서로 손을 잡고 있었다. 그 손바닥에 감싸여 푸르스름한 빛을 내는 결정— 신결정과 여러 광석이 보였다.

"시, 시아! 이건 대체……."

"모르겠어요. 그래도 일단 두 사람에게 무슨 일이 있지는 않았나 봐요."

시아가 토끼 귀를 파닥거렸다. 하지메와 유에의 심장 소리라도 들었는지 안도하는 기색이었다. 주변의 소란과 관계없이 두 사람은 무척 차분한 상태였다.

카오리와 나머지 일행도 폭풍 중심에 있는 하지메와 유에를 봤다.

분명히 무척 차분했다. 차분하며, 그리고 극도로 집중한 것 같았다.

사람들이 들어온 줄도 모르는 것 같았고 이마에서는 비지땀이 쏟아지고 있었다. 지금 이 순간, 개념 마법을 창출하고자 전력을 다한다는 것이 느껴졌다.

"……괜찮다면 나가는 게 좋겠어."

시즈쿠가 안도의 한숨을 쉬면서 말했고 다른 이들도 수긍했다.

"그게 좋겠구나. 우리 때문에 실패하면…… 벌을 받을 게야~."

"티오 씨, 그걸 기쁘게 말하면 안 되죠."

목소리를 죽이고 방해가 되지 않도록 살며시 문 쪽으로 물러났다.

그런 가운데 코우키만은 빤히 하지메를 보고 있었다.

그 눈동자에 감정은 보이지 않았다. 하지만 그것이 오히려 격정을 억누른 것 같아 몹시 위태롭게 보였다.

"코우키."

시즈쿠가 이름을 불렀다. 하지만 코우키는 반응하지 않았다. 오히려 한발 더 앞으로 나가려고 했다.

"코우키!"

"……!"

시즈쿠가 냉큼 코우키의 팔을 붙잡았다. 손에 힘을 주며 코우키를 똑바로 쳐다봤다.

코우키는 그 시선에 마치 겁먹은 듯 동요하며 앞으로 뻗으려던 다리를 뒤로 한걸음 물렸다.

그 직후였다.

"……! 이게 뭐죠?!"

"여, 영상?"

"어두운…… 동굴?"

일행 앞에 갑자기 어떤 풍경이 떠올랐다.

마치 안개를 스크린 삼아 영상을 비추듯 고밀도 마력광이 매개체가 되어 단편적인 영상이 흘러갔다.

영문 모를 상황에 모두 방을 나가려다 말고 영상에 집중했다. 스즈가 조용히 중얼거렸다.

"분위기가, 오르크스 같아……."

"그렇구먼. 녹광석 빛이 비치는 거대한 동굴이라고 하면 오르크스 대미궁이지."

스즈의 추측에 티오가 동의했다.

어스레한 녹색 빛이 비춘 동굴이라고 하면 분명히 녹광석 광맥을 파서 만든【오르크스 대미궁】일 것이다.

하지만 스즈가 그렇게 단언하지 못하는 이유는 비친 동굴의 풍경이 그녀가 아는, 어느 정도『구조물』다운 형체를 유지한 표층 미궁과 달리 몹시 천연적이기 때문이었다.

인간의 손을 타지 않은 천연 동굴. 그리고 폭이나 높이도 아이들이 아는 오르크스와는 너무 달랐다.

일행은 더 당황할 뿐이었지만 영상이 흘러가면서 그 정체를 깨달았다.

─점점 어두운 동굴 안쪽으로.

─거대한 사거리.

─흰 털과 비대한 뒷다리, 몸에는 혈관처럼 검붉은 선이 난 토끼 마물.

그 순간 붉은 마력을 통해 강한 감정이 일행에게 전달됐다.

"이건…… 불안인가요? 그리고 초조."

"공포도 느껴져. ……이 영상은, 기억이야."

"아마 주인님이야. 이야기로 들었던『나락』이란 곳의 기억이 겠구먼."

일행의 추측은 옳았다.

영상과 함께 마법진 방을 채운 마력에서 감정이 전해졌다. 평생 본 적 없는 기괴한 마물을 앞에 두고 흘러넘치는 불안, 초조, 공포.

어떤 이유와 원인으로 이런 사태가 벌어졌는지 모르지만 적어도 눈앞에 보이는 영상과 느껴지는 감정이 하지메의 기억에서 나왔음을 알 수 있었다.

나락에서 겪은 일은 유에와 만난 뒤 사건을 빼면 하지메가 거의 이야기하지 않았다. 이미 끝난 일이며 고생이나 불행을 자랑할 성격이 아니니까.

그래서 일행은 자신이 모르는 하지메의 과거를 알 기회라고 한순간의 눈빛 교환으로 의사소통을 마친 뒤 만장일치로 이 자리에 남았다. 그리고 구멍이 뚫릴 정도로 진지하게 영상을 응시했다.

좋아하는 사람의 현재를 형성한 시발점을 알 수 있다는데 퇴실할 리 없었다. 류타로와 스즈, 코우키도 관심이 있는지 영상에 집중했다.

그런 그때, 누가 앗 소리를 냈다. 영상 속에서 범상치 않은 분위기를 내는 토끼 마물이 번개같이 돌진해 왔다.

"하지메 씨!"

"하지메!"

시아와 카오리가 무심코 경고인지 비명인지 모를 소리를 질렀다.

그 동안에도 영상은 어지럽게 움직여 붉은 마력에서 전해지는 공포와 초조함은 팽창해 갔다.

발차기 토끼가 하지메를 가지고 놀았다. 끝내는 왼팔까지 부러지고 격렬한 고통과 공포가 얼굴에 번졌다. 시아와 티오는 이를 악물면서도 믿어지지 않는다는 표정을 지었고 카오리와 아이들은 안타깝게 얼굴을 찌푸렸다.

"어떻게…… 하지메 씨가, 이렇게 일방적으로……."

"이게 우리가 알던 나구모야. 싸울 힘은 거의 전무했어."

영상이 순간 끊겼다. 하지메가 이제 죽었다고 생각해 눈을 질끈 감은 탓이었다.

하지메가 느끼는 죽음의 공포가 전파되는 가운데, 다시 영상이 흘러갔다. 그곳에는 발차기 토끼가 있었다.

발차기 토끼의 시선을 더듬어 올라간 시야에는 거대한 흰색 곰이 있었다.

한눈에 알았다. 사람과도, 발차기 토끼와도 격이 다른 괴물이라고…….

그것을 증명하듯 영상 속에서 하지메를 괴롭히던 발차기 토끼는 허무하게 두 동강 나고 하지메가 보는 앞에서 피를 뿌리며 잡아먹혔다.

발톱 곰의 안광이 영상 너머 일행을 쏘아봤다.

지금 그들에게는 발톱 곰의 안광 정도는 두려울 것도 없었다.

그런데도 그 눈이 적이 아닌 식량을 보는 눈임을 깨닫자 하지메가 품은 근본적인 공포도 전해져 얼떨결에 몸이 떨렸다.

그 후 일어난 일은 하지메를 사랑하는 소녀들에게 너무나도 비참한 광경이었다.

궁지에 몰려 왼팔을 뜯기고 눈앞에서 그걸 씹어 먹혔다.

자신을 보는 안광은 여전히 식량을 보는 그것이었고, 뿜어져 나오는 피와 서서히 형태를 잃어 가는 자신의 팔이 현실을 강제로 부각시켰다.

들릴 리 없는 절규가 마력 파동에 실려 전해졌다.

인간이라는 종족에게 향할 리 없는 눈빛과 실제로 신체 일부를 씹어 먹히고 무너져 내린 공포와 고통.

체면도 자존심도 없이 공포의 화신에게서 그저 1밀리미터라도 멀어지고 싶어 죽을힘을 다해 구멍을 파서 기어들어 갔다.

이제 보이는 것은 어둠뿐이었다. 전해지는 감정은 포화되어 정확히 알 수 없었다.

그저 하지메가 울며 소리치고 그마저도 서서히 약해져 가는 것만이 전해졌다. 생명의 등불이 서서히 꺼져 가는 광경이 연상되었다.

"하지메 씨……."

시아가 입술을 일자로 다물고 눈물을 흘렸다. 카오리와 시즈쿠, 스즈는 손으로 입을 가리고 마치 자신이 고통을 느끼는 것처럼 떨었다. 티오는 터질 것 같은 격정을 필사적으로 참는지 지금은 눈을 감고 있었다.

곧 암전된 시야가 돌아왔다.

영상 속에서 하지메는 자신이 살았다는 사실에 의문을 품고 무언가에 인도되듯 벽을 따라 들어갔다.

그리고 그곳에서 물방울이 떨어지는 신비한 결정과 만났다. 신결정과 신수였다.

하지메는 그것을 마시고 부서진 마음을 끌어안아 어두운 동굴 속에서 몸을 웅크렸다.

도움을 바라면서…….

그곳부터는 기억이 불분명한지 영상이 뚝뚝 끊겼다. 그러나 대신 전해지는 감정은 격렬함과 밀도를 늘려갔다.

아무리 도움을 바라도 누구 한 명 부응해주지 않는 압도적인 고독.

자신의 존재마저 삼킬 것 같은 암흑.

정신이 나갈 것 같은 배고픔.

신경을 직접 줄칼로 갉아 내리는 듯한 환지통.

몇 날 며칠 동안 고문 같은 고통에 견뎠다.

죽은 사람처럼 누운 채 곧 자연스럽게 죽음을 바라게 됐다. 하지만 복용한 신수가 죽음마저 허락하지 않았다.

살고 싶다, 죽고 싶다, 살고 싶다, 죽고 싶다. 망가진 라디오처럼 중얼거리면서 새까맣게 물들어 가는 마음으로 자문자답을 반복했다.

갈 곳 없는 감정은 반 친구에 대한 증오를 낳고, 이 세상의 부조리함을 저주하고, 이내 마음을 완전히 붕괴시켰다.

그러나 한번 무너진 마음은 거기서 멈추지 않았다. 불필요한 감정을 깎아 내고 삶에 대한 갈망과 그것을 방해하는 존재에 대한 살의를 거름으로 다시 만들어져 갔다. 마치 작열하는 용광로에 녹인 강철이 삼라만상을 가를 칼날로 거듭나듯이…….

하지메가 움직이기 시작했다.

그 시야는 신수가 고인 웅덩이로 향했다. 벌레처럼 기어 개처럼 핥았다. 배고픔과 환지통은 그대로인데 몸의 활력만 돌아왔다. 수면에 비친 하지메의 얼굴은 이미 다른 사람이었다.

살의로 번들거리는 안광과 함께 하지메는 구멍을 빠져나왔다.

단 하나뿐인, 무기라고도 부르기 힘든 무기— 연성을 구사해서 마물을 사냥한다.

그리고—.

"이, 이게, 그 모습이 된……."

"듣긴 했지만…… 장난 아니군……."

코우키와 류타로의 표정이 더 딱딱해졌다.

마물의 생살을 물어뜯어 손과 옷이 피투성이가 되고, 보이진 않지만 얼굴도 피와 살로 더러워졌을 하지메의 모습은 정말로 괴물이라고밖에 표현할 수 없었다.

다시 말이 되지 못한 절규가 전해졌다.

그 고통이 어느 정도인지 상상도 되지 않았다. 연신 바닥에 머리를 박으며 몸부림치는 하지메의 몸은, 시야에 가끔 들어오는 범위만 봐도 붕괴와 재생을 반복하고 있었다.

너무나 처절한 광경이었다.

전파되는 고통의 폭풍은 인간의 허용 한계를 우습게 뛰어넘었다.

보는 사람의 이성을 깎아 내리는 지옥 같은 장면이었다.

퍼뜩 티오가 혼백 마법을 사용해 일동을 보호하지 않았다면 몇 사람은 정신을 잃었을지도 모른다.

모두 창백해져 말을 꺼내지 못했다. 류타로는 견디다 못해 눈을 돌렸고 스즈는 구토를 참느라 고역을 치렀다.

이윽고 변모가 끝나고 그 모습이 피 웅덩이와 바닥에 흘린 신수에 비쳤다.

그곳에는 지금과 같은 모습을 한 하지메가 있었다. 더욱 삶에 대한 집념과 살의에 들끓으며 강인한 육체와 새로운 힘을 얻은 지금의— 나락의 괴물……

그 후 하지메는 대장장이라면 대부분 가지는 흔해빠진 천직, 연성사의 힘과 이세계의 화약 원료를 사용해서 정신이 아득해질 정도로 시행착오를 반복해 병기를 생산해 냈다. 그리고 자신의 마음을 한번 부숴 버린 발톱 곰에게 자신은 싸울 수 있다고 증명하기 위해 도전했다.

격전 끝에 발톱 곰을 정복한 하지메는 그때 자각했다.

자신의 마음 깊은 곳에서 올라오는 진짜 갈망을…….

그건 바로…….

—돌아가고 싶다.

그 마음에 호응하듯 방을 채운 마력이 맥동했다.

휘몰아치던 홍색과 금색 마력이 한 점으로, 하지메와 유에 곁으로 집중됐다.

—돌아가고 싶다.

그 소망은 무척 순수하고 눈 녹은 물처럼 맑았다.

감명받은 것처럼 일행은 가슴을 부여잡았다.

붉은 마력은 멈출 줄 모르고 찬란하게 빛났고 그 빛을 받치듯 금색 마력이 곁을 따랐다. 반짝이며 서서히 차분하게 돌아가는 마력 흐름은 곧 천천히 두 사람 주위를 돌기 시작했다.

그것은 마치 은하를 보는 것처럼 신비로웠다.

—고향으로 돌아가고 싶다.

조용하지만 누구나 흔들릴 수밖에 없는 압도적인 마음이 온몸으로 스며들어 퍼졌다.

영상 속 하지메는 한번 고개를 위로 들고 조용히 눈을 감았다. 자기 안에서 마음과 각오를 확인하는 것처럼……

다음으로 눈을 떴을 때, 그 눈동자에 있던 것은—.

말 그대로 『극한의 의지』였다.

하지메가 걸어갔다. 나락 아래로. 어둡고 끝이 없는 어둠 속으로. 망설임 없이……

영상을 비추던 마력광은 하지메와 유에 주위를 도는 마력 소용돌이로 빨려 들어가 합세했다.

시아와 카오리, 그리고 티오와 시즈쿠는 눈물을 흘리고 있었다.

도저히 말로는 표현할 수 없는 감정의 파도가 가슴속을 때렸다.

하지만 그 얼굴에는 미소가 떠올라 있었다. 사랑하는 사람이 절망에서 일어나 지옥에서 기어 올라온 강인함이 마냥 자랑스러웠다.

스즈와 류타로는 압도되어 멍하게 바라볼 뿐이었다.

동시에 상대가 되지 않을 만하다며 이해한 표정도 지었다.

자신들도 상당한 역경을 겪었다고 생각했지만 그래도 멜드를 필두로 경험 많은 기사단이 언제나 보조해줬다. 무엇보다 사기급 능력을 가진 동료들이 함께였다.

과연 단 홀로 그 많은 고난을 극복하고 나락에서 올라올 수 있을까? 상상한 뒤 고개를 저었다. 지금 본 광경조차 시작에 불과했다. 도저히 견딜 자신이 없었다.

그리고 코우키는―.

힘이 빠진 것처럼 공허한 눈으로 허공을 보고 있었다. 그 가슴속에 방금 자신이 나락에 떨어졌어야 했다는 말이 스쳐 지나갔다.

지금 이 순간까지 코우키는 하지메의 힘을 비겁하다고까지 생각했었다. 시즈쿠에게 상상도 못 할 경험을 했을 거라는 말을 들어도 실감은 전혀 들지 않았고 그냥 나락에 떨어져서 쉽게 힘을 얻어 기고만장하게 설치는 녀석이라고 진심으로 생각했었다.

하지만 하지메의 발자취는 코우키의 생각을 가볍게 일축할 정도로 처절했음을 알아 버렸다.

'……돌아가고 싶다, 라…….'

속으로 중얼거렸다.

자신은 과연 그렇게까지 귀향을 바라는지 의문이 들었다.

동시에 남들이 바라는 대로 용사답게 사람을 구하겠다고 공언한 자신이 하지메에 비해 너무나도 얄팍하게 느껴졌다.

'아, 아니야. 나는 안 틀렸어. 나구모의 마음은 이해하지만…… 그래도, 그렇다고…… 나한테서 모든 걸 빼앗아 가서…….'

불쑥 튀어나온 자기 부정을, 마음속으로 변명해 억지로 떨쳐냈다.

그러는 사이 하지메와 유에에게 변화가 나타났다.

두 사람이 포갠 손이 꽃이 피듯 벌어지고 그곳에 있는 신결정과 광물이 선명한 붉은 마력에 싸였다. 광석들은 서서히 형태를 바꾸거나 융합해 소용돌이치는 주위 마력을 빨아들였다. 그것은 틀림없이 연성이 이루어지는 증거였다.

카오리가 소매로 눈물을 닦고 고개를 갸웃거렸다.

"저건…… 열쇠야?"

카오리 말대로 그것은 열쇠였다.

손잡이 부분에 작은 정십이면체 보석이 달렸다. 색은 반투명하며 선명한 붉은색. 그 속에 별 가루를 뿌려 놓은 듯 금색 입자가 고루 퍼져 반짝였다.

비유하자면 루비로 만든 예술적인 앤티크 키였다.

줄곧 눈을 감고 있던 하지메와 유에가 마침내 살며시 눈을

떴다.

어렴풋이 뜬 눈은 아무것도 보이지 않는 것 같기도, 동시에 두 사람에게만 보이는 무언가를 응시하는 것 같기도 했다. 엄숙하고 신비로운 분위기에 모두 마른침을 삼키는 소리가 들렸다.

그 직후, 두 사람의 입술이 움직였다.

조그맣게 열린 입에서 나온 말은……

"""『원하는 곳으로 가는 문을 연다』"""

겹친 목소리가 축복의 종소리처럼 맑은 음색으로 메아리쳤다.

그 순간 항성 같은 빛이 두 사람을 중심으로 솟아올랐다.

한 번 잠잠해졌던 은하의 흐름은 흡사 초신성 폭발이라도 일으킨 것처럼 방을 홍색과 금색 빛으로 물들이고 그 자리에 있는 모든 사람의 의식까지 뒤덮었다.

폭발적인 빛에 강대한 의지가 담겼던 것일까?

그 여파를 몸으로 받은 이들은 잠시 의식이 떠밀려 간 것처럼 정신이 몽롱했지만 간신히 쓰러지기 전에 정신을 되찾았다.

어쩌면 빛 자체가 흩어져 사라진 덕분인지도 몰랐다.

살짝 휘청거리면서도 다시 자세를 잡은 일행은 섬광이 걷힌 그곳에서 아름다운 광채를 봤다.

홍색과 금색 빛을 남김없이 담아낸 반투명한 열쇠.

그것이 바로 하지메가 갈구해 마지않던 물건이었다.

―개념 마법식 전이용 아티팩트 크리스털 키.

"앗, 하지메 씨! 유에 씨! 괜찮으세요?!"

시아가 정신을 차리고 허둥지둥 달려갔다.

크리스털 키 옆에는 하지메와 유에가 손을 잡은 채 쓰러져 있었다. 다른 일행도 시아보다 조금 늦게 달려갔다.

"카오리 씨, 어떤가요?"

바로 쫓아온 카오리에게 시아가 걱정스레 물었다.

잠깐 침묵을 둔 후, 카오리의 심각한 표정에서 힘이 빠지는 것이 보였다.

"……응, 괜찮아. 그냥 정신을 잃었나 봐. 원인은 마력 고갈이야."

카오리의 진찰에 모두 어깨에 들어간 힘을 뺐다. 그 동안에도 카오리는 마력 양도 마법으로 두 사람에게 마력을 나눠줬다.

하지메와 유에는 불과 몇 초 만에 신음하며 눈을 떴다.

"으응? ……어떻게 됐어?"

"……응, 아티팩트는?"

머리를 흔들며 일어난 하지메와 유에에게 카오리가 상황을 설명하고 크리스털 키를 건넸다.

"마력 고갈로 쓰러졌어. 마력을 나눠줬으니까 이젠 괜찮아. 아티팩트는 내가 봐도 잘 모르겠지만……."

"그래? 고마워, 카오리. 마력 고갈로 쓰러지는 게 얼마만이지? 조절하는 법을 몰라서 일단 전력을 다해 봤는데…… 다음부터는 조정할 수 있겠어?"

"……응, 괜찮아. 대충 감을 잡았어. 개념으로 승화할 정도의 강한 의지를 발현할 수 있을지는 모르겠지만."

하지메는 유에와 대화를 나누면서도 손에 든 크리스털 키를 마안석으로 꼼꼼히 확인했다. 지금까지 제작한 아티팩트와는 비교가 되지 않는 마력이 담겨 마안석으로 보면 마치 빛의 결정체라도 들고 있는 것 같았다.

"……회심의 역작이야. 엄청난 힘이 느껴져. 도월의 나침반과 비슷한 감각인걸."

하지메가 만족스럽게 웃었다.

크리스털 키를 바라보는 눈동자는 유에조차 헤아리기 어려울 만큼 감개에 젖은 것처럼 보였다.

손이 약하게 떨리는 것도 결코 착각이 아니었다.

이 손바닥 위에 놓인 『열쇠』를 얻기 위해 지금까지 여행을 계속했으니까.

크리스털 키는 열쇠 모양을 한 개념의 결정체이자 하지메가 가진 마음의 결정체였다.

유에가 부드럽게 눈웃음 짓고 살며시 손을 포갰다.

"고마워, 유에."

"……응!"

그 『고마워』에는 모든 것이 담겨 있었다.

나락에서 만난 것, 자신을 『인간』으로 머무르게 해준 것, 곁에 있어 준 것, 사랑해준 것, 그리고 지금 이 마음의 결정을 함께 만들어준 것.

그 모든 것이…….

정신을 차리자 바로 옆에서 다른 동료들도 유에와 같은 눈웃음을 짓고 있었다.

하지메는 어쩐지 쑥스러워서 헛기침을 하며 분위기를 바꾸려고 했다.

"한번 시험해 볼까?"

구태여 소리 내서 중얼거리고 『도월의 나침반』을 꺼냈다.

크리스털 키는 거기에 담긴 『원하는 곳으로 가는 문을 연다』는 개념이 게이트 키와 게이트 홀처럼 공간을 연결하는 기점이 없기 때문에 목적지나 거리를 강하게 이미지하지 않으면 공간을 연결할 수 없었다.

바꿔 말하면 나침반이 있는 한 어디든 공간이 이어진다는 말이기도 했다.

머릿속에서 장소를 결정했다.

크리스털 키에 마력을 충전하자 붉은 열쇠가 눈부시게 빛나고 내포한 금색 입자가 생명을 불어넣은 듯 춤췄다.

숨 쉬는 것도 잊게 되는 힘이 느껴졌다.

하지메는 조금 긴장하며 크리스털 키를 바로 앞쪽 공간에 찔렀다.

크리스털 키는 아무런 저항 없이 쑥 들어갔다. 홍색과 금색으로 빛나는 아름다운 파문이 펼쳐졌다.

역시 개념 마법은 여타 마법과는 달랐다. 마력 소비량이 막심했다. 마치 밑 빠진 독에 물을 붓는 기분이었다.

하지메는 미간에 주름을 잡으면서도 눈앞에서 흔들리는 공간을 노려본 뒤 한번 숨을 내쉬고 크리스털 키를 돌렸다. 그러자 파문은 더 밝게 빛나면서 소용돌이를 만들었고, 1초도 되지 않는 시간에 타원형 구멍을 뚫었다.

성공이다.

환희하며 그렇게 말하려던 하지메는—.

"아아앙!"

맞은편에서 들린 여자의 교성에 우뚝 멈췄다. 찰싹찰싹 때리는 소리까지 들려왔다.

모두 무시무시한 심연을 들여다보는 심정으로 완전히 열린 게이트를 들여다봤다.

그곳에는—.

"이 암퇘지가 창피한 줄도 모르고!"

"아아! 캄 님! 역시 시아의 아버지세요! 너무 좋아아아!"

축 늘어져서 황홀한 표정으로 채찍을 맞는 알테나와 채찍질하는 캄이 있었다.

"어버."

시아의 입에서 하얀 연기 같은 것이 튀어나왔다. 영혼일지도 모른다. 카오리가 급히 쑤셔 넣었다. 시아 정도는 아니지만 조금 전과는 다른 의미로 엄청난 광경을 본 일행도 아연실색했다.

그러자 인기척을 느꼈는지 캄이 무슨 일인가 하고 돌아봤고 경악해서 눈이 튀어나올 만큼 커졌다.

"보, 보스?! 왜, 왜 이런 곳에 보스의 게이트가?!"

"네? 아, 시아! 게다가 다른 분들도!"

캄은 엄청나게 당황했고 알테나는 놀라면서도 기뻐 보였다. 간신히 정신을 추스른 하지메와 유에가 차갑게 말을 걸었다.

"미안해, 캄. 재미있는 시간을 방해해서."

"……응. 두 사람이 그런 관계인 줄 몰랐어. 시아, 너무 놀라지 마."

"후후, 동지 알테나. 좋은 주인님을 찾았나 보구나."

"오, 오오오오해입니다요오!"

묘하게 기뻐하는 티오는 무시하고 하지메와 유에의 말에 캄은 제 딸이랑 비슷한 말투로 필사적인 변명에 나섰지만…… 제정신으로 돌아온 토끼 한 마리가 부들부들 떨고 있었다.

몸속에서 치미는 격정이 하늘색 마력이 되어 분출됐다.

흐느적거리며 한발 앞으로 나선 시아는 말없이 드뤼켄을 꺼냈다. 그리고 빛이 사라진 눈동자로 게이트 건너편에 있는 캄과 알테나를 내려다봤다. 철컹 소리를 내며 드뤼켄이 포격 모드로 변했다.

작렬 슬러그 탄 스탠바이!

"자, 잠깐, 시아! 너는 치명적인 오해를 하고 있어! 아빠는 절대로—"

"시아! 캄 님은 멋진 분이에요! 역시 시아의 아버지예요! 잠깐 시아의 개인용품을 구경하려던 저를 이토록 격렬하게! 게다가 힘 조절도 어쩜 이리 절묘하신지!"

캄이 죽자 살자 늘어놓은 변명을 알테나가 싱글벙글 박살

냈다. 캄이 당장 닥치라는 눈빛으로 쏘아보자 알테나가 또 움찔움찔 몸을 떨었다. 아무래도 그녀는 이미 건너선 안 될 강을 건넌 것 같았다.

일단 알테나가 그리움에 못 이겨 시아가 남기고 간 물건을 마음대로 뒤지다가 혼나는 중이라는 사정인 모양이지만······ 확실히 말하겠다.

"캄, 너 제법 즐거워 보이더라?"

"보스?!"

"한 번 죽어야 정신을 차리겠네요, 이 변태들!"

분노한 시아는 더 들을 것도 없다며 방아쇠를 당겼다.

작렬 슬러그 탄이 발사됐다.

하지메는 좋은 곳에 가라고 기도하는 기분으로 묵도한 뒤 총알이 지나간 직후 게이트를 닫았다.

게이트가 완전히 닫히기 직전, 폭음과 「으아아악!」, 「흐아아앙!」 하는 비명이 들린 기분도 들지만 이곳에 그걸 신경 쓰는 사람은 없었다.

"······시아, 기운 내."

"괜찮아, 시아. 저건······ 그래, 잠깐 마가 끼신 거겠지. 분명 방금 일격으로 아버지도 정신을 차리셨을 거야."

"훌쩍, 유에 씨, 카오리 씨, 마음 써주셔서 고마워요. 그래도 우리 아버지는 그 정도로는 안 죽을 테니까 하지메 씨 세계로 가기 전에 숨통을 끊어야겠어요······. 우우, 으깨서 다져 버릴 거예요오."

일단은 친구인 동갑 소녀와 친아버지의 비정상적인 관계를 목격한 마음의 상처는 깊었다. ……아마도.

좌우지간 예상치도 못한 피해를 받았으나, 크리스털 키의 성능 자체는 검증했다. 하지메는 안심 반, 동정 반으로 시아의 토끼 귀를 만졌다.

"으음…… 시아, 캄은 내가 갱생시킬 테니까 울음 뚝 그쳐."

"우으, 하지메 씨~!"

시아는 하지메의 가슴에 뛰어들었다. 토끼 귀가 이런 현실을 인정하고 싶지 않다며 길길이 날뛰었다. 그리고 하지메의 눈을 찔렀다. 하지메는 참았다. 바로 뒤에서 나구모와 티오의 관계와 다를 게 뭐냐고 중얼거리는 스즈의 혼잣말도 들렸지만, 하지메는 참았다.

박살 난 감동적인 분위기에 일동이 뭐라고 해야 할지 모를 표정이었으나 다시 거실로 돌아와 시아가 울음을 그칠 무렵에는 모두 마음을 추스를 수 있었다.

소파에 앉아 한숨 돌렸다. 그리고 전원을 돌아본 하지메는 입꼬리를 올렸다.

"첫 시험이라서 어설픈 부분도 많았지만……."

하지메가 크리스털 키를 들었다.

"돌아갈 수단을 얻었어."

그 순간, 가장 먼저 스즈가 펄쩍 뛰며 기뻐했다. 덩달아 류타로가 주먹을 꽉 쥐고 환희해 포효했고 시즈쿠와 카오리는 환하게 웃으면서 서로를 끌어안았다. 계속 표정이 어둡던 코우키도 이번에는 미소를 지었다.

하지메도 환희와 성취감에 찬 후련한 웃음을 지어 보였다. 그리고 하지메가 웃음을 보이면 유에와 시아와 티오도 기뻐하기 마련이다.

방안은 소소한 축제 분위기였다. 하지메가 이야기를 재개한 건 그로부터 꼬박 30분이나 지난 뒤였다.

"소환 방지용 개념 마법 말인데…… 예상하던 것 이상으로 시간이 걸릴 거 같아."

하지메와 유에는 영혼에서 직접 기력을 모조리 빼앗긴 듯한 피로감이 들었다.

개념을 추출하고 구현하는 신의 기술은 혼백 마법이나 재생 마법으로도 쉽게 치유할 수 없는 피로를 안겨줬다.

지식을 전수하는 것만 해도 모든 대미궁을 공략할 수준의 내구력이 필요하니까 그럴 만도 했다.

회복은 자연 치유가 가장 좋았고 그러려면 시간이 걸린다.

더불어 『극한의 의지』가 말하는 정도는 이해했지만 하지메의 강한 소망으로도 겨우 도달할 수준이었다.

귀환 욕구와 소환 방지 욕구 중 어느 쪽이 강한지는 자명했다.

귀환 욕구와 동등한 수준으로 강한 『극한의 의지』로 승화하기 위해서는 더 구체적이고 명확한 내용이 필요하다고 느꼈다.

이세계에서 마법으로 간섭하지 못하게 하는가. 에히트의 힘만 튕겨 내는가. 소환 마법만 방해하는가.

뮤와 레미아를 데리고 가도 두 번 다시 고향으로 돌아갈 수 없다면 그들이 너무 큰 고통을 감수해야 한다.

시아와 티오도 가족과 만날 수 없다.

그렇다면 이세계간 이동을 방해하는 개념이어서는 안 된다 등등.

"그런 고로 시행착오가 필요해. 뮤를 데리러 가거나 티오가 귀향한 동안 완성되면 좋겠는데…… 가능하다는 보장은 없어."

하지메는 머리를 벅벅 긁었지만 솔직히 아이들에게는 사소한 문제였다.

"그래도 돌아갈 수 있다는 것만으로도…… 정말로…… 대단해. 흐윽, 하지메. 고마워……."

환희 다음으로 이번에는 감동이 밀려왔는지 목소리가 먹먹해진 카오리는 하지메의 손을 강하게 잡았다.

그 『고마워』에도 방금 하지메와 같은 만감이 담긴 것 같았다.

그 영상을 봤기 때문이기도 할 것이다.

살아 있어 준 것, 절대로 포기하지 않은 것, 자신이 위험할 때 달려와 준 것, 몇 번이나 자신을 생각해준 것, 그리고 이렇게 고향으로 돌아갈 수단을 구해준 것.

하지메는 잡히지 않은 반대편 손으로 뺨을 긁적였다. 그리고 잠깐 고민한 후 카오리를 살며시 끌어안았다.

한순간 카오리는 눈을 크게 떴으나 곧 활짝 웃으며 강하게 마주 안고 가슴에 얼굴을 비볐다.

유에도 이번만은 용서한다는 식으로 어깨를 으쓱이고 어리광부리는 카오리의 어깨를 상냥하게 토닥였다.

한편 시즈쿠는 그런 카오리를 조금 부럽게 바라보다가 순간 코우키를 보더니 고개를 저었다. 그러고는 흐뭇한 눈빛만 보냈다. 솔직한 마음으로는 자기도 하지메에게 안기고 싶었지만 코우키의 정신을 불안하게 만들 가능성을 생각해 배려했다.

물론 분위기상 어쩔 수 없다고는 하나, 자신에게 솔직해지겠다고 결심한 터라 나중에 몰래 하지메에게 애정 표현을 하자는 꿍꿍이도 있었다. 수치심이 앞서서 제대로 표현할 수 있을지는 모르겠지만…… 적어도 손 정도는 잡겠다며 소박한 목표를 세웠다.

이미 뺨에 뽀뽀도 감행했으면서 평소에는 참으로 숫기가 없는 시즈쿠였다.

하지메는 그런 시즈쿠의 귀여운 야망이 담긴 눈빛을 보고 속내를 어렴풋이 짐작하면서도 무시한 뒤 앞으로의 계획을 밝혔다.

"일단 우리는 소환 방지용 아티팩트 제작에 착수하면서 폴니르로 뮤를 데리러 갈까 해."

비공정을 선택한 이유는 마력 소비 때문이었다.

앞으로 소환 방지 개념을 창출할 마력과 지구로 게이트를 열 마력이 필요했다. 어느 쪽이건 막대한 마력을 소비할 것이다.

특히 지구까지 게이트를 열려면 하지메가 가진 모든 마력을 쏟아도 턱없이 모자란다. 하지메의 체내 마력보다 적어도 네다섯 배가 요구된다.

그리고 크리스털 키보다 연비가 좋은 게이트 키는 왕도 체류 중에 개발한 물건인지라 【바다 위 마을 에리센】에는 게이트 홀이 없었다.

"그렇다면 그 동안 우리는 마인령에 다녀올게. 힘들게 신대 마법도 얻었겠다, 가능하면 강력한 마물을 데리고 가고 싶은데……."

과연 【빙설 동굴】의 마물을 부려 봤자 얼마나 도움이 될까?

대미궁의 마물은 외부 마물에 비하면 파격적인 힘을 가졌다. 그러나 이곳의 마물은 모두 프로스트 계열이었다. 불 속성이 거의 무효화되는 극한지라면 모를까 다른 곳에서는 약점을 찔리기 쉬웠다. 더군다나 주위 얼음을 이용한 재생력도 기대할 수 없었다.

곰곰이 고민하는 스즈 앞에서 하지메도 잠깐 생각에 빠지더니 게이트 키 하나를 휙 던졌다. 그것을 허둥대며 받은 스즈가 고개를 갸웃했다.

"나랑 유에는 마력이 완전히 회복될 때까지 조금만 더 쉬련다. 그 게이트 키는 페어베르겐에 설치한 게이트 홀로 이어지니까 그 동안 수해 마물이라도 잡아서 강화하는 게 어때? 거기는 기적 조작에 능한 마물이 많으니까 조종해서 강화하면 제법 유용할지도 몰라."

"그렇구나. ……응, 해 볼게. 고마워, 나구모!"

기뻐하며 웃는 스즈에게 하지메는 손을 휘휘 저었다.

그 결과, 하지메와 유에가 개념 마법을 만든 피로를 어느 정도라도 회복하는 동안, 스즈, 류타로, 시즈쿠, 코우키, 그리고 아이들을 걱정한 카오리가 【하르치나 수해】로 가게 되었다. 코우키도 돕는다는 명목으로 따라갔지만 단순히 여기 남아서 하지메와 있기 껄끄럽기 때문일 것이다.

아이들은 바로 출발하여 거실이 단숨에 휑하게 변했다.

참고로 시아와 티오가 남은 이유는…….

티오의 경우 마물을 부리기보다 변성 마법으로 자신의 『용화』를 더 숙련할 수 없을까 시험하는 게 유익하다고 생각해서였다.

그리고 시아의 경우는 하지메와 마찬가지로 변성 마법 적성이 슬플 정도로 떨어지며, 부녀 관계와 최근 생긴 친구와의 우정에 금이 가서 시간을 두고 마음이 진정된 후 만나기 위해서였다. 지금 만나면 충동적으로 둘 다 『납장궁!』이라며 쥐포로 만들어 버릴 우려가 있었다.

그로부터 얼마간 네 사람은 느긋하게 시간을 보냈다.

소파에 몸을 깊이 묻은 하지메의 표정은 여느 때보다도 온화했다. 봄볕을 쬐며 일광욕을 즐기는 것처럼 편안해 보였다.

귀환 수단을 얻었다는 사실이 하지메의 마음에 더 큰 여유를 줬기 때문일 것이다.

길고 가혹한 여행 끝에 하나의 목표를 달성했으니까 당연하다면 당연했다.

시련 내용을 다시 이야기할 때 티오가 자기 이야기를 마무리하고 「벌을 다오!」라면서 뛰어들었을 때도 하지메는 평소처럼 지탄을 먹이지 않고 그대로 품에 안아 등을 부드럽게 탁탁 두드렸다. 이 대응에는 모두 놀랄 수밖에 없었다.

가장 놀란 사람은 티오였다. 경악한 나머지 달라붙은 채로 힘이 쫙 빠져 쑥스럽게 몸을 배배 꼴 정도였다. 시아가 「정체성(변태)을 잃었어요!」라고 소리치자 겨우 정신이 돌아왔다.

"으, 으음, 주인님이 자상해……. 벌을 받는 게 최선이라고 생각했지만, 이건 이거대로 나쁘지 않아. 아니, 아주 행복하구먼. 그만큼 창피하지만."

"티오 씨, 평소부터 그러면 나무랄 데 없이 매력적인 여성인데……."

"……응. 역시 하지메가 책임을 져야 하지 않을까."

새빨간 얼굴로 왠지 소파 위에 꿇어앉아 몸을 꼬는 티오에게 시아와 유에가 씁쓸하게 웃으면서 중얼거렸다.

그런 유에의 발언에는 하지메도 쓴웃음을 지을 수밖에 없었다.

"뭐, 이제 와서 티오가 다른 남자를 주인님이라고 부르면 그건 그거대로 좀 그렇지……."

"허, 허어, 주인님. 그게 무슨 뜻…… 혹시 나도 시아와 같이……."

티오의 눈이 기대로 반짝거린다!

하지메가 정색하고 말했다.

"그런 거 있잖아, 잘 따르던 똥개가 갑자기 손바닥 뒤집고 다른 인간한테 꼬리치면 짜증 나는 거."

"으응?! 설마 여기서 채찍을?! 실컷 잘 대해주고는 단번에 떨어뜨리다니! 이런 사랑스러운 주인님 같으니!"

잡룡은 다시 하지메에게 안겨 가슴에 얼굴을 파묻고 헉헉 댔다. 그리고 하지메가 그것을 아무렇지 않게 받아줬다.

유에와 시아가 함께 생각했다. 둘 다 똑같다고…….

그런 시답잖은 짓을 하면서 한나절이 지났을 무렵.

거실에 게이트가 열리고 아이들이 돌아왔다.

그들은 대형 호랑이나 늑대, 뱀 등 수해 안에서도 상위에 속하는 마물을 줄줄이 달고 나타났다. 마물 조련에 무사히 성공한 모양이었다.

그 후 휴식과 종마 강화에 한나절을 더 투자했다.

종마에게는 하지메가 만든 목줄— 게이트 홀이 들어간 아티팩트를 줘서 평소에는 수해에 방목하면서 필요해지면 불러오는 편리한 조치를 해 뒀다.

"그럼 슬슬 출발할까?"

준비를 끝낸 아이들을 필두로 모두 힘차게 고개를 끄덕였다.

"아, 맞아. 하지메 씨, 이거 받으세요."

궁전을 나온 시아가 하지메에게 물방울 모양 펜던트를 건넸다.

얼음처럼 푸른 투명한 돌이고 안에는 반드르 슈네의 문장이 새겨져 있었다. 대미궁【빙설 동굴】을 공략한 증거였다. 사실 하지메와 유에가 기절한 후 방의 벽 일부가 녹아 나타난 것을 회수해 뒀었다.

그것을 받은 하지메는 현관 앞에 있는 마법진 위로 올라갔다.

그러자 쩍쩍 소리를 내면서 궁전 앞 호수가 빠르게 얼어붙었다. 그러더니 그대로 융기해 순식간에 10미터는 되는 거대한 달걀 모양의 얼음덩어리가 완성됐다.

그 직후 그 얼음 달걀이 터지듯 깨졌다.

안에서 나타난 것은 얼음으로 된 용이었다. 크리스털로 만든 것 같은 광택을 내는 반투명하고 장엄한 용이었다.

일행이 입을 모아 탄성을 지르는데, 빙룡은 긴 목을 하지메 앞으로 내려 길을 만들었다. 이 빙룡을 타고 나가는 것이 【빙설 동굴】의 빠른 탈출 방법인 모양이었다.

"이거 참 판타지다운 방식이네."

"……응. 상인가?"

"시련의 음흉함과는 거리가 먼 마음 씀씀이네요."

저마다 감상을 말하면서 계단처럼 난 비늘을 밟고 목을 따라 빙룡의 등으로 올라갔다. 그 후 빙룡은 날개를 퍼덕이더니 단숨에 날아올랐다.

급속도로 천장이 다가왔지만 충돌하기 직전에 녹아서 원기둥 모양 통로가 생겼다.

빙룡은 속도를 늦추지 않고 그 통로를 통과했다.

귀에 울리는 바람 가르는 소리와 피부를 스치는 시원한 바람, 「주인님을 등에 태워도 되는 용은 나뿐이거늘……. 지금이라도 갈아타지 않겠느냐?」는 누군가의 헛소리를 즐기면서 얼음 터널을 날아오르길 10여 초.

하지메 일행을 태운 빙룡은 마침내 눈에 들어온 지상의 빛으로 단숨에 뛰어들었다.

그대로 땅에 내려줄 거라고 생각했으나 빙룡은 전혀 멈출 기미 없이 계속 상승했다.

그리고 그대로 【슈네 설원】의 먹구름에 돌입해 퍽 소리를 내며 구름 위로 나왔다. 태양이 찬란히 비추는 운해 위로 빙룡은 우아한 비행을 시작했다.

"태양 위치로 봐서 북서쪽으로 가는 중인가? ……친절하게도 설원 경계까지 데려다주려나 보군."

"……응. 밀레디랑 메일은 보고 배워야 해."

"해방자는 여성이 더 악랄한 느낌이 들어요."

설원 서쪽은 마인족의 나라 【마국 가란드】고 북쪽은 【라이센 대협곡】이었다. 북서쪽으로 간다면 마인령에도 북쪽 대륙에도 가기 쉬운 곳에 내려주려는 의도로 보였다. 아울러 하늘 위의 차가운 공기가 그다지 느껴지지 않는 점으로 보아 빙룡을 매개로 간이 결계까지 펼쳐진 것 같았다.

변기를 흉내 내어 지하수로로 흘려보내거나 바닷물을 채워 어뢰처럼 바다로 쏴 버리는 여성 해방자들과는 천지 차이였다.

미궁에서 빠져나가는 법은 별개로 치더라도 수해의 여성 해방자도 바퀴벌레를 사랑하게 만드는 악마였다.

그에 비해 이 친절함. 눈물 나는 배려심!

반드르 씨의 호의에 감동을 금할 수 없다!

"나구모 파티가 저런 표정 짓는 거 처음 봐……."

"밀레디 씨는 모르지만, 메르지네 해저 유적의 마지막은 너무했지……."

스즈와 카오리가 그런 대화를 하는 사이, 목적지에 가까워진 모양이었다. 빙룡은 서서히 고도를 낮췄다. 빙룡은 설원 밖으로 나가지 못하는지 【슈네 설원】을 상시 덮고 있는 먹구름 위를 통해 경계 밖으로는 나가지 않았다.

다시 먹구름으로 뛰어든 빙룡은 눈보라 속을 조금 나아가다가 바깥 세계와 설원의 경계 바로 앞에 부드럽게 착지했다.

"고마워. 널 만든 반드르 슈네는 분명히 좋은 사람이겠지."

"밀레디랑 달리 상식 있는 사람이 틀림없어요!"

"……응. 고마워. 반드르가 밀레디나 메일 같지 않아서 다행이야."

하지메, 시아, 유에 세 사람은 무심결에 정중하게 감사했다.

빙룡의 크리스털 눈이 순간 「당연하지! 그것들과 똑같이 취급하지 마라!」라고 말하는 것처럼 보인 건 기분 탓이었을까? 살짝 기분이 좋은 듯 꼬리를 흔드는 빙룡은 다시 날아올라 눈보라 치는 설원으로 사라졌다.

시야를 가리는 눈보라를 귀찮게 생각하면서도 설원의 경계가 바로 앞이므로 걸음을 재촉해 이동했으나…… 갑자기 하지메와 시아가 멈췄다.

눈을 험악하게 찌푸리고서…….

"모두 경계해. 설원 밖에 뭔가 많이 있군."

"엄청 익숙한 기척이에요. 우글우글 모여 있네요."

하지메와 시아의 경고에 긴장감이 퍼졌다.

전원 무기에 손을 대고 임전 태세를 취했다.

서로 한 번씩 눈빛을 주고받고 고개를 끄덕인 후 시야를 가린 눈보라 너머로 빠져나갔다.

그곳에는—.

"역시 여기로 나오는군. 나 때도 그랬지. ……전원 공략한 건가? 백발 소년."

"후후, 코우키, 오랜만이야~. 잘 지냈어?"

마국 총대장 프리드 바그어와 그의 기룡인 백룡 우라노스.

용종 생물을 중심으로 한 비행형 마물 수백 마리.

회색 머리를 흩날리며 같은 색으로 빛나는 날개를 펼친 에리.

그리고 은발, 은 날개에 똑같은 얼굴을 가진 발키리— 신의 사도.

그 수, 총 500.

하늘을 뒤덮는 압도적인 전력이 하지메 일행을 기다리고 있었다.

"하지메~. 내려오렴~."

아래층에서 어머니가 부른다.

방에 있는 시계를 힐끔 봤다. 18시 반. 저녁 시간인가 보다.

그러나 지금 나는 마왕의 간부와 격전을 벌이느라 도저히 손을 뗄 수 없는 상황이었다.

"전투 중이면 별수 없고~."

역시 어머니다. 내가 뭘 하는지 훤히 꿰고 계신다.

인기 소녀 만화가이자 진성 오타쿠이기도 한 어머니, 나구모 스미레는 다른 집 부모님보다 이런 부분에 이해심이 좋았다.

나는 마왕 간부의 범위 공격에 대비하면서 이따가 먹겠다고 소리치려는데—

"바로 안 먹으면~, 선물 받은 초고급 소고기덮밥에서 고기가 빠질 거란다~."

"그럼 맨밥이잖아?!"

초고급 소고기라고? 마왕 간부와 싸울 상황이 아니었다!

나는 서둘러 게임 패드를 내팽개치고 한다면 진짜로 하는 어머니와—

"하지메! 식탁은 아빠한테 맡기고 너는 싸움에 집중해라!"

정말로 아들 소고기를 꿀꺽하려는 아버지, 나구모 슈에게서 내 고기를 사수하고자 계단을 굴러 내려갔다.

등이 아프다. 하지만 힘을 내야 한다. 한시도 지체할 수 없다!

그렇게 거실로 뛰어들자—.

"쳇."

그럼 그렇지. 아버지가 젓가락으로 집었던 고기를 살며시 내 밥그릇에 돌려놓고 있었다.

"아버지. 보통은 아버지가 아들한테 나눠주지 않아?"

자리에 앉으며 불만스러운 눈으로 노려봤다.

"그건 남의 집 사정이지. 우리 집은 그렇게 오냐오냐 키우지 않는다!"

"아들 고기를 뺏어 먹는 거랑 오냐오냐가 무슨 상관이래."

"약육강식은 세상의 진리야."

뻔뻔하기 짝이 없는 아버지의 덮밥을 봤다. 지금 나의 마음은 사냥꾼. 약육강식의 이치에 따라서 내 밥그릇에 기름을 좀 더해야겠다.

"자, 장난 그만 치고 어서들 먹어요. 후후후, 공짜 고기만큼 식욕을 돋우는 것도 없어."

어머니가 된장국을 가져오고 저녁 식사가 시작됐다. 가족 세 명이 첫 고기를 먹는 순간 말을 잃었다. 입안에서 소가 녹았어……

우리는 일주일은 굶은 사람들처럼 덮밥을 먹어 치웠다.

식사가 끝나고 세 사람이 함께 만족스러운 숨을 푸 쉬었다. 고급 고기의 여운에 잠겼다.

그런 그때, 귓구멍으로 들어오지 않던 TV 소리가 마침내 귀로 들어왔다. 미인 아나운서의 목소리가 불쑥 들렸다.

며칠 전 행방불명된 남자 고등학생이 무사히 발견되어 보호받았다는 내용이었다.

사건성은 없으며 그냥 충동적으로 등산이 하고 싶어 가벼운 복장으로 산에 올랐다가 조난당했다고 한다.

청춘의 혈기를 억누르지 못했구나……. 차를 마시며 그렇게 생각하는 내 옆에서 함께 차를 마시던 아버지가 말했다.

"이세계에 소환됐었구나."

역시 아버지다. 내 예상을 훨씬 웃돈다. 그리고 나보다 훨씬 심각한 오타쿠다.

실제로 서브컬처를 사랑해 스스로 게임 회사를 설립한 사장님 아니랄까 봐 발상이 하나같이 오타쿠 같았다.

"돌아왔구나? 저 애, 이세계에서 얻은 능력을 사용하면 앞으로 인생은 이지 모드겠네."

그의 가족은 애간장이 타서 뜬눈으로 밤을 지새웠을 것이다. 그런데 무사히 돌아온 아들이 「나 이세계 갔다 왔어!」라고 지껄이면 오히려 인생 하드 모드다. 생각만 해도 괴롭다. 내가 그렇게 말하자 아버지가 어이없어하며 말했다.

"모르는 소리 하지 마. 세상에 절대라는 건 없어."

"그래. 아빠도 엄마도 젊을 때 얼마나 기대했는지 아니?"

이세계 소환 계열 창작물이 유행을 탄 건 최근 몇 년 사이다. 즉, 젊은 아버지와 어머니는 이미 미래를 보고 살았다는 뜻이었다. 무섭다.

"그렇지, 하지메! 좋은 걸 보여주마!"

아버지가 잽싸게 계단을 달려 올라갔다. 2층에 있는 아버지 방에서 우당탕탕, 빠슝, 두두두두, 하고 괴상한 소음이 울렸다. 아버지는 30초 만에 돌아왔다.

"봐라, 하지메. 너한테 이걸 주마."

"이게 뭐야?"

"어머, 그리워라!"

아버지가 건넨 물건은 메모장이었다. 커버가 천연 가죽이라 쓸데없이 멋있었다. 어머니가 그것을 보고 눈을 초롱초롱 빛냈다.

내가 펼쳐보기 전에 아버지가 우쭐한 표정으로 대답했다.

"~ 만약을 위한 행동 지침 시리즈 제3탄! 이세계 소환 편 ☆ ~ 이다."

"그건 또 뭐야?!"

젊은 시절 아버지와 어머니는 만약을 위한 행동 지침 시리즈라는 이름으로 『만약 ○○한 사태에 빠지면 어떻게 행동해야 하나』를 즐겁게 망상하며 행동 지침 체크 리스트를 만들어 놓았다고 한다.

좀비 패닉이 벌어지면? 우주인이 쳐들어오면? 왼팔의 흑염룡이 날뛰면?

그리고 이세계에 소환되면? 뭐 그런 것들이었다.

근 20년 전 메모장을 30초 만에 들고 올 수 있는 곳에 보관하는 부모님. 무섭다.

그 후 필요 없다고 말한 나에게 아버지와 어머니는 오기를 부리며 하다못해 이것만이라도 받으라면서 멋대로 내 휴대폰에 『엄선 7대 지침』을 저장했다. 삭제하지 못하게 보호 기능까지 걸어 버렸다. 울컥하기도 했고 나도 오기가 있어서 결국 내용은 보지 않았다.

그렇게 7대 지침에 관해 까맣게 잊었을 무렵, 나는 생각했다.

아버지, 어머니. 제가 틀렸습니다.

저는 지금 이세계 왕궁에 있군요……

반 전체가 이세계 소환되는 놀라 자빠질 사건이 정말로 벌어졌다. 그리고 아이들이 어느 정도 적응하기도 하여 내일은 이세계 던전에 도전한다.

나는 우리 반 최고의 『무능아』다.

능력치는 낮고 유일한 재능은 전문 대장장이라면 누구나 가진 흔해빠진 능력— 광물 가공에 관련한 마법뿐.

반에서도 내 입지는 좋지 않았다. 히야마 패거리의 괴롭힘은 날이 갈수록 심해져 어린애 손에 권총이 들린 것 같은 공포를 느꼈다.

그리고 그 이상으로—.

소환자인 창세신 에히트, 그를 신봉하는 세계적 종교 『성교교회』가…… 솔직히 말하겠다. 나는 너무 무서웠다.

언제나 인자하게 웃고 무척 정중하며 환대라고 부를 만한 대우를 해주건만 나는 그 교황이 무서웠다.

교황을 존경하는 국왕과 귀족들이 무서웠다. 성당에 그려진 에히트 신의 미소가 머리에서 떨어지지 않았다.

그들은 전쟁을 바란다. 사람이든 마물이든, 스스로 목숨을 내던지러 가야 한다니…….

열등감과 히야마 패거리를 향한 분노, 판타지 세계에 대한 동경심은 있지만 그보다도 불안으로 가슴이 터질 것 같았다.

정신적으로 힘들다는 것은 아니었다.

할 수 있는 일을 하겠다는 의지가 꺾인 것도 아니었다.

그래도 뭔가 하나라도 정신적 지주가 있으면 좋겠다고 생각하는 것을 보면 나도 조금 지친 것인지도 모르겠다.

그래서였을까? 자연스럽게 떠올랐다. 부모님과 함께한 일상 속 저녁 식사가…….

나는 방으로 돌아와 옷장을 열었다. 안에는 교복이 있었다. 그리고 주머니에는 이 세계에 오고 고물이 된 휴대폰이 들어 있었다.

전원을 꺼 둔 덕분인지 아직 배터리가 남아 있었다.

과학 문명의 이기가 내는 빛을 보자 이유 없이 어깨에서 힘이 빠졌다. 폴더를 뒤져보니 곧 찾던 파일이 나왔다. 장난스러운 제목에 피식 웃음이 나왔다.

페이지는 일곱 장이었다. 정성 들여 한 페이지 당 하나씩 이세계 소환 행동 지침이 적혀 있었다.

나는 바로 첫 페이지에 주목했다.

―다수 인원이 소환됐을 경우, 언뜻 무능해 보이는 사람을 동료로 삼아라! 100퍼센트 강하다!

"……아버지, 어머니. 접니다. 그 무능한 게."

게다가 아무리 생각해도 안 강하다. 착잡했다……. 다음 페이지로 넘겼다.

―조심해라! 소환한 쪽 왕녀는 대부분 음흉하다! 차라리 다른 나라 왕녀에게 기대라!

"편견이 너무 심해……."

사상적으로 무서운 왕이나 신하들과 달리 릴리아나 공주는 배려심 많은 사람이다. 이미 다른 여자애들과 친구처럼 지낸다. 내가 혼자 무능한 탓인지 마음도 많이 써주고…….

그 귀여운 웃음 이면에 음흉한 본성이 있다면 나는 인간 불신에 빠질 자신이 있었다.

다음 페이지…….

―서둘러 왼팔을 봉인해라!

"……아버지, 어머니. 내 왼팔에는 흑염룡이 없어."

―신비한 목소리에 순순히 따라라! 정령 같은 거다! 대부분 강력한 아군이 된다!

안 들려! 다음!

―모험가 길드에 가입하고 싶어!

"그냥 희망 사항이잖아!"

안 되겠다. 이 사람들, 도움이 안 된다. 그래도 다음!

―암살자는 빠르게 동료로 삼아라! 대부분 강한 캐릭터다!

"암살자…… 있긴 하지."

처음으로 제대로 된 충고가 나왔다. 나는 주머니에 휴대폰을 넣고 천직『암살자』를 가진『그』를 찾으러 방을 나갔다.

한나절이 지났다.

"엔도가 안 보여!"

왜! 누구에게 물어도「그러고 보니 어딨지?」라고 반응하냐고! 그래도 훈련장과 식당에 흔적은 있다! 그런데! 어디를 찾아도 안 보여!

"아버지, 어머니. 정말이었어. 엔도는 분명히 강할 거야."

원래 눈에 안 띄는 수준을 넘어 아침 출석 체크에서도 그냥 넘어가 버릴 정도로 존재감이 없었지만 이렇게 찾아도 안 보이는 건 이상했다. 나를 피하는 건 아닐 텐데……

그밖에도 이상한 점은 도중에 내 이름을 부르는 정체 모를 목소리를 들은 것 같다는 것이었다. 아마 너무 찾다가 지쳐서 그랬겠지. 엔도 수색은 중단이다. 윌○를 찾아라가 차라리 쉽겠다.

나는 어깨를 축 늘어뜨리고 방으로 돌아왔다. 어차피 마지막 충고도 웃기지도 않은 내용이겠거니, 기대도 하지 않고 침대에 앉은 뒤 그것을 봤다.

—위험하다고 생각하면 도망칠 것! 자기 목숨을 가장 우선시할 것!

—넌 평소에는 소극적이면서 위험할 때는 무리하게 나서니까 자제해!

—더러운 짓을 해서라도 살아남아라! 아빠와 엄마가 용서한다!

왠지 글자가 번져서 잘 안 보였다. 휴대폰을 든 손이 떨린다.

그래도 아직 마지막 줄이 남아서 애써서 읽었다.

—포기하지 마! 반드시 돌아올 것!!

"……뭐야. 7개가 아니잖아. 망상이면서 뭘 이렇게 진지하게 생각했대. ……하여간 별나."

그렇게 투덜대고 잠시 화면을 물끄러미 바라봤다. 어디선가 물방울이 화면에 떨어져 더 읽기 힘들었다.

그래도 눈을 뗄 수 없었다. 시간이 멈춘 것처럼 계속 바라보고만 있었다.

얼마나 시간이 지났을까.

정신이 들자 배터리 잔량이 거의 바닥나 있었다. 해도 완전히 넘어가 방 안이 어두컴컴했다.

과학이 가져오는 화면의 불빛만이 방과 내 얼굴을 어스레히 비추었다.

평소에는 차갑게 느끼는 이 불빛이 지금은 왠지 랜턴 속 등불처럼 마음을 따스하게 해줬다.

불현듯 빛이 사라졌다.

이제 이 휴대폰에 빛이 들어올 일은 없겠지.

고향으로 돌아가기 전까지는…….

나는 소매로 눈을 벅벅 비비고 일어났다. 휴대폰을 옷장 속 교복 주머니에 조심스럽게 넣었다.

마음의 지주를 얻은 기분이었다.

막연한 불안으로 안개가 꼈던 마음이 맑게 갠 기분이었다.

랜턴 등불 같은 화면의 빛이 마음속으로 옮겨온 것처럼…….

그래서 나는 대답할 수 있었다.

대미궁에 들어가기 전날 밤, 불안을 품고 찾아온 시라사키에게, 창피하지만 『지켜달라』고. 『나는 분명히 괜찮다』고…….

달빛이 드는 창가에서 결연한 눈으로 미소 짓는 그녀는 무척 아름다웠다.

내 대답이 그 미소를 끌어냈다고 생각하면…….

아버지와 어머니에게 감사하자.

그리고 사과하자.

나는 부모님의 말을 지키지 못했다.

도망쳐야 할 때 도망치지 못했다. 내 목숨을 우선시하지 않았다.

멍청했다. 그런 괴물에게 달려가다니.

나락 아래로 떨어지면서 주마등 같은 기억을 더듬으며 나는 부모님에게 죄송하다고 사과했다.

그리고— 과거의 나는 현재의 내가 됐다.

돌이켜보며 생각했다.

어떻게 그 고통을 견디고 살아남을 수 있었는가.

어떻게 내 마음을 한번 부쉈던 발톱 곰에게 구태여 도전할 생각이 들었는가.

—포기하지 마! 반드시 돌아올 것!!

몸도 마음도 영혼과 함께 망가진 기분이 들었지만 그것만은 잊지 않았던 것 같다.

그래서 나는―.

"……하지메?"

의식이 급부상하는 감각. 퍼뜩 눈을 뜨자 앞에 유에가 있었다.

"미안. 깜빡 잠들었었나?"

"……응. 5분 정도."

흐리멍덩한 머리에 현재 상황이 떠올랐다. 이곳은 【빙설 동굴】 최심부에 있는 『얼음 궁전』의 거실. 타니구치를 포함한 아이들이 종마를 끌고 돌아와 잠시 쉬던 참이었다.

아무래도 나는 주위 대화를 배경음으로 어느샌가 잠들었었나 보다.

"……표정이 휙휙 바뀌었어. 괜찮아?"

내 무릎 위에 반쯤 올라타서 얼굴을 들여다보는 유에를 마주 봤다.

나른하게 반쯤 감긴 눈. 그 안쪽에 있는 홍옥색 눈동자. 아름다운 금발이 비단결처럼 볼을 더듬었다.

그 날, 나락 밑바닥의 어둠에 뜬 달빛.

그래서 달을 의미하는 『유에』라고 이름 지었다. 그밖에도 츠쿠요(月夜), 루나, 셀레네 등 달과 관련된 이름이 몇 가지 떠올랐지만 어감이 가장 어울린다고 느꼈다.

조금 전에 알게 된 원래 이름― 아레티아라던 그 이름을 버리고 새 이름을 바랐을 때, 유에가 얼마나 강한 감정을 품었는지 나는 상상할 수 없다. 하지만 적어도―.

"유에."

"······응?"

부르기만 해도 기뻐서 눈이 가늘어지는 모습을 보면 나는 자부해도 된다고 생각한다.

옛날보다 훨씬 좋은 이름을 선물해줬다고······.

이름은 언령. 가장 짧은 저주이자 상대를 묶는 것······ 그런 이야기를 들은 적이 있는데, 내 경우 반대로 내가 묶였다고 생각한다. 아니, 붙잡아줬다고 해야 할까?

이름을 붙인 그 순간, 아레티아는 유에로 다시 태어났다.

배신의 트라우마를 끌어안고도 몸을 기대고 웃어준 그때, 유에는 나를 묶어 둔 것이다. 단순히 그저 포악한 괴물이 아니라 흡혈 공주 유에의 파트너로.

그래서 나는 나락의 괴물이면서 『인간』이기도 했다.

도움을 바라는 유에에게 부응한 그때가 틀림없이 인생 최대의 터닝 포인트였다.

시아와 만났을 때도 그랬다. 유에가 시아의 동행을 권했다.

티오 때도 그랬다. 티오를 죽이는 건 자신의 규칙을 어기는 게 아니냐고 물어줬다.

뮤 구출, 카오리 구원에도 불만 한마디 없이 따라와 줬다.

허상도 말했지만 유에가 내 모든 것을 지탱해주고 있다.

정말로 평생 이기지 못할 것이다. 쓴웃음과 함께 자연히 말이 흘러나왔다.

"고마워."

"……응? 응~. 응."

고개를 갸웃하고 잠깐 생각하다가 히죽 웃었다. 전부 안다는 듯한 부드러운 웃음은 몇 번을 봐도 심장이 뛰었다.

"일본으로 돌아가면 유에도 학교에 다녀 볼래? 교복 입은 모습을 보고 싶어."

"……응. 맡겨만 둬."

기대된다. 아버지와 어머니에게 소개하면 뭐라고 할까?

어쩌면 내가 돌아온 것보다 더 기뻐할지도 모른다. 아니, 틀림없이 좋아 죽으려고 할 것이다. 이세계 흡혈 공주라니, 부모님이 꿈꾸던 존재였다.

"……아버님, 어머님께 인사, 잘해 볼게."

"그래."

"……그리고 손주는 몇 명 원하시는지 물어볼게."

"……그, 그래."

"……그리고, 사과드릴게."

"……? 왜?"

"……『아버님! 어머님! 아드님을 제게 주십시오! 라고 말씀드리기 전에 먼저 저질러 버렸습니다. 용서해주세요. 책임지겠습니다!』해야지."

"유에, 그러지 마. 그건 진짜 하지 마."

망했다. 돌아가기 전에 유에와 면밀한 상담이 필요할지도 모르겠다. 아버지와 어머니는 그런 인사를 받으면 분명히 장난기가 발동한다. 감동의 재회가 순식간에 혼돈의 도가니로 빠질 게 분명하다.

나는 정면에서 밀착하는 유에에게 『올바른 나구모 집안 인사법』을 전수하려는데─ 그 전에 유에가 휙 위로 들렸다.

"하여간, 잠깐이라도 눈을 떼면 바로 달라붙는다니까!"

범인은 카오리였다. 유에를 뒤에서 들어올려 그대로 가장 먼 소파를 향해 냅다 던졌다. 유에가 뭐 하는 짓이냐며 달려들었다. 카오리는 곧바로 응전. 시아가 중재하러 뛰어들었다.

티오와 야에가시가 또 저런다며 구경하는 한편, 나는 멍하게 지금까지 해 온 여행을 돌이켜 봤다.

가장 먼저 떠오른 것은 질질 짜면서 뛰어든 유감 토끼였다.

처음에는 수해 안내인으로 써먹을 타산뿐이었는데……

싸울 힘이 전혀 없던 토끼가 밀레디 골렘을 상대로 지른 용맹한 기합에는 솔직히 가슴이 떨렸다.

우르 마을에서 선생님을 구하려고 아무런 주저도 없이 죽음 앞에 몸을 내던진 이유가 『하지메 씨의 선생님이라서』라는 사실을 알았을 때는 그 헌신에 말문이 막혔다.

제국에서 원수인 제국 장교를 자기 손으로 끝냈다며 긍지와 자신감을 가슴에 품고 말하는 모습에는 분하게도 마음을 사로잡혔다.

정말로 이 토끼는 무슨 만화 주인공이냐고 따지고 싶어질 만큼 사람 홀리는 재주가 있었다. 나도 유에도 돌이킬 수 없을 만큼 마음을 빼앗기고 말았다.

틀림없이 나와 유에의 세계에 따스한 색을 입혀준 것은 이 미래를 논하는 숲 속 토끼였다.

"시아."

"네? 왜 그러세요? 지금 좀 바쁜―."

"고마워."

떠나지 않고 우리와 함께 와줘서.

막무가내로 쫓아와 줘서.

카오리를 뜯어말리던 시아가 갑자기 멈춰서 나를 봤다. 얼이 빠졌다. 귀여워서 무심코 입꼬리가 올라갔다.

"아, 아이참…… 기습하지 마세요오."

꼼질꼼질, 머뭇머뭇. 토끼 귀가 살랑살랑 움직이고 꼬리가 파닥파닥.

내 말이 무슨 의미인지 쉽게 알아들은 눈치였다.

쑥스러워 얼굴이 상기되고 토끼 귀를 양손으로 눌러 눈을 가린 모습은 정말로 흉악할 만큼 귀여웠다.

지구로 데리고 간다면 토끼 귀를 엄중히 은폐해야만 한다. 저 용모와 몸매에 토끼 귀가 합쳐지면 진짜든 가짜든 상관없이 폭동이 일어날 것이 틀림없는 매력이었다.

시아의 가족은 흉악한 참수 토끼가 되었고 다른 토인족에게도 속속 감염이 확대되는 추세라고 하니까 아마 귀여운 숲 속 토끼는 시아가 최후의 한 명일 것이다.

대체 누구 탓이야? 내 탓인가.

"……시아, 미안."

"뭘 사과하시는지 모르겠지만, 그런 것치고는 말투가 너무 가볍지 않나요?"

시아가 토끼 귀를 슬쩍 치우고 의심스러운 눈길을 보냈다. 나는 어색하게 눈을 피했다.

아무튼 아버지와 어머니에게는 보고해야겠지.

부모님이 그렇게 좋아하던— 이세계 숲에서 엘프(삼인족)를 봤다고.

아버지는 걸핏하면 신작 게임 기획 회의에서 「야한 엘프! 야한 엘프 필수!」라고 생떼를 부렸다. 어떤 게임이든 무조건 넣으려고 해서 「하지메…… 세계관에 안 맞아……. 사장님 좀 말려줄래……?」라고 피곤한 표정을 짓는 부하 직원들이 상담할 정도였다.

……흠.

"이봐, 시아."

"잠깐만요, 유에 씨! 카오리 씨! 하지메 씨랑 좋은 분위기인데 토끼 귀를 당기지 마시라구요— 아, 네. 하지메 씨, 왜요?"

"알테나를 포박해서 부모님한테 선물로 싸갈까 하는데, 어떻게 생각해?"

"하지메 씨가 미쳤다고 생각해요!"

너무하다. 진심으로 머리가 괜찮은지 걱정하는 그 눈빛은 뭔가? 아, 카오리에게 재생 마법을 부탁하고 있다.

내 머리가 빛난다…….

"아니, 우리 부모님이 야한 엘……이 아니라 삼인족 팬이거든. 야한 엘프라기보다는 마조 변태지만, 분명 좋아하실 거야. 우리에 가둬 사육하면 위험하지도 않을 거고."

"카오리 씨! 재생 마법 추가요! 부탁드려요!"

그러니까 내 머리를 번쩍거리게 하지 말라고.

"잘 생각해 봐. 부모님이 기뻐해. 그 엘프도 우리에 넣고 시아가 먹이를 주면 좋아할 거야. 이런 게 바로 Win-Win 관계지."

"인간적으로 Lose-Lose 관계예요!"

시아가 머리를 찰싹 때렸다. 이유를 모르겠다.

"주인님! 나라면 기쁘게—."

"넌 평범하게 소개할 거니까 안 돼. 알테나랑 같은 취급할 수 있겠냐?"

"우, 그, 그런가……?"

티오가 왠지 몸을 배배 꼬았다. 들릴락 말락 한 목소리로 「요즘 평범하게 상냥하게 대해줘서 곤란하구먼……」이라며 볼을 붉혔다. 나도 모르게 본심이 나와 버렸다. 전부터 생각했지만 이 변태에게는 이게 더 효과적이었다.

나는 이유도 없이 빤히 바라보며 티오와의 만남을 회상했다.

엉덩이에 파일 벙커를 꽂았다.

그 후로 대단한 변태가 됐다. 대단히 놀랐다.

……그거뿐이군. 별 대단한 추억도 없네.

"주, 주인님, 왜 그러는가~. 그렇게 빤히 바라보지 말아다오~."

창피해서 양손으로 얼굴을 가리고 있는데 「첫 만남의 추억이 엉덩이에 파일 벙커가 꽂혀서 헉헉대는 것밖에 없어. 이런 유감 드래곤을 봤나……,라고 생각하는 것을 알면 아무래도 화내겠지? 아니, 헉헉대려나…….

이 휴식이 끝나면 한번 귀향한다고 들었는데, 용인족들이 우리 공주님에게 무슨 짓을 했냐고 달려들지 않을까 걱정이다.

……생각해 보면 티오는 용인족의 소중한 왕족 직계였지.

"야, 티오."

"왜, 왜 그러는가?"

"……내가, 신과 싸우길 원해?"

내가 조용히 묻자 방 안의 시간까지 멈춰 버린 것처럼 정적이 깔렸다. 유에와 카오리가 서로에게 달려든 채로, 시아와 야에가시도 나와 티오를 번갈아 봤다. 정작 티오는 쑥스러워하던 분위기를 거두고 금색 눈동자로 나를 똑바로 보았다. 진의를 파악하듯 이성과 지혜를 담은 용안으로 나를 들여다봤다.

묘한 긴장감이 방을 가득 채운 상황에서 티오는 잠시 후 표정을 풀었다.

"그토록 나를 생각해주었다니……. 기쁘구나."

가슴에 손을 얹고 감개에 빠져 눈을 감고 미소 짓는 모습에 모두 숨을 삼켰다. 그만큼 지금의 티오는 아름다웠다.

"우리 일족은 언젠가 신을 멸할 수 있는 자가 나타나길 빌었어."

"그래. 너는 『그때』가 왔는지 확인하려고 마을에서 나왔다고 했지."

"맞다. 지금 신에게 저항할 수 있는 자는 주인님 말고는 없을 게야."

"그렇겠지."

"하지만."

티오는 힘주어 말했다.

"원하지 않는 자를 싸움으로 떠미는 건 용인족의 긍지에 반해."

"……"

"주인님. 개념을 만들어 낼 정도로 귀향을 꿈꾸면서 나를 생각해 물어준 점 감사히 생각한다. 허나 솔직히 대답해주었으면 한다. ……주인님은 이 세계를 위해 신과 싸우기를 원하는가?"

"아니. 난 싫어."

1초의 고민도 없었다. 세계라느니 얼굴도 모르는 만인이니, 그런 것을 우선할 리 없었다.

나는 어디까지나 나의 『소중한 것』을 우선한다.

그러나 만약 우리가 돌아간 후 『그때』가 와서 티오, 혹은 티오의 가족이 싸움에 나선다면—.

"전부 이루려다 결국 전부 놓치는 법이야."

티오는 자상하게, 성모 같은 표정으로 나를 바라보면서 말했다.

"약속이, 많이 있지 않느냐?"

"그렇지."

유에를 고향으로 데리고 간다. 뮤를 만나고 고향을 보여준다. 다른 동료와 함께 원래 세계로 돌아간다. 소중한 약속이 있다.

"그러면 우선 그걸 지켜야지."

역시 티오는 어른이었다. 나 같은 놈보다 훨씬…….

나는 아마노가와를 곁눈질했다. 한순간 어깨를 움찔하더니 내 눈길을 못 본 척하며 엉뚱한 방향을 보고 있었다.

신과 싸우고 세상을 구하겠다고 당당히 외치던 아마노가와가 실제로 어떻게 할지는 모르지만 포기하지 않을 가능성은 충분히 있을 것이다.

어쩌면 용사가 될 잠재력을 가진 다른 사람이 나타나서 신대 마법을 획득해 언젠가 신에게 도전하는 날이 올 수도 있다.

그러나―.

그 날 【그류엔 대화산】에서 내가 중상을 입었을 때 티오는 자신의 존재가 노출되는 것도 아랑곳하지 않고 나를 위해 『용화』를 썼다.

그래서 만약 『그때』가 와서 티오가 전장으로 가게 된다면…….

"티오."

"말해 보아라."

"우리는 돌아갈 거야."

"그래."

"너한테도 내 고향을 보여주고 싶어. 내 가족에게 이세계에서 신세 진 용이라고 소개해주고 싶어."

"그, 그래."

"평화로운 시간을 되찾고 싶고 일상을 누리고 싶어. 하지만 언젠가 네가 전쟁터로 나가야 할 때가 온다면…….."

"온다면?"

모두 마른침을 삼키고 나와 티오를 봤다. 그러나 나는 똑바로 티오만 보았고 티오도 조금 쑥스럽게 볼을 물들이며 나만 바라봤다.

맑고 고요한 분위기 속에서 나는 선언했다.

"약속을 할게. 새로운 약속을."

"……나와, 약속을?"

"그래. 어떤 약속을 할지는…… 그때 함께 정하자."

"좋지. 좋고말고. 그리하자. ……고맙구나, 주인님."

울먹이는 얼굴을 보이고 싶지 않은지 티오는 옷의 소매로 얼굴을 가렸다. 다른 동료들이 심술궂게 웃으며 몰려왔다. 얼굴을 보려고 들여다보자 앙탈을 부리듯 몸을 꼬는 티오는 평소 잡룡이나 가끔 보이는 슈퍼 티오보다 훨씬 어린 인상을 줬다. 마치 부끄럼 많은 소녀를 보는 것 같았다.

'선생님. 이 정도면 쓸쓸한 삶은 아니겠지?'

티오와 만났을 때 은사에게 들은 말을 떠올렸다.

소중한 것을 빼고 모두 내치는 삶은 쓸쓸하다고, 선생님은 말했다. 그 쓸쓸한 삶은 소중한 사람들에게도 행복을 주지 못할 거라고…….

나의 우선순위는 변하지 않았다.

무슨 말을 들어도 정의감을 짊어지고 살아갈 수는 없다.

그래도 소중한 사람과 그들이 소중하게 여기는 것까지는 힘닿는 데까지 도와줄 생각이었다.

고향으로 돌아갈 수단을 얻은 지금 이 순간, 이 장소에 내가 도착하게 해준 건 그들이니까.

보지 말라며 얼굴을 숨긴 채 뒹구는 티오에게 유에, 시아, 카오리가 달라붙어 점점 난장판이 되어 갔다. 그리고 야에가시와 아이들은 그 모습을 보고 재미있어하며 웃었다.

그들을 바라보고 있으면 신기할 정도로 마음이 편안해졌다.

그 감정이 얼굴로 드러났는지 문득 이쪽을 돌아본 야에가시가 굳었다.

"아……."

멍하게 나를 보고 뺨까지 붉혔다.

야에가시의 반응을 눈치챈 다른 이들도 나를 보고 똑같이 경직했다.

"……뭐야?"

괜히 머쓱해서 원흉인 야에가시를 못마땅하게 보며 물었다.

"아, 아니야……. 그냥, 그…… 엄청 부드러운 표정이어서……."

예상하지 못한 대답에 나는 내 얼굴을 더듬어 봤다. 스스로는 잘 알 수 없어 동료들을 봤다. 모두 짠 것처럼 고개를 끄덕끄덕 움직였다.

이 기분은 뭐지? 창피해서 못 견디겠는데…….

나는 나도 모르게 얼버무리려고 이야기를 돌리려 했다.

"그러고 보니 지금의 카오리 몸도 어떻게 해야지."

"뭐?! 내 몸을 어떻게 한다니…… 뭐, 뭘 하려고?"

얼굴이 새빨개져 벽 쪽을 힐끔힐끔 보는 카오리는…… 틀림없이 침대가 있는 옆방을 의식하는 거겠지.

내 마음을 유에가 대변해줬다.

"……이 변태 내숭쟁이. 하지메가 말하는 건 카오리가 원래 몸으로 돌아간 뒤 신의 사도의 육체 이야기!"

"아! 그, 그런 뜻…… 아, 아니야, 하지메! 난 딱히 기대한 적 없어! 가능하면 시즈쿠도 같이, 같은 생각은 안 했어! 나 그런 변태 아니야! 믿어줘!"

야에가시가 망상에 자기까지 끌어들이지 말라면서 기겁한 표정을 지었다. 아마노가와가 한쪽에서 다리를 고속으로 떠는 모습도 언뜻 보였다. 사카가미와 타니구치는 그런 아마노가와를 보고 서로 어떻게든 해 보라며 눈빛으로 불똥을 튀기고 있었다.

제법 혼란스러운 상황 속에서 새삼스레 생각했다. 이미 먼 옛날 일 같지만 카오리와 야에가시도 학교의 양대 여신이라고 불릴 정도로 미모가 뛰어났다.

설마 그 두 명이 모두 나에게 호감을 품을 줄은 당시 나는 상상도 못 했었다.

특히 카오리는…….

그 달밤의 다과회에서 나를 지키겠다고 맹세하고 나락에 떨어진 후에도 홀로 생존을 믿어줬다. 열등감에 시달리고 한번 죽어서 육체를 바꾸면서까지 우리를 따라왔다.

그것은 『헌신』이라고 말해도 과언이 아니었다.

다짜고짜 돌격하는 버릇이 있고 주위를 돌아보지 못하는

경우가 잦은 난감한 성격이지만 그 착한 심성과 강한 마음은 의심할 여지가 없었다.

만약 내가 나락에 떨어지지 않았다면 분명히 나는 곤란하게 생각하면서도 그녀를 쭉 동경했을 것이다.

"저, 저기, 하지메?"

또 무의식중에 빤히 바라봤나 보다. 카오리가 당황하고 부끄러워 새빨개진 채 눈을 두리번두리번 굴렸다.

"미안. 수명에 관해 생각하느라고."

"수, 수명?"

어리둥절한 건 다른 이들도 마찬가지였다. 나는 쓴웃음을 짓고 말을 이었다.

"나는 마물의 피와 살을 먹어서 솔직히 수명에 어떤 영향을 미쳤을지 몰라."

지금까지 생각조차 안 했는지, 카오리를 필두로 시아와 다른 아이들도 놀란 눈으로 나를 쳐다봤다.

특히 카오리는 마치 시한부 선고라도 들은 것처럼 얼굴이 창백했다.

나는 한 손을 들어 진정하라고 손짓하며 설명을 보탰다.

"전체적으로 강인해졌으니까 아마 남들보다 길 거야."

"아, 그, 그렇지?"

가슴을 쓸어내리는 카오리에게 작게 웃고 마저 얘기했다.

"어떻게 됐든 유에를 두고 죽을 생각은 눈곱만큼도 없어. 하지만 카오리가 원래 몸으로 돌아가면 평범한 인간과 같은 수명이 되잖아?"

그건 야에가시나 시아도 마찬가지였다. 두 사람이 함께 「아……」하고 멍한 소리를 냈다.

"그, 렇지. 나…….."

"그렇게 불안한 표정 짓지 마. 밀레디라고, 골렘에 영혼을 정착시켜서 수천 년을 살아 있는 사례가 있으니까. 신대 마법이 있으면 최악의 경우 그런 방법을 쓸 수도 있고, 신의 사도의 몸을 연구하면 원래 몸으로 오래 살아갈 방법을 찾을 수 있을지도 몰라."

"……"

카오리가 왠지 나를 빤히 바라봤다. 무슨 이상한 소리를 했나 싶어 고개를 갸웃거리자 카오리는 방금 티오에게 밀리지 않을 만큼 성모 같은 미소를 지었다.

"하지메. 훨씬 먼 미래를 보고 있구나."

"……? 뭐가 이상해?"

그렇게 묻자 카오리는 고개를 젓고 마음속에서 나왔음을 알 수 있는 환한 웃음을 보여줬다. 그리고 마음이 동조한 것처럼 유에, 시아, 티오, 그리고 야에가시도 똑같이 따스한 웃음을 지어 보였다.

"쭉 당장 살아남기 바쁜 분위기였으니까…… 왠지 기뻐서. 그 미래에 내가 있을 수 있도록 생각해주는 것도. 후후, 어쩌지! 왠지 마음이 날아갈 것처럼 기뻐!"

"……그래?"

그렇게밖에 대답하지 못했다. 최고급 벌꿀을 입 안 가득 머금은 듯한 카오리의 표정을 보면…… 다른 동료도 비슷한 표정으로 날 보고 있었다.

나는 괜히 몸이 뜨겁고 직시할 수 없어 눈을 돌리고 말았다.

그러자—.

"……카오리는 그대로 몸까지 날아가도 돼. 제발 돌아오지 않길 바랄게."

"유에, 왜 그런 말을 해? 응?"

창피해하는 나를 신경 써서인지, 아니면 이미 버릇이 됐는지, 유에가 카오리를 놀렸다. 카오리가 웃음을 유지하며 상큼하게 분노했다.

그리고 물리 현상만큼 필연적인 드잡이로 발전했다.

시아가 한숨 쉬고, 티오가 깔깔 웃고, 야에가시가 두통을 참듯 머리를 감쌌다.

타니구치나 다른 아이들도 쉬어도 쉬는 것 같지 않다는 표정이었지만 조금 즐겁게 관전했다.

또 혼돈의 도가니가 펼쳐지는 가운데, 나는…….

—포기하지 마! 반드시 돌아올 것!!

이세계 소환 7대 지침 중 마지막 가르침을 떠올리고 살며시 웃으면서 아무에게도 들리지 않게 중얼거렸다.

곧 돌아갈게, 아버지, 어머니.

이세계에서 생긴 소중한 사람들과 함께…….

■작가 후기

「흔해빠진」 10권을 읽어주셔서 정말로 감사합니다.

중2를 좋아하는 원작자, 시라코메 료입니다.

9권과 합쳐서 상하권으로 구성된 이번 이야기는 어떠셨나요?

매번 있는 일이지만 등장인물의 심정을 그리기란 무척 어렵고 고민스럽습니다. 어쩜 이리도 글이 안 써질까요. 1보 전진하면 2보 후퇴, 칠전팔도 끝에 3보 전진…… 그런 식입니다.

전투 신이라면 어느새 1만 자가 채워져 있는데 말이죠. 그러다가 문득 정신이 들어 중2병 망상에 빠져 실실 웃는 얼굴이 컴퓨터 모니터에 비치면 기운이 쫙 빠지고요…….

이야기가 딴 길로 샜지만 웹 연재에서는 상당히 생략된 『빙설 동굴 편』 후반부 이야기, 유에의 여왕 시절 이야기 등으로 등장인물의 심정이 더 확실하게 드러나도록 가필, 수정하였습니다. 서적판을 구매하신 분들이 만족해주신다면 이보다 기쁜 일은 없을 것입니다.

그나저나 이야기도 이제 막바지에 접어들었고 어느새 권수도 두 자릿수에 도달했군요.

저도 집필하면서 「10권인가……」, 「10권이야……」라며 몇 번이나 감회에 젖어 중얼거렸습니다.

여기까지 올 수 있었던 것도 모두 독자 여러분 덕분입니다. 정말로 감사합니다.

참고로 10권의 부록으로 드라마 CD도 나옵니다. 저는 표지에 있는 현대 복장 티오 누님이 너무 예뻐서 몸이 떨리더군요. 그건 분명히 슈퍼 티오 씨(성우 모드)가 틀림없습니다. 뭐, 내용은 초장부터 변태력 폭발이지만요ㅋ.

드라마 CD를 구하신 분은 헉헉대는 티오를 기대해주세요!

실례지만 잠시 선전을 하자면 이번 권 발매와 동시에 본편 코믹스 5권, 흔해빠진 일상 3권, 외전 제로 3권도 발매됩니다. 모두 RoGa 선생님, 모리 미사키 선생님, 카미치 아타루 선생님의 센스 넘치는 멋진 작품입니다. 원작 소설과는 또 다른 즐거움이 많으므로 함께 기대해주시면 감사하겠습니다.

그리고 애니메이션! 이쪽도 꼭 시청해주셨으면 합니다!

마지막으로 감사 인사를 드리겠습니다.

타카야Ki 선생님, RoGa 선생님, 모리 미사키 선생님, 카미치 아타루 선생님, 담당 편집자님, 교정 담당자님, 「흔해빠진」 시리즈 출판에 힘써 주신 관계자 여러분, 언제나 정말로 감사합니다.

그리고 이 책을 읽어주신 여러분, 소설가가 되자 유저 여러분께도 진심으로 감사드립니다. 정말로 감사합니다!

앞으로도 「흔해빠진」을 잘 부탁드리겠습니다!

시라코메 료

흔해빠진 직업으로 세계최강 10

1판 1쇄 발행 2019년 10월 10일
1판 3쇄 발행 2021년 7월 2일

지은이_ Ryo Shirakome
일러스트_ Takaya-ki
옮긴이_ 김장준

발행인_ 신현호
편집부장_ 윤영천
편집진행_ 김기준 · 김승신 · 원현선 · 권세라
편집디자인_ 양우연
관리 · 영업_ 김민원 · 조인희

펴낸곳_ (주)디앤씨미디어
등록_ 2002년 4월 25일 제20-260호
주소_ 서울시 구로구 디지털로 26길 111 JnK디지털타워 503호
전화_ 02-333-2513(대표)
팩시밀리_ 02-333-2514
이메일_ lnovelpiya@naver.com
L노벨 공식 카페_ http://cafe.naver.com/lnovel11

ARIFURETA SHOKUGYOU DE SEKAISAIKYOU 10
ⓒ 2019 by Ryo Shirakome
First published in Japan in 2019 by OVERLAP, Inc.
Korean translation rights reserved by D&C MEDIA Co., Ltd.
Under the license from OVERLAP, Inc., Tokyo JAPAN

ISBN 979-11-278-5277-1 04830
ISBN 979-11-278-1840-1 (세트)

값 7,500원